向冯梦龙《东周列国志》致敬

春秋时期略图

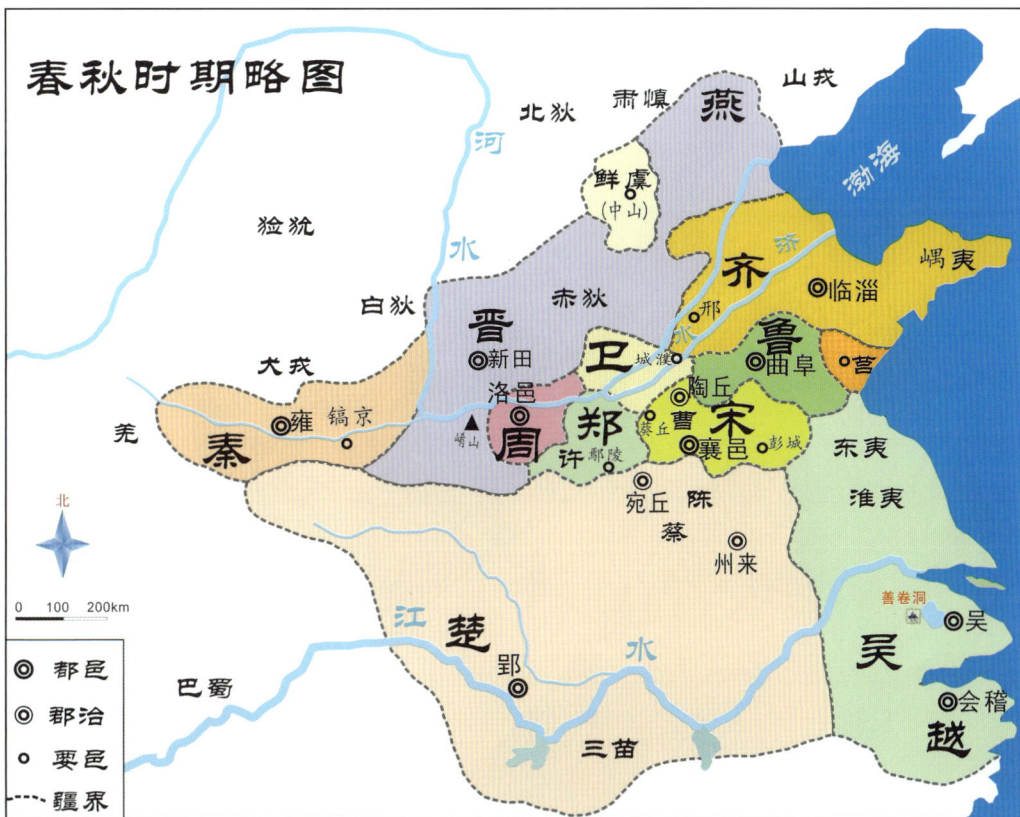

北狄　肃慎　山戎
河水
燕
验狁
鲜虞
(中山)　渤海
齐
白狄　赤狄　临淄　嵎夷
大戎　晋
新田　邢
城濮　鲁
洛邑　巴　曲阜　莒
羌　秦　镐京　郑　陶丘　宋
雍　嵩山　周　曹　彭城
许　鄢陵　襄邑
蔡丘　东夷
宛丘　陈　淮夷
蔡
州来

江　楚
巴蜀　郢　水　善卷洞
吴
会稽
三苗　越

北

0 100 200km

◎ 都邑
◉ 郡治
○ 要邑
----- 疆界

春神句芒

冥神阎摩

伯夏·云佼

蓬玉・伯夏

翟　幽

彭　祖

长生弈

朱大可 —— 著

南方出版传媒·花城出版社
中国·广州

图书在版编目（ＣＩＰ）数据

长生弈 ／ 朱大可著. -- 广州 ：花城出版社，
2018.5
ISBN 978-7-5360-8557-2

Ⅰ．①长… Ⅱ．①朱… Ⅲ．①长篇小说－中国－当代
Ⅳ．①I247.5

中国版本图书馆CIP数据核字(2018)第035089号

出 版 人：詹秀敏
策划编辑：林宋瑜
责任编辑：刘玮婷　揭莉琳　林　菁
技术编辑：薛伟民　凌春梅
封面供图：武六奇
内文插画：华迪米（藏族）　　ARSON
内文供图：齐德利
装帧设计：WONDERLAND Book design
　　　　　仙境 QQ:344581934

书　　名	长生弈 CHANG SHENG YI
出版发行	花城出版社 （广州市环市东路水荫路11号）
经　　销	全国新华书店
印　　刷	广东新华印刷有限公司 （广东省佛山市南海区盐步河东中心路23号）
开　　本	787毫米×1092毫米　16开
印　　张	16　5插页
字　　数	220,000字
版　　次	2018年5月第1版　2018年5月第1次印刷
定　　价	48.00元

如发现印装质量问题，请直接与印刷厂联系调换。
购书热线：020－37604658　37602954
花城出版社网站：http://www.fcph.com.cn

目 录

子

第一章　赌局

周朝首都洛邑

周襄王十四年（公元前638年）

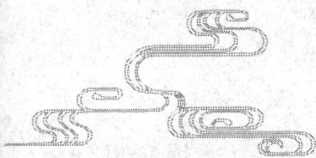

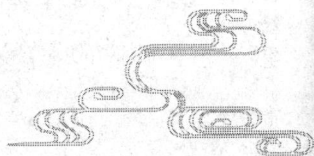

圣梦

早春时节，夕阳斜射在周襄王姬郑脸上，照亮了他的皱纹和白发。皇家花园的寒意很深，池塘的残荷败叶尚未显出生机，宫奴们在四周添加炭炉，为国王筑起一道温暖的小墙。姬郑搂着年轻的王后叔隗，品尝蜀地进贡的枸酱酒，说一些无聊的情话。突然间，他看见脚边有只蓝灰色的死鸟，肚子朝向天空，细小的爪子蜷缩在胸前，像是某种诡异的征兆。

这时一阵妖风吹来，弄翻了酒案上的杯子，绛红色的酒液流了一地。天色迅速黯淡下来。一轮明月升起在花园中央的池塘上方，姬郑看见水面上浮现出一张绫锦镶边的大席，其上放着近十尺长的阴沉木棋案，还有用黑白羊脂玉制成的棋子。

主司死亡的巨人阎摩身披紫色大袍，爪子上留着长长的指甲，袖口宽大，手持骷髅权杖，出现在棋案的一边；而在另一侧站着一位白衣少年，手里拿着甘蔗弓，背上的箭囊里插着玫瑰制成的短箭，那是主司生命的春神句芒。他们分别就座，旁若无人地对弈起来。

某部叫作《迦摩密旨》的典籍，以最扼要的文字，记录了这场神界最著名的生死豪赌。它声称对赌分为三局，第一局赌国王的寿命，第二局赌彭祖的寿命，第三局赌众生的寿命。

但姬郑对此浑然不知。他只知道，在席子四周，所有的事物都静止下来，池水、树叶、飞鸟和风，都冻结在时间里，而姬郑自己的四肢也失去了动力。他的目光凝聚在棋局上，就连脉搏的跳动都无法听见。他觉得自己已经死掉。

也不知过了多久，阎摩一把推开棋子，犹如解开的时间之锁。这时，句芒用一枚细小的花刺，刺破了他的爪子。他没觉察到，自己爪心里冒出了一小滴鲜血。他起身走到姬郑面前，用嘶哑的声音低声说："在刚才的棋局里，春神句芒输掉了你的性命。你将在十年后死去，你的王位将被别人拿走，你的王后会成为别人的女人，死亡将是你家族的唯一宿命。"说毕，消失在一阵狂风之中，而句芒、席子和棋案也都无影无踪。

姬郑猛然从封冻状态里醒来，不知这究竟是梦，还是真实的场景。阎摩是传说中的冥神，他的出现意味着死亡。难道这是一次索命的预告吗？国王吓得脸色苍白，大汗淋漓。王后在半醉中娇嗔道："大王，你这是怎么啦？"姬郑顾不上回答，赶紧拉动铃索，叫来贴身侍卫常仲标，命他火速召唤御用卦师。

白发苍苍的卦师有黄赶进宫来。宫女伺候他沐浴净身完毕，穿上宫廷祭祀专用的黑色礼服，跪在漆案面前，用刚刚采摘的新鲜蓍草进行演算，表情恭敬而凝重。他占得一卦为"震"，第四爻变为地雷复，是个有惊无险的吉兆。有黄解释说，冥神中途将改变主意，不会追究国王的罪责。但"震"为木，是为句芒之象，要想摆脱危机，必须求助于春神。

另一名从周原赶来的殷族龟卜师，用火反复灼烧一片龟甲，又向着日光仔细辨察裂纹，面容忧戚地报告说，龟板上出现了三道裂纹，中纹代表皇帝，左右两纹分别代表春神和冥神。其中冥神之纹侵入帝纹，粗大有力，有如闪电；而帝纹向右躲避，汇入春神之纹，两纹合为一纹，正是受到春神荫庇的征兆。

龟卜师屏退左右，对国王低声耳语说，只要沿着裂纹的方向，也就是向东方寻找，就能找到所需的"不死药"。龟卜师还进一步解释说，只要有了"不死药"，冥神就会放弃索命；但要获取"不死药"，就得派人找到"不死者"，因为只有他手里才有这种神药。

姬郑听了之后，不觉龙颜大喜，当即决定举行规模盛大的春神祭典，祈求句芒的恩典，同时下令征召宫中勇士前往探寻，凡是能带回"不死药"的，将封赏土地和爵位。好在他还有十年寿限，有充足的时间去改造他的宿命。

姬郑的征召令迅速传遍整个宫廷，但始终无人响应，因为所有人都认为这是无稽之谈。此事就被一直搁置了下去。王后不以为然地说："皇上不该轻信龟卜师的鬼话，天下哪有什么不死之药。我哥哥说了，人总是要死的，要么重于泰山，要么轻于毛发。"

"你年岁太小，不懂生命的贵重。有了它，寡人就能在卧床上打败你，而且还能打败那些贪婪成性的亲戚。"国王傲慢地说。一身戎装的叔隗，撇了撇涂满口红的小嘴，扭头走出房间，跟小叔子姬带一起骑马郊猎去了。

春祭

国王的都城叫作洛邑，在周襄王时代，它是东方最大的城市，可以跟亚述的尼尼微、埃及的赫利奥波利斯和埃兰的苏萨城相提并论。姬郑并非是才华横溢的国王，从父亲手里接过权力之后，他就发现这是个百孔千疮的王国，它的版图被那些实力强大的亲戚们瓜分，变得四分五裂，而中央政府则日益萎缩。他已经在位很久，始终都在跟诸侯们小心周旋，剩下的时光，就只能花在饮酒纵乐之类的事务上了。

当年，周公旦鉴于殷商亡于酒色，曾经颁发禁酒的诰令，除了祭祀，周人一律不许沾酒。这条禁令管制周人，达四百年之久。但到了帝国晚期，旧制废弛，饮酒之风卷土重来，成为王室的主要娱乐方式。姬郑亲自

长生弈

倡导，带动举国百姓，一起在酒水里醉生梦死。酿酒业就这样迅猛发展起来，而蜀地出产的枸酱酒，以拐枣为原料，因含有诱人放纵的果香，成为最受皇室宠爱的饮品。

为抗拒冥神阎摩的威胁，姬郑下了一道圣旨，要把"万岁"变成一种言语的狂欢。只要宫中报时的钟鼓响起，宫里人就会高喊"万岁"，大堂前的官员跟着高喊，堂下的侍从随声应和，门外的守卫也须应声喊叫，街上的百姓更要同声高呼，以至整个洛邑都会响彻"万岁"的呼声。姬郑就在这巨大声浪里得到"不死"的满足。就连他本人都没有料到，经过两千多年的训练，这个语词已经被他的子民们用得十分娴熟了。

那天，阳光照在洛邑的大街上，宋国大夫伯夏正在满腹心事地行走，刚好听见这"万岁"的声浪，不得不跟行人一起止步，喊上一声"万岁"，心里觉得有些可笑。这位国王大人，由于畏惧冥神和贪恋长生，居然发明了这种语词游戏，危机四伏的帝国，到处都在上演充满喜感的戏剧。经过一间裁缝铺时，多情的女裁缝冲他喊了一声"大夫万岁！"，路上好几位年轻女子都回头来看，朝他掩口而笑。

伯夏用右手放在左胸，躬身表达敬意，却没有停下脚步。他是宋国的春神祭司，在洛邑只是一名过客而已。去年，他以一人之力挽住狂澜，从楚国大军的战车包围中，救下腿部受伤的宋襄公兹甫，将其送回宋邑行宫养伤。这一壮举被广泛传颂，弄得无人不知。姬郑身边正好缺乏人才，听过这个消息，就派人前去慰问兹甫，顺便向他索讨伯夏。伯夏无奈，只能随使者来到京城，成为姬郑的贴身幕僚。

现在他要操办的一件大事，就是即将举办的句芒祭拜大典。春官大宗伯身患重病，姬郑下令由他代为行事。他需要备下三牲祭品，布置春耕表演，以及国王和大臣们行礼和就座的场地。好在他曾是宋国的主祭，对这套繁复的仪式并不陌生。他拿着写有国王敕令的木牍，走了七个衙门，找到那些分管的官员，把任务仔细分派下去，安排得井然有序。

到了午后时分，他已完成所有的布局，步履轻快地向宫城走去。北风依然料峭，人民还没有卸下冬日的愁苦，但伯夏却在改变季候的景色。他

赌局

所到之处，柳枝在头上轻舞，柳树开始抽芽，爆出嫩绿的细叶，就像米粒一般。伯夏停下脚步，伸手轻抚路边的柳枝，感到它在发出喜悦的笑声。伯夏用心语说"你好"，柳树便摇起枝叶向他致敬，犹如女人掀动长长的发丝。伯夏的手掌，就这样握住了春神的触角。

在"立春"的日子里，洛邑开始变得繁闹起来，本城的贵族、来自各地的诸侯或他们的代表，纷纷来到这座城市。他们在宫廷里集合，然后出城向东迤逦而行，抵达八里以外的圆丘，去祭祀伟大的春神句芒，向他祈求全年的丰收和国泰民安。

帝国虽经镐京之乱，变得日益衰微，但乡村正在从冬季的严寒中苏醒，土地的缝隙里冒出生命的气息，伯夏甚至能够看到那些微弱的气流，像蒸汽一样缓慢升起，萦绕在田野的上空，把新一轮的希望，带给尘世里的众生。

姬郑是乘坐八骏香车来到圆丘的。那是国王的专驾。他率众人进入句芒庙，面对句芒的高大塑像，在太宰摆放好玉几之后，摘下冠冕，循序献上玉琮、玉璧和玉璜，牛羊猪三牲，以及玉币和酒爵，然后静聆大祭司颜路诵读冗长的祭文。从雕窗缝隙里射入的阳光，照亮了他身后张开的白色羽翼。姬郑抬头望去，看见句芒像的方形脸庞上，始终带着含义不明的微笑。

礼毕之后，百官一起来到庙前台阶，坐在预先铺设好的织锦软垫上，等着观看伯夏策划的耕牛表演。姬郑则把颜路关到门外，独自留在神殿内，开始了一场跟句芒大神的秘密谈判。

他先是以国王的身份给大神请安，继而以动人的言辞赞美句芒的圣迹，而后便开始冗长的祈求，痛诉冥神的威胁，乞望得到生命之神的庇护，并声称要是能免去死亡之厄，就会在全国各地建立一百座句芒神庙，以报答大神的恩典。

这场求告耗费了大半个时辰，但句芒始终没有现身。姬郑非常失望，开始哭泣起来，为自己短暂的一生而伤心欲绝。这时，在泪眼蒙眬之中，他看见句芒神卸下方形面具，现出白衣少年的原形。他走下神座，手里拿着甘蔗弓，眉头紧蹙。

"你身为国王，难道不知道冥神为什么要取你性命？"

"我曾经做梦看见大神与冥神对弈，冥神说您输了。"

"他因冥府空虚而需要大量死人加以填充，而你的谢世可以制造混乱，带动战争和大规模死亡。我本想借下棋阻止他，但却没有成功。三局中我丢了两局。为此我只能保你十年的寿命。你必须靠自己去找到长生的方法。"

神庙重新变得静寂下来，神像纹丝不动，仿佛刚才的一切都是幻觉。姬郑又等了一会儿，看大神不会再有什么奖赏了，只好重新戴好高高的冠冕，一脸愁苦地走出神庙，回到带有软靠的龙席上。冕旒在他额头上轻轻摇晃，上面站着一只提前苏醒、形影相吊的家蝇。

他的臀部刚刚坐在龙榻上，钟鼓就震耳欲聋地响起。代表二十四节气的二十四头水牛，背上骑着绿衣青帽的牧童，在农夫皮鞭的抽打下，迈出春耕的第一步。

铜犁深深扎入泥土，肥沃的黑土被大块翻开，干枯的稷米残根裸露出来，蚯蚓和蜈蚣们在惊慌地蠕动。皇家乐队奏响庄严的古乐《云门》，一时间钟磬齐鸣，鼓声一直传到云雾缭绕的远山。官伎们挥动长袖翩然起舞，她们的笑靥和身姿，吸引了众卿的视线。而后，身穿红色礼袍的宫廷歌队，唱出庄严悠远的颂辞——

丰年多黍多稌，亦有高廪，万亿及秭。为酒为醴，烝畀祖妣。以洽百礼，降福孔皆。

坐在姬郑身边的弟弟姬带，头戴天青石镶嵌的玉冠，一身金丝缕边的湖蓝色华服，外面还披着防冻的黄色麻袍，一边观看表演，一边在跟左右的高官和贵族们大声议论，谈笑风生。

"听闻句芒不但主司农事，同时也是爱神，负责人间所有性事。我希望今日之祭，能够令其恩泽，惠及大王和众卿。"姬带用手指叩击着炭火手炉，语意暧昧地笑道，仿佛大神就是他的家臣。众官发出一片附和的笑声。

姬郑似乎并未在意弟弟喧宾夺主的狂妄，他把伯夏叫到身边说："今年的祭礼，你办得不错，寡人要赏你一对犀角夜光杯。"

伯夏说："承蒙圣上恩泽，臣子实在是受之有愧。在下唯有一事相请，就是'不死药'之案。在下愿为国王效力，专程到东方走一遭，尽快找出它的下落。"

姬郑喜出望外，愁苦的脸上露出了笑意："你要是替寡人完成这个使命，寡人就赐你一块大大的封地，赏你一个子爵的头衔。"

姬带在一旁似笑非笑地看着伯夏说："呵呵，此去路途艰险，大夫可要谨慎，当心有去无回，难复王命哦。"

伯夏诧异地看着姬带，心里涌出各种疑惑和猜想。作为姬郑的同父异母兄弟，他们间的矛盾，早已尽人皆知。当年姬带为夺取皇位，曾经收买西戎军队攻打洛邑，却没有成功，而叛乱图谋也被暴露，只好狼狈地逃到齐国，投靠齐公的势力，在他的羽翼下暂避风头。

四年前，姬郑迫于继母惠后的压力，被迫赦免姬带，批准他回京居住。姬带痛哭流涕地向父兄谢罪，表示永不翻案。姬郑一时心软，允许他在宫廷里随意走动，令其再次成为权位仅次于国王的二号人物。现在，他的敌意越过数尺之遥，像尖锐的砭石刺入肌肤，令伯夏不寒而栗。

他无法探究这其中的究竟。他知道，自己做出这个决定，并非为了讨好姬郑，也没有挑战姬带的意图，他只想借此救治宋国大公兹甫。这个杰出的政治领袖，在战场上负伤，已经命在旦夕，听说只有长生药才能施救。周王国正在衰败，而兹甫是拯救这个王国的唯一希望。但他小心翼翼地藏起了这个秘密意图。

东寻

仲春丙子日的清晨，伯夏率领二十人的使团，携带国王赏赐的厚礼，从洛邑出发，迎着旭日，朝宋国方向行进。整个车队由六辆马车组成，其中第一辆车是伯夏本人的坐轿，由三匹骏马拉着，这是帝国大夫的标配。第二辆上有四名侍从，第三辆用来装载官家礼物——一对神兽铜尊、一套八只由大而小的铜鼎、十二套楚国彩漆餐具、三十六匹蜀锦，第四到第六辆是护卫战车，每辆车上都有三名武士，分别为驭手、弓手和矛手。

伯夏出城的时刻，火红的朝霞映照着宫阙和城墙，所有树木都在风中肃立，摇动枝条向他致意。牡丹花在街角和井台旁怒放。垃圾堆里觅食的土狗，卑恭地垂下头颅。早起的人民在街头静观，他们一脸茫然，看着这支王旗飘扬的马队，信步穿过东门，身上洒满初升的阳光。

后宫

伯夏丝毫没有发现，就在伯夏身后二里地远的地方，另一支马队在鬼魅般尾随着他们，就像诡秘的影子紧附在实体之上。那是姬带派出的人马，由王后叔隗的兄长翟幽率领，而姬带本人，此刻正快步走进叔隗的内室。侍女们在他身后掩上门扇。他宽衣解带，爬上了年轻王后的髹漆矮床。

这是姬带的第十三次幽会。当年姬郑召唤翟国军队攻打郑国，替他拿下郑国的栎城，为了报答翟国的支持，并让这种支援得以长久，姬郑娶年仅十八的翟伯之女翟叔隗为王后，只是由于老夫少妻，年龄和趣味都迥然不同。翟叔隗出身北方游牧部落，热爱骑射田猎，而姬郑年事已高，不谙马术，只好叫姬带相陪。年轻英俊的姬带，抓住这个时机跟隗氏偷情，两人迅速坠入了情网。

若干年后，当姬带被晋军五花大绑地逮捕时，他还会回忆起跟叔隗一

赌局

见钟情的美妙时刻。那天，她头戴黑色防尘绡罩，身穿窄袖短衫，外边罩上黄金锁子软甲，腰间扎着一条绿玉色丝带，还有一个镶满宝石的箭袋，手持朱红色的雕弓。满朝文武都惊为天人。国王姬郑含笑看着戎装妻子，露出满心欢喜的表情。姬带也目不转睛地看她，从双眼里伸出两只咸猪手，在她身上来来回回地抚摸。

叔隗提议说："行车不如骑马，我陪嫁的婢女，都喜欢骑马。"

姬郑于是叫道："等等。"他转脸问百官说："谁更擅长骑马，能够保护我的王后？"

姬带说："我的马术还行，还是让我来效劳吧。"叔隗望着这位英气逼人的小叔，爱慕的心怦然直跳。

侍婢簇拥着叔隗在前面飞跑起来。姬带骑着一匹宝马，也快步追了上去，两人各自加鞭催马，竟然展开了一场赛事，把其他人都远远甩在后边。刚转过一个山腰，叔隗就勒住缰绳，回眸一笑："久仰王子相貌才华，今天才得以见面，这实在是我的荣幸。"

姬带目不转睛地望着叔隗："本王只是一个乡下粗人，相貌和才学，都不及王后的万分之一。"

叔隗表情显得有些慌乱："明早你会进宫向太后请安吗？我，我，我有话跟你细说。"

她的话音刚落，侍女们就已经骑着马匆匆赶到。她们很担心王后骑术有限，会出什么意外。叔隗立即打住话头，含情脉脉地看着对方，两人都彼此会意，各自掉转马头，朝截然不同的方向驰去。牛角号声呜呜地响起，皇家狩猎正式拉开了大幕。

第二天，姬带入朝向国王请安，为昨日赏赐的猎物致谢，然后移步到太后宫里去探视自己的母后。跟惠后寒暄一阵后便托辞告别。此刻，翟叔隗已经在走廊上焦急地等候。她用银子买通身边的宫女，她们知趣地躲到了看不见的地方。姬带一把抱住叔隗，狂热地拥吻起来。

叔隗急促地抚摸姬带的胸膛，贴着他的耳朵说："公子等等，我们去那边屋子吧。"

他们于是踏着柔软的羔羊皮，穿越两侧绘有各种神符的长廊，拐过七八个转角，走进一间光线昏暗的小室，从里面闩上房门。叔隗很快就发出呼天抢地的叫喊，夹杂着姬带沉闷的哼声、躯体碰撞的噼啪声，以及女人双手拍打木床的噪音。宫女们在不远处心惊肉跳地偷听。在帝国宫殿的深处，这声音就像一阵微风，掠过窃听者的耳朵、金丝楠木立柱和雕花门扇，阴险地躲进了青砖地的缝隙里。

姬郑此刻正在陈国巡视，叔隗谎称身上来了月事，没有跟国王同行。美丽而慵懒的女人，在自己的卧房里热切地等待情人。她乌鬓松散，皓雪般的肌肤，犹如白玉，散发出突厥和蒙古混血女人独有的性感光辉。姬带把鼻子放在她的胸前，贪婪地嗅闻她的体味，那是肌肤和香水的销魂气息，而王后则享受着这个强壮男人的抚摸。他乌黑的体毛和胳膊上的刺青，都让她神魂颠倒。他们呼吸急促，很快进入了预期的高潮。

事毕之后，姬带轻吻着王后的脖颈说："你哥哥这时应该已经出发了吧？"

叔隗嘻嘻笑道："兄长今早已经上路，他是一头好猎狗，会盯住伯夏不放的。"

"这个王位本应属于我，却被姬郑夺走，还逼我流亡齐国，生不如死。"姬带满含怨气地说，"要不是母后大人出面，我至今还在寄人篱下。"

"这无能的老东西，居然想借'不死药'长生，他还真能盘算。"

姬带面有忧色："那个伯夏，不是等闲之辈，我听过他的不少传闻。他要做的事情，恐怕很难阻止。"

叔隗安慰说："不必担心，我哥哥在西戎修习洗魂术长达十年，满天下都找不到对手，一定会提着伯夏的脑袋回来。不过姬郑在宫里耳目众多，咱俩这事，早晚会被他知道。唉，不知哪天才能当上你的王后。"她幽幽地长叹一声。

姬带望着朱红色的屋梁和金线描绘的卷草花纹，脸上露出狂热的表情："事情很快就会起变化的。国王的宝座，从来都是兄弟轮流坐的。我已经跟你哥哥约定，他提着伯夏脑袋回京的那天，便是本公子动手的日子。"

他翻过身来，开始热吻身边这个野心勃勃的女人。他知道，这是一场政治和情感的双重赌博，而这女人不仅是他的床帏猎物，更是他跟姬郑对赌的政治骰子。她是他手中的稀世珍宝。

受命

伯夏使团穿过帝国直辖区边境，穿越郑国地界，向着宋国的都城襄邑缓慢而去。蒲草、蕨菜和白茅随风摆动，农夫们在田野里弯腰耕作，美丽的村姑采摘着新嫩的桑叶和卷耳，时而能听见劳作的歌声，那是郑国的民谣。乡愁就这样涌入伯夏的耳朵。这次重返故土，令他想起童年的嬉戏，还有少年时代的短促爱情。

那时他喜爱过一名黄髫少女。下雨时分，他在门前偷玩自己的小鸡鸡，被女孩一眼看到，嬉笑着将它用细麻绳扎起，另一头牵在自己手里，拉着他在雨地狂奔，直到喘不过气来为止。后来他穿好裤头，在林子里摘了野花进行盟誓，说是非对方不娶不嫁，两个小孩子都感动得涕泗横流。

一年过后，少女全家搬去了楚国。他满眼含泪，望着牛车缓缓离去，一颗琉璃心在地上跌得粉碎。这场以离别告终的初恋，意味着童真年代的终结。此刻他所看见的，都是昔日的美景，只是人去物非，只留下令人感伤的记忆残片。他不知道，如何才能找回初恋的丫头，并重返那难以企及的童年。

对于伯夏而言，他的童年如此破碎，充满难以追忆和解释的谜团。长期以来，他一直为自己的出生而深感困惑。但在那次国家典礼之后，一个不可思议的奇遇，彻底改变了他的看法。许多年来，他第一次抓住自己的根脉，并为此有了重生的欢愉。

父神

那天，祭祀春神句芒的祭礼刚刚结束，国王姬郑的队伍浩荡离去，旌旗飞扬，马蹄迅疾，留下一地凌乱的垃圾。杂役们在收拾庆典后的残局，而伯夏独自一人走进句芒神庙，眼望人首鸟身的巨大塑像，虔敬地跪了下去，把头颅放在蒲团上，开始默默祈祷。

这是他第一次走进句芒的主祭庙。他感到被一种大力压住脊背，令他根本无法起身，甚至连呼吸都感到困难。他闭上眼睛，恍惚看见句芒从神座上翩然飞下，卸下古板的方脸面具，变成一个俊秀的白衣少年，周身放射出耀目的光芒，大殿里弥漫着奇异的香气。

他感觉周身的毛孔被徐徐打开，有一些奇妙的东西正在输入，仿佛是一些细微而发亮的光团。它们在他四周聚集，继而进入体内奔走，带动整个血脉，有如无数条江河在身上奔涌，肌肤和感官变得敏锐，到了最后一刻，他甚至可以听见蜘蛛们发出的叫喊，它们匆匆爬行在神像的缝隙间，仿佛在奔赴一场盛大的集会。

伯夏重新抬起身子时，觉得自己变得更加灵敏有力，能听到十几里外杜鹃鸟的啼鸣。他自幼就有一种感知植物情感的能力，但他以为这是危险的异能，担心被人视为邪道，所以小心地加以掩藏。但此刻，这种感应力正在强化，被提上一个新的层级。他抬起头来，句芒变回到那个木雕的古板塑像，戴着方形面罩，保持着惯常的缄默。这时，摆放在神案上的水果，忽然长出了浅绿色的嫩芽。

神庙大祭司颜路走进殿来，戴着古怪的宽檐大帽，身材矮小，长袍一直拖到地上，却威仪堂堂，俨然是一代宗师的模样。他站在香案旁侧，仔细端详伯夏，然后朗声问道："足下莫非就是伯夏？"

伯夏起身行礼："在下正是。"

颜路微微一笑："我早就知晓你的身世，也知道你今日要进殿参拜。特地在这里恭候，请受我一拜。"

伯夏连忙回礼："在下不敢。不知大师有什么教诲？"

"好吧，那我就不兜圈子了。我奉命告诉你一个秘密，你身上有神的血脉，因为你是句芒大神跟民女所生。"

伯夏满含疑惑地望着这个著名的陌生人，竟不知该如何回答才好。

颜路仔细端详着他，语气凝重地说："按照天界的律法，像你这种半神半人的'杂类'，需由人类养大，而且，只有在你主动拜谒父神的主祭庙时，才能恢复跟他的神圣关联。"

"那你又如何知道我的秘密？"伯夏满腹狐疑。

"你刚一出生，我便知道了。"颜路微微一笑，"你至少有一百二十个兄弟姐妹，当然也包括我在内。但你是其中最要紧的一位，因为只有你能运用句芒神通。这神通日后还会愈来愈强。"

伯夏依旧是一头雾水。对这个突如其来的信息，一时难以理解。

颜路露出善解人意的笑容："没有关系，你慢慢会懂的。父神预见到你要前来此处，有两件宝物要我转交给你。"他转身从屏风后取出一卷帛书和一只彩绘陶瓶，放在他的手上："这是句芒种子，把它们撒进泥土，就会快速长出各种作物。父神说，以后你会用得上它的。"

伯夏拜谢之后接过帛书和陶瓶，看着颜路转身走开，然后倒出几粒种子，走出庙门，撒在庙外面的土壤里，眼看它们落地后融入泥里，一反季候常态，长出枝条与藤蔓，爬上台阶，缠绕着石兽和门柱，结出各种谷物和蔬果，散发出浓烈的异香。所有这些动作，都在短时间里快速完成。他看得呆了。

他再次返回神殿，在句芒像面前跪了下去，突然间有了一种巨大的感动，泪流满面，良久都不想站起。

对于自己的身世，他向来只有一些模糊的记忆碎片。据说当年他尚未出生，父亲就在战乱中死去，五岁时母亲因不堪穷苦，悬梁自尽，此后他被姨妈收养，却常遭姨父毒打。作为一名饱受摧残的孤儿，伯夏对亲生父母的不辞而别，感到无限困惑，甚至为此怨恨他们，怪他们胡乱生下他来，却拒绝履行抚养孩子的责任。

现在，这个疑团正在迅速化散。他第一次知道自己的真实来历和异能的源头。父亲并未抛弃他，他如梦初醒地想道。阳光盛满整个庭院，带着柔软的芒刺，温暖地抱住他，令他依稀忆起母亲的面容。她是如此遥远而切近，陌生而亲昵，而此刻，从父神那里，他再次握住了相似的感觉。离开神庙时，他终于有一种脱胎换骨的感觉。

他在阳光底下打开绢书，看见上面赫然浮现出两个云雾般的大字——"长生"。须臾之间那字便消失了，就像水汽被蒸发了似的。

警告

这些天来，在准备东征的行程时，伯夏始终在琢磨"长生"这两个字的神谕，觉得它意味深长，却又无从解读。寻找长生之路，已经成为春神交付的使命，但究竟是让国王姬郑和宋公兹甫得以长生，还是以"不死药"惠及天下苍生，令所有人都摆脱病痛和死亡的痛苦？而他又该如何找到彭祖，并获得这种传说中的神药？春神没有给出任何暗示。他对此毫无头绪。

伯夏还清晰地记得，出发前的那晚，他对照地图仔细查看行程。目前唯一的"不死者"线索，是关于彭祖的民间传说。据说这位著名寿星就住在彭城，那里曾是徐国的都城，现在被宋国纳入自己的版图。他需朝东穿越郑国和宋国，并向宋国大公兹甫报告，而后才能继续前往彭城赴命。他把全部计划仔细盘算了一下，感觉没有太大问题，这才灭烛睡去。

刚躺下不久，就看见黑雾从门缝钻入，占满整个屋子。伯夏心下不安，打开屋门出去查看，只见庭院里站着一个两丈高的巨人，从巨人身影中弥散出的黑色，包围了整座房舍。他嗓音喑哑地说："你应该知道我是谁。我跟句芒之间有一场博弈。你的行为已经触犯我的律法，所以你很快就会死去，就连你父亲都无法拯救你的性命。他将为你的鲁莽和愚蠢而哭泣。"

借助微弱的月色，伯夏看见巨人披着斗篷，手持骷髅权杖，面部器官模糊难辨，仿佛是触不可及的雾团。伯夏正要起身探问，巨人便消失于夜色之中。

那夜，伯夏从床上惊醒，不知方才所闻，究竟是梦还是现实。心想这可能是冥神阎摩的警告，就像他曾经警告过国王姬郑那样。但他不会因此退缩。他知道，跟社稷大义相比，死亡并不是件特别可怕的事情。面对最危险的后果，他已经备好了赴死的信念和棺木。

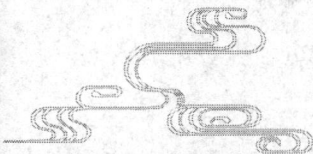

第二章 远征

宋国都城襄邑—宋国彭城
周襄王十四年（公元前638年）

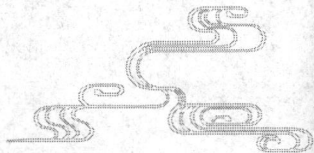

鱼蛊

伯夏的队伍走在郑国都城的地面上。这是洛邑的近邻，城市的风格跟它很像，几乎就是后者的缩小版拷贝。他们在路边饭馆里歇脚，二十人围着四张桌子，点了酱烧鲤鱼、红烧熊肉和油爆羊肝，以及一大摞本地著名的香葱肉末煎饼。有位满脸堆笑的伙计说，这鱼得稍慢一点儿，要去附近鱼市现买。

姬郑的贴身侍卫常仲标说："我们不急，先上别的菜吧。"

又过了半个时辰，酱烧鲤鱼终于被端上来了，热气腾腾，酱香四溢。常仲标说："大人您先用筷。"伯夏刚刚举起筷子，两支竹筷便像活物那样彼此缠绕起来，冒出黑色的烟气，仿佛被火点燃了一般。伯夏拍案高声叫道："这鱼里有毒！"

所有人都大吃一惊，把筷子扔在地上。伯夏掉头去看那名伙计，他脖子上刚中了一支细小的黑色毒箭，面色瞬间变得黑紫，表情痛苦地倒在地上，口鼻里像螃蟹一样吐出成串的泡泡，眼看已经活不成了。众人跳起来四处查看，没有发现任何可疑的迹象。饭馆老板惊得浑身发抖，说不出话来。

伯夏的表情迅速回复了平静："老板，把死鱼和死人都撤了，咱们继续吃吧，再上一坛好酒。"

众人这才迟疑地回到座位上，不知究竟发生了什么状况。

"我们有对手了。今天的鱼，只是一个开端。你们各位都要提高警惕，我们的使命里本来不包括杀人，更不包括被杀。来吧，我们为胜利干杯！"伯夏目光炯炯地望着他的部属，缓缓举起了酒盏。

访襄

抵达宋国都城襄邑后，伯夏让众人找客栈住下，自己则代表国王姬郑，前往城南行宫，探视受伤的宋襄公兹甫。

数月之前，宋国跟楚国为争夺中原霸主的地位，在泓水岸边上展开一场激烈的厮杀。兹甫站在战车上手持铜戈率先冲锋，却陷入对方的重围，被楚国弓箭手射伤右腿，驭手也中箭身亡。伯夏恰好位于兹甫的右侧，他把兹甫扶上自己的战车，大喝一声，舞动长矛，一副威风凛凛的架势。楚兵一时迟疑，竟然被他冲出包围，逃之夭夭。宋国的军队因失去主帅，顿时溃不成军。好在由于伯夏的护卫，兹甫被安全送回襄邑。

伯夏冒死营救宋国大公，并非只是年轻士大夫的热血冲动。兹甫是道德高尚的贵族，他任用庶兄目夷为相、贤臣公孙固为大司马，以仁义精神治理公国，令伯夏看到帝国复兴的希望。兹甫的礼让伦理，曾经是老贵族共同尊奉的原则，但随着宝剑、强权和战争的涌起，贵族精神开始崩解，日益发出不合时宜的老旧气息，成为新生政治流氓的耻笑对象。

伯夏看着兹甫斜靠在软垫上，面容衰老，身体虚弱，连言语都有些气喘，心里不免发出深深的叹息。他向兹甫转达国王的问候，然后说出前往东方寻找"不死药"的计划。兹甫听罢，微微一笑，声音低弱地说："你可以找到仙药，但无法改变众生的法则。"

远征

伯夏看了一眼屋里的陈设，发现这里几乎空无一物，除了破旧脱漆的床榻，还有一张断腿再续的几案和几只被修补的蒲团，就连一条塞满羊毛的被褥，都被仔细地打过补丁。表皮脱落的粉墙上，挂着剑匣、箭囊和红色的大弓，一只高脚蛛已经在四周织起细密的小网。长满半枯青苔的窗台上，放着一大盆用来驱邪的艾草，柳叶形的长叶片，带有灰白色的软毛，在风中不停颤动，发出无限卑微的絮语。

伯夏被这种简朴风格弄得有些不知所措。但他没有说出自己的感伤，而是接过了兹甫的话题："我想要改变生命的形态，就像君要改变这乱战的世界一样。"

兹甫说："你当然可以一试，但你最终还是会选择放弃。我们的时代已经终结，流氓的时代正在降临。只是群氓的生命，不值得你去营救和改换。"

"我不救流氓，但想救一救君子。"

"大周衰败的格局，已经势不可挡，革命的日子已经到来，从各地的诸侯里，必定会产生一个替代国王的豪杰。世界将会发生天翻地覆的变化，无论如何，你都要做好这方面的准备。"

伯夏点头道："我懂了。我会谨记您的教诲。"

兹甫望着伯夏，声息变得更加衰弱："我或许等不到你的'不死药'了。我的宝贝女儿蓬玉，她等你有好些时日了，你不妨带上她一起走，路上也好有个帮手。我这里还有八十匹好马，都是西域的良种，我没有什么用，你也顺便带走吧。"

伯夏眼里有些湿润，他想安慰兹甫，做出一定带回"不死药"的承诺，但话到嘴边又咽了回去。他坚信自己可以找到彭祖，却无法确定具体时日。彭祖只是一个传说，要把它变成现实，还要获取丹药，这无异于海底捞针。看见兹甫的身体状况，他感到非常忧虑，担心他无法熬到自己返回的日子。

他说了一些安慰性的废话，完全词不达意，然后赶紧告辞并走出里屋，见大司马公孙固正在前厅等候，身边还有一位满脸皱纹、形态狼狈的老人，头发虽然已经花白，看人的锐利眼神，却像荒郊里饥饿的野狼。伯夏猜那就是晋国的流亡公子重耳，便上前作揖行礼，跟对方打了一个招呼，然后把公孙固叫到一边，轻声说道："方才大公送我八十匹良马，但它们于我毫无用处，不如转送给这位晋国的勇士，万一他将来重获权力，就能成为宋国的盟友。"

公孙固点头说："那好吧，我就替重耳公子谢你了。你要去的彭城，司城公子荡已经在那里等你。所有的难题，他都能帮你解决。"

伯夏辞别公孙固，又向重耳拱手致意。刚走出屋子，就见宋襄公兹甫的女儿蓬玉，正坐在花园石凳上等他，她手拈衣带站起身来，圆睁大眼，满含深情地望着他，瞳仁里开出万千朵鲜花。

伯夏说："你好吗？"

蓬玉笑而不语，手掌里拈着一朵粉色的睡莲。伯夏伸出手来，那花便离开蓬玉的手指，悬空飞来，飘然落入他的掌心，其上犹自带着晶亮的露珠。

伯夏闻了一下花香，笑着说："这是从伊水左岸的水湾里摘的吧，那里的花，都有西山泉水的味道。"

蓬玉眼里闪出童稚般的顽皮神色："哼，你猜得不错，但你漏了一点，它在我的水瓶里放了三个时辰。"

伯夏上前牵起她温软的小手，"我知道你在等我……"

蓬玉说："我想跟你走，这回，你不能再丢下我了。"

"这次不会了，我需要你的帮助。上我的车吧，这是给你预留的座位。"

"大夫别笑我。除非我死掉，再也不要跟你分离。"蓬玉脸上现出淡淡的红晕。她抱着心爱的安息猫登上马车，坐在伯夏的身边，露出心满意足的神情。

伯夏笑道："小姐要是死了，我也一定活不成了。"

蓬玉伸手掩住他的嘴说："呸，放屁……"

伯夏闻着她掌心里的体香和花香，一时说不出话来。

社戏

伯夏的车队带着新成员重新启程,一路向东而去。走到葵丘地面时,天空突然下起了细雨,而一场大规模的神社仪式,依然在雨中毫不退缩地进行。在村前的开阔广场上,上百个红衣人,戴着祭奠水神大傩的面具,穿着制服,在一个执旗者的发号施令下分成两队,手持斧钺、长矛、刀剑和木棍,正在装模作样地展开厮打,场面热烈而滑稽。

看见伯夏一行出现在附近,执旗者突然改变了旗语,仪仗队渐渐移向他们的车队。号角被呜呜地吹响,鼓声也变得更加急促。天空上乌云密布,雷声大作,闪电利剑般从天穹刺向大地,劈裂了一棵枝叶繁茂的老树的主干。

伯夏觉察到他们的仪式有点儿古怪,不太像乡民的质朴社戏,便传令停止前行,保持戒备。只见两股人流又比画了一阵,锣声突然大作起来,双方突然放弃对杀,一同转身向他们奋勇冲来,神怪面具上"表情"变得越发狰狞。

在红衣人身后,涌现出红色的千军万马。天空上的云朵在燃烧,而大地在剧烈震颤,战车和走卒从远处铺天盖地冲来,刀戟互相碰撞,发出铿锵有力的声响,仿佛全世界的军队都云集于此,形成巨大的海啸,要将他们一口吞噬。

面对这个声势浩大的战争场景,大家都惊慌起来,以为末日将至。伯夏高声叫道:"各位不用怕,这只是幻术而已。"

常仲标立刻理解了伯夏的意思:"是的,先对付为首的再说。"他率领甲士们驱车上前,弩箭齐发,射翻冲在前面的十几人。对方没有料到,对手未被幻象吓倒,反而破了他们的埋伏,赶紧向后退去,一哄而散,顷刻间逃得无影无踪,而那些千军万马的红色幻境也随之消散,在风中化为尘土,缓慢落在地面上,与田野融为一体。

伯夏摘下尸体上被雨打湿的面具,只能看见几张陌生的嘴脸,又掀开红衣,翻检他们身上的物件,除了几块刀币和被切碎的银饼,没有任何能确认身份的线索，心想这应该跟下毒的是一伙的。面对这种处心积虑的谋杀，而且还动用大批杀手和高明的法术，他心中不觉有些悚然，不知其背后究竟是一种怎样的势力。

火袭

车队继续向前行进，在潮湿的土路上碾出深深的辙印，仿佛在蓄意向路人暗示他们的行踪。三天后，他们抵达了商贾云集的萧城。为了安全起见，他们决定在城外的皇家驿站投宿。那是一处距离城墙只有五百多尺的松木平房，年久失修，由几名腰背佝偻的老兵把守，散发出老旧和霉变的气味。

伯夏出示写有国王敕令的木牍后，驿站的主管便着手安排他们的食宿。主管是一位看起来很老的退役军官，头发尽白，牙齿已经掉光，虽然耳朵有点背，但态度谦卑得令人生疑。打开房门后伯夏才发现，屋内陈设简陋，除了一张卧榻、一个衣架和一只用来盥洗的木盆，没有任何多余的器物。

蓬玉调侃地问道："你这里有没有虱子、跳蚤之类的访客呀？"

驿站主管转动着爬满白翳的眼珠，冲着肮脏的板壁，啊啊啊了几声，却什么都没有回答出来。

伯夏笑道："算了，就将就一个晚上。我这里有驱虫的香囊，你先拿去用吧。"蓬玉勉强答应。大伙儿这才各就各位，安顿了下来。

蓬玉就住在伯夏隔壁，房里有扇小门，通往屋后的庭院。伯夏踩着柔软的杂草，在星光下悠闲地散步，看见蓬玉房里的烛火已经熄灭，暗笑她不知星光之美，正要向树木茂盛的深处走去，忽然脚下被树根绊住，他想挣脱开去，又被灌木的细枝缠住手臂。一阵寒意从那些无名植物中涌出，让他的肌肤感到冰冻般的疼痛。他侧耳谛听，有些令人不安的脚步声，凌乱而阴险，从四处隐约传来。

伯夏心中一凛，立刻反身回房，叫醒蓬玉和所有人，让他们整理好穿戴和行李，尽快离开驿站。众人刚要出门，发现大门被人反锁，而驿站的主屋，已经燃起了熊熊大火，旅客们被烧得鬼哭狼嚎。

伯夏试图重返后院，只见后门也被堵上。他们刚破窗而出，便遭到三十多名拜火教装束的红衣汉子的追杀。他们头上缠着红布，只露一双眼睛，像木乃伊那样诡异，犹如几十团火焰，在黑暗里灼热地燃烧，长矛犹如裹着烈焰的火枪，在他们四周织成密集的火阵。甲士们运用长剑和弓箭奋战，其中两人被火枪刺中，登时化为焦炭。后是房屋大火，前有火焰般的杀手，伯夏这边，已是退无可退。

伯夏听说过这种神秘的拜火教杀手组织，暗想今天以寡敌众，怕是要折在此地了，心里一急，拔出佩剑，露出寒气逼人的剑锋，剑身发出微弱而诡异的颤音，仿佛有人在拨动琴弦。对方情知宝剑厉害，略有迟疑，伯夏趁势紧护蓬玉，跟剩下的十名武士一起，准备做殊死一战。常仲标也赶紧跑来，奋力挡在伯夏右侧，刺死了一名正要偷袭的刺客。

红衣杀手的阵势突然大乱起来，一只怪鸟从天而降，不畏火焰，向杀手发起锐利的攻击，啄瞎了三名刺客的眼睛，令他们倒地打滚，发出凄厉的惨叫。与此同时，从他们后方杀入两名红衣人，一个用双手挤压皮囊中的冷水，像水枪一样射向火团，另一个手法凌厉，以冰寒般的剑锋，刺向那些快速移动的杀手。对方似乎从未遇到过这种古怪的战法，阵脚大乱起来。伯夏乘势带着武士冲上前去，形成夹击之势。拜火教徒接连倒了几个，已经支撑不住局面，只能转身逃走。

伯夏喘息未定，放眼望去，黑夜遮蔽了那些迅速黯淡下去的火焰，而在朦胧的月色之中，一个巨大的黑影，若有若无地伫立在远处，仿佛就是冥神本人。

蓬玉带着两名"不速之客"走来，为首的手持软鞭，身披黑色斗篷，斜挎着鹿皮水囊，揭开面罩之后，露出清丽绝尘的容颜。她自我介绍说叫云佼，而身后是她的弟弟云门，他身材高大，眼神闪烁不定。云门左肩上站着一只雕鹗，目光和喙都很锐利，羽色洁白，是极为罕见的品种。它歪头看着伯夏，仿佛在用眼神说出好奇的鸟语。

云佼说，他们姐弟俩是宋国人，刚巧路过此地，不忍见强盗杀人放火，所以拔刀相助。蓬玉指着伯夏说："这位是宋国的祭司伯夏，现在身负王命前往彭城。"

"久闻先生大名，"云佼的瞳孔里划过一道亮光，"我们正巧去彭城寻亲访友。"

伯夏说："感谢姑娘施救，若不嫌弃，我们可以结伴同行。"

云佼两手作揖，唱了一个大诺，细长的眉眼里，露出难以掩饰的喜悦。

蓬玉握着云佼的手："好俊的姑娘！有了你，我们就不怕坏人啦！"

云佼微微一笑，转脸对伯夏说："先生若能收草民为弟子，则我们三生有幸。"说罢便拉着弟弟一起跪了下去。

伯夏心里有根丝弦被轻叩了一下。他怜惜地凝视着云佼，看见她鼻尖上的绒毛在轻微颤动："好，姑娘只要不嫌弃，我就收了你们姐弟。只是，你们从此要跟我一起受苦了。"

"我姐最崇拜伯夏大夫了，"云门急切地说，"她老跟我讲关于您的故事，要我以您为榜样。"

云佼脸上一红，轻咬下唇，移开了注视伯夏的目光。

蓬玉说："这鸟好厉害，刚才我见它啄瞎了两名杀手的眼睛。"

"它的小名叫'狗子'，是一种雕鸮，我们家出身猎户，靠这鸟来寻找猎物。"云门解释说。

蓬玉笑道："这下我们的队伍又扩大了，还添了长羽毛的仙人。"

常仲标有些狐疑地对伯夏耳语道："此行屡遭行刺，对于陌生人，大夫还是小心为好。"

"云佼姑娘应该可以信任，"伯夏低声说，"不过她弟弟的确有点儿问题，好在他还年轻，待日后慢慢调教吧。"他凝视着云佼的背影，心中涌起一种莫名的欢喜。

幽现

萧城是一座交通繁忙的小城。它勾连洛邑和东部地区，早已是中原内陆通往东海之滨的要道。沿着路边两侧，一字排着几十家商铺和客栈。黎明时分，那些写有商号名称的灯笼还未熄灭，像一些困倦的眼睛，在晨曦里逐渐暗淡下去。马蹄踩踏石板的声音开始出现，这是赶早的客商正在启程，他们要把货物尽早送到另一个正在等待开市的集镇。

在离城一里地的东门客舍，叔隗的哥哥翟幽，刚刚用一根粗壮、坚硬、孔武有力的中指，戳死了一名叫作季獐的随从。

翟幽正在为自己的失败生气。三次袭击都未能如愿，所有计划全部落空。这只能是手下无能的后果。他抓起一条素色的绢巾，带着自我怜惜的表情，仔细擦拭这根沾满人血和器官碎渣的凶器。

贴身侍卫召虎指挥随从们把尸体拖走，然后全数退下，屋里只剩下翟幽和他的影子。他脱下上衣，开始大口饮酒。宫廷内府自酿的好酒，刚刚掺入新鲜人血，在精致的铜爵里，泛出浓稠的深红色，喝起来风味甜腥，犹如一杯女人的经血。

饮用这种混有敌人之血的美酒，是翟国贵族的嗜好，这风俗可能源自草原突厥骑兵，它隐含着某种顽强的萨满教信仰。饮血酒者通常会坚信，这能大幅度提升自己的胆识和能量。

但在酒液和血液的混合作用下，翟幽的神思却有些恍惚，他开始失忆，记不清这几天发生的一切。他是谁，从哪里来，又究竟要去往何方？他甚至无法回答这些最简单的问题。

翟幽抚摸着身上的朱雀刺青，渐渐昏沉睡去，做了大堆没有结尾的怪梦，下午醒来后，梦都化成毫无意义的泡沫。他慵懒地躺着，反复盘点自己的记忆。他是叔隗的姻亲兄长，来自北方的翟国，身上有着鲜明的突厥血统。但他在周王室里得不到任何赏识。翟人是胡人的一个分支，没有人会看重这种靠裙带关系混进王宫的蛮族武士，这使他的野心难以实现。他多次向妹妹提出，要回翟国去领兵打仗。但叔隗劝阻了他。她向他承诺，很快就会出炉一个重要计划，只要耐心等候，他就能大展宏图。

叔隗果然没有食言。立春刚刚过去，他就被召进宫廷，拜会了国王的同父异母弟弟。那天，他仔细选择了衣服的风格，以汉人的仪容出现在姬带面前。他们在惠后居住的后宫里秘密聚会，图谋对付姬郑的办法，大家相谈甚欢，便把马血涂在嘴唇上盟誓。翟幽毫不迟疑地加入了这个宫廷阴谋团体。他的任务是追杀大夫伯夏，阻止姬郑获得"不死药"，并协助姬带夺取王位。

翟幽受此重托，满心欢喜，觉得自己等到了施展身手的时机。他与姬带搂着一群宫女饮酒到深夜，两人迅速成为莫逆之交。黎明时分，他浑身酒气地走出皇宫的侧门，心中充满接管世界的豪情壮志。他在街上大叫着倒在石板地上，醉死过去，直到巡逻的士兵把他叫醒为止。

他开始行动起来，用叔隗给他的钱财，招募一批精擅剑术和拳脚的武士，经过简单训练，便尾随伯夏出城，准备在路上下手，快速了结这项使命，然后早日回京，与姬带共襄大业，不料一路上连续三次受挫。那些重金招募的各路杀手，竟然已经死去一半。他为此有些丧气和不知所措起来。他知道，如果不能尽快做掉伯夏，通往京城的权力之路就会中断，而且没有重修的可能。

妹妹戊隗走进屋来，皱着眉头对他说："哥，都过晌午了，咱们该上路了。"

翟幽睡眼惺忪地看见，午后的光线从窗外射入，在来者身上勾出一个优美的轮廓。他起身更衣，一边欣赏着这个同父异母的妹妹，她继承了家族的全部优质血统，美丽、聪明、辛辣，善于经营，但在爱情方面却饱经沧桑。在北方的前线，她的男友刚被秦人杀死。他把她带在身边，就是为了助她疗愈创伤。姐姐叔隗位于权力斗争的中心，形势过于险恶，而彭城反而是更安全的猎场。

"好吧，我们这就出发，前面还有许多猎物，你会慢慢快乐起来的。"翟幽安慰道。

"你懂个屁，我不需要猎物，我只需要休息。"

"一天没有男人，你就会死掉。"翟幽走过去，捧起她的脸，像一个情人那样嘲笑道，"要是你这回找不到新的男人，我就娶你为妻了。"

戊隗笑起来，躲开他的拥抱，反唇相讥道："滚，找你的汉人婆娘去，她们都在彭城等你呢！"

望着戊隗逃开的背影，翟幽突然感到一种真切的空虚。他一直以为，杀戮可以填补精神的空虚，让痛苦消散，但在嗜血的道路上，他却变得更加空虚，并需要更多的杀戮。这是一种恶性循环。除了权力和金钱，他找不到灵魂的广阔出路。

叟戏

伯夏一行历经三次暗杀，都化险为夷，辗转到达彭城。这里到处是碧波荡漾的水泽，候鸟优雅地翩飞于水面；身披蓑衣的渔翁停止摇橹，手搭凉棚向他们眺望；新绿的蒹葭已经长出水面，跟去岁的枯叶混杂起来，在风中大幅摆动，似乎在向伯夏的队伍致敬。伯夏听见它们发出的礼赞，身上涌出难以名状的暖意。

伯夏一行抵达彭城时，司城公子荡身穿缁衣，带领几名小吏，在城门口列队迎接，喊了几声"热烈欢迎"之类的口号。仪式简朴，而且很快结束，双方都没有刻意讨好对方的意图。

这位性情敦厚的京官，带领家眷从襄邑到此地接管政务，只有数月，对本地的掌故，似乎并不谙熟。他安排他们下榻官家行馆，并指派专人照料他们的起居，伯夏向他出示刻有"夏大夫"字样的虎形青铜符节，跟他聊了几句，没问出什么名堂，只好先行告辞，回行馆里稍事休息。第二天一大早，他就溜了出去，要独自探寻彭祖的下落。

彭城的街市规模远不如洛邑，但比萧城更具韵味。店铺大多还未开门，行人稀少而天空疏朗。阳光让树叶变得透明，晶片般闪闪发亮，皎洁的空气如此诚恳，向他这样的陌生访客致意。伯夏跟护城士兵打过招呼，走出南门，在附近的乡间土路上缓行，见一位老农在路边牧牛，就跟他打听彭祖，老农笑而不语，用手遥指山前炊烟升起的村庄。

伯夏于是继续朝南行走，被恶作剧的露水打湿了鞋面，又被一条清亮的小河拦住去处，只见一位老人正裸身浸泡在水里，一边打着水仗，一边跟几名乡村少妇调情，嘻嘻哈哈地满嘴跑调。他心下觉得好笑，便站在岸上俯身探问："先生就是彭祖先生吧，您的样子，真看不出有上百岁的高寿啊。"

老人哈哈大笑："这位先生，真不好意思，在下区区两百岁，不过是个幼童而已。你要找的人，应该就在那边吧。"

伯夏顺着"幼童"指点的方向走去，只见一位皓首汉子正在驱牛犁田。水牛身躯庞大，肌肉壮硕，拒不服从指令，汉子吆喝了好几声，它都毫无反应。汉子一怒之下，竟以双臂将牛托起，走到田边放下，自己拉起铜犁，飞快地耕作起来。伯夏惊讶地看了半天，好奇地问道："看您的岁数，大约有六十多岁了吧？却有如此臂力，莫非就是传言中的彭祖先生？"

对方呵呵一笑，立身还礼道："区区在下，不过苟活了三百年而已。您若是要见我的前辈，可去茅屋那边寻找。"

伯夏依言穿过几道土埂、一个打麦场和几座高高的草垛子，找到那间期待中的茅屋，见它的制作材料，无非是竹木茅草之类，却有一种雅致的风格，就连麻丝的编织和结扎，都精细到一丝不苟的程度，跟寻常农夫的陋屋迥然不同。一位鹤发童颜的老者，正在屋前练习单手倒立的身毒瑜伽柔术，伯夏心下有些惊讶，躬身问道："请问您就是传闻中彭祖先生吧？"

对方倒转身来，两脚翩然回落地面，端详一眼来客，露出狡黠的天真笑容："我才四百来岁，哪有资格成为彭祖？先生还是进屋去看看吧。"

伯夏推门走进茅屋，见一位身材矮小的老头扮成小孩，梳着朝天辫，穿五色彩衣，手持拨浪鼓，在另一位长髯老人面前戏耍，试图博得他的欢心，不慎摔倒在地，竟然仰面躺着学婴儿啼哭。伯夏觉得胃里有物就要涌出，强行忍住，恭敬地上前探问："我是洛邑来的客人，请问您是彭祖老先生吧？"

老者盘腿而坐，手抚白髯说："非也非也，我才五百多岁，不过是他曾孙之曾孙之曾孙罢了。"

伯夏尽力掩饰住心中的惊讶："请教前辈，在下究竟如何才能见到彭祖老先生？"

老者嘻嘻笑道："不用你寻，且请回城去等吧。到了该现身的时候，他自然就会现身。"

阅史

伯夏留下自己的竹刻拜帖，上面记有他的名字、身份和住址。躬身拜谢之后，他带着被人反复戏弄的气恼，怏怏地回到行馆，把跟那些怪诞老头的奇遇，告诉了蓬玉，两人议论半天，也没整理出什么头绪。云佼跟云门外出寻亲，蓬玉则跑去跟常仲标在后院荡秋千，不时传来她无忧无虑的笑声。

他心事重重，独自翻检司马荡送来的彭城府志，上面也没有关于彭祖的任何记录。从公子荡送来的一大堆竹卷里，随手挑了一件打开，是一卷叫作《广成子行事录》的册子，无聊之下，他开始细细读来。

那册子这样写道，有位古代大仙，名叫广成子，就住在崆峒山上的石洞里，当年黄帝听闻他的大名，就前呼后拥地去登山拜访他，请教修炼长生术的秘诀。广成子不屑地对来者说："你所治理的天下，候鸟不到迁徙的季节就飞走，草木还没黄就凋落了，跟你这样的人，还有什么好谈的？"

黄帝大失所望，回去后反省三个月，连朝政都弃之不顾，然后第二次求见广成子，用膝盖跪在地上爬行，恭敬地来到仙人面前，再三叩拜，恳求养生的秘术。

广成子见他心诚，于是开口点化他说："修道所达到最高境界，就是凝神静修，排除俗务的干扰，心中一片空寂，什么都看不见，也什么都听不到，这样你的肉身就会洁净得如同婴儿，于是便可以长生。我已经活了一千二百岁，无论外貌还是五脏六腑，都没有丝毫衰老的迹象，这是因为永远都能心境平和，清静无为。学到我道术的，不但可以成为君王，还能进入无穷之门，游于无极的宇宙，与日月同辉，与天地共存。世间凡人都将在红尘中浑噩地死去，而得我大道的人，却能长存于天地之间。"

黄帝在山洞里修习三年，重新返回俗世，结果由一位小国的邦主，一跃成为统治整个九州的大帝，而且还活了三百多年，最后化为神龙升天而去。

这些关于神仙行迹的记录，此前伯夏也读过不少，却多视为荒诞不经的伪作，但自从被父神句芒点醒、拥有异能之后，他已经开始相信神迹，并开始重新审视这个深不可测的世界。他在竹卷堆里继续翻找，又抽出一卷来看，名字叫《彭祖三曼经》，不觉心里一喜：这回总算跟彭祖有点儿干系了。

据册上记载，彭祖是黄帝的第七世孙，陆终的第三个儿子。当年陆终娶鬼方国的女嬇为妻，但女嬇只有一个乳房，怀孕三年，却始终生不下孩子，陆终无奈，只好剖开其左胁下部，取出三个儿子，又剖开右胁下部，再取出三个儿子，其中的第三个儿子就是彭祖。

从尧帝开始，彭祖历任夏、商、周三朝官职，先后担任国家图书馆或档案馆的主管，据说到了本朝，已有八百岁的高寿，养着两头斑斓猛虎作为坐骑，行走时紧跟身后，就像忠犬那样，俨然是一代神仙的风范。

伯夏读到这里，渐渐生出一些焦躁来。如此神伟的仙人，来去无踪，又如何能抓住他们的信息？加上这彭城内外如此诡异，民风跟其他地方大相径庭，旧的经验已经失效，令他竟不知该如何是好。

彭祖

这日清晨时分，伯夏起了个大早，见云佼与常仲标正在切磋拳法，

远征

就独自走进种满芭蕉、海棠和栀子花的前院，命人放好制琴大师子高赠送的七弦琴具，席地而坐，闭目调息了片刻，开始弹奏故人高渔父所授《上水》，用了抹、勾、吟、揉之类的技法，高山和泉水的意象交替呈现。

院内干枯多年的泉眼，突然冒出水来，群雀盘旋飞临，满院的鲜花开始绽放，浓郁的香气传到百尺外的街上。蓬玉见到这场面，不禁拍起手来。云佼和常仲标也都被吸引过来，脸上露出欢喜的神色。

一位蓝冠白衣的中年男子，带着三名随从，昂首阔步地走进来，向正在操琴的伯夏问候说："好曲！想必这位妙手操琴的先生，就是大周国王的使者吧？"

伯夏两手按住余音震颤的琴弦，疑惑地望着来者。对方有一张西域人的脸，轮廓分明，鼻梁坚挺，用灰绿色的瞳仁凝视着他，眼神深邃，声音悦耳，犹如催眠一般："鄙人是你要找的彭祖。"

伯夏望着这位器宇轩昂的来客，难以相信自己的眼睛，但他内心的疑虑却在迅速融解。

彭祖目光恳切地笑了，再次强调了自己的身份："我便是彭祖本人。如果不信，可以直接向司城大人询查。"

"这是大司空写给彭祖先生的书信。"一名自称"召虎"的贴身侍从，向伯夏递去一封写在黄绢上的手札。

伯夏打开一看，信中之意，大约是彭祖拥长生之术，可成全国王大业，望阅信人善待之，云云。落款加盖了大司空的朱色印鉴，款式和风格，正是他在京城见过的那种。

伯夏此刻已完全信服，执礼顿首道："在下不敢，久闻足下盛名，今日得见，果然不同凡响。"

这个突如其来的转折，令伯夏心里的悬念，忽然有了着落，犹如柳暗花明。他当即命人端来酒壶和酒爵，加上几小碟酱豆、咸蛋和腌肉，请彭祖就席，向他转达国王的问候，并交付官家礼物，邀他随其西去，担任宫廷首席御医，传授长生之术。蓬玉坐在院角石凳上，在芭蕉叶的掩映下佯装读书，侧耳聆听他们谈话。她对这位访客满心狐疑。他的西域容貌，超出了她想象和期待的范围。

彭祖叫两名随从先押着礼物离去，自己一边喝着酒，一边高谈阔论。他声称拥有不死之术，并答应向姬郑传授长生大法，但他也提出一个苛刻的条件，那就是希望姬郑把王位禅让给其弟姬带。伯夏踌躇再三，应允尽快回去向国王呈报。双方谈得十分融洽。

彭祖说："诸侯纷起，周室颓倾，需要一个能干的国王来改变格局，姬郑老迈昏庸，根本无力控局，他若继续掌权，势必会把周人带往穷途。大夫若能以只手之力扭转乾坤，就能名垂青史，为世人所称颂。"

伯夏等人听着这番宏论，觉得闻所未闻，大开眼界。伯夏说："未料彭祖先生志不在养生，而在乎社稷江山。周室若有先生辅佐，犹如鱼之有水，则复兴文王大业有望了。"

彭祖笑道："子带王子是姬氏王朝的重鼎，伯夏先生风华正茂，亦是周室复兴的栋梁，我们若能联手，重新整顿天下，便易如反掌。"

伯夏谦逊地说："不敢。世人辗转人生，苦于生命无常，病多寿短，犹如蝼蚁，若彭祖先生的养生法可以续命护运，则天下人都会永记先生之大恩大德。"

彭祖说："这个嘛，尽在大夫的一念之中。请您这就回洛邑复命吧，我在彭城恭候佳音。"说罢，把酒爵一放，起身告辞离去，侍从召虎紧随其后。伯夏追了几步，想要劝他回来继续商议，但被召虎拦住。彭祖没有回首，大步扬长而去。

伯夏回到酒席上，茫然坐下，突然觉得有些眩晕，望着几个空空如也的酒爵，脑袋跟被掏空了似的，又仿佛刚从梦里醒来，甚至想不起刚才究竟发生了什么。他怔怔地思忖了半天，也没理出什么头绪，只好下令收拾行李，准备第二天就打道回府，向国王复命。

一直在远处旁观的蓬玉，这时走过来说："我看此人未必就是真彭祖，他的相貌不是中土之人，而且对国王的使者妄议朝政，也犯了隐士的大忌。"

常仲标也说："大夫的决定太过仓促，王命难复，还是再等几天吧。"

远征

033

伯夏本想为来者辩解,忽然心里一动,如梦初醒:"那我们就抓阄试试吧。"他拈起一片新鲜的绿叶,托在手上,树叶随即在掌心里飞旋起来,等它慢下来的时候,竟然变成了黑色。伯夏皱起了眉头,"不对,我们怕是上当了!"

云佼转身就要出门去追,就在此刻,一位满头银丝、长髯及胸的老者,手持邛竹弯杖,带着一名肩挑书箱的侍童,健步走进行馆,在他们前面引路的,正是彭城司城公子荡。伯夏此刻已经可以断定,这位应该是真彭祖,而刚才上门的,不过是个赝品而已。

伯夏面有愧色,心里快速涌出无数个问号——自己的心智为何会被人操控?他为何会如此轻信一个陌路之人?而植物又何以没有做出必要的反应?

"我来介绍一下……"公子荡的话头,切断了他的满腹疑虑。

"我知道,这位异人,一定就是我要拜见的彭祖先生。"伯夏不自然地干笑一声。他惊异地发现,对方每只眼睛里竟然有两个瞳孔,在前的那个较小,呈天蓝色,而在后那个稍大一些,呈金黄色,两只瞳仁彼此叠加在一起,射出月亮般柔和的光线。在他的记忆里,拥有这种四瞳眼的,只有帝舜、仓颉和齐桓公三位。它是神异之人的秘密标记。

彭祖拱手朗声笑道:"听闻国王有召,草民不敢怠慢,特地前来参拜,未知足下有何见教?"

伯夏教人重新整理食案,撤掉那些酒具,换上茶汤、芝麻小甜饼和饴糖小卷,请来客坐下,然后注视着对方的四瞳,表情恭敬地行礼道:"伯夏身受国王嘱托前来寻访,邀请先生前往京城,担任国王的健康顾问。"

彭祖还礼道:"我已八百多岁,年事太高,行动不便,恐难以担当国王所寄望的重任。"

公子荡端起茶盅:"老人家过谦了,您的成就,足以拯救本朝百姓于病痛亡故之中。"

彭祖端详了一阵伯夏,不禁点头赞道:"恕我不恭,这位大夫,眼神清亮,气息神异,不同凡响,不知是什么来历?"

伯夏呵呵一笑："在下是宋国句芒大神的祭司，现下在国王身边走动。"

彭祖向他凝望，目光深湛，然后拱手笑道："大夫跟句芒大神应该有什么更深的渊源，老夫不敢妄加揣测。失敬了。"

伯夏连忙以手加额地回礼，心想这四瞳老者果然了得，一眼就看出他的来历。

彭祖拂去落在衣衫上的树叶，正色道："跟伯夏大夫不同，老夫本是一个遗腹子，父亲是一名木作匠人，在我尚未出生时就得伤寒症去世。三岁那年，也就是周幽王的时代，爆发了犬戎之乱，淮夷一带也卷入战争，母亲不幸被乱贼所杀，而我则被好心的戎人收养，跟着他们向西逃亡，越过宽阔的戈壁和流沙地带，到达身毒一带，在那里住了数百年之久。

"在那些时日，我娶过四十九个老婆，生下了五十四个儿女，可是他们都在我眼皮底下去世，一个接着一个跟我告别。可怜老夫白发之人，居然送走这么多黑发子孙，天下难道还有比这更残酷的事情？"

伯夏、常仲标和公子荡听罢，面面相觑，觉得这些讲述，跟典册记载和他们的经验都相距甚远，实在是真伪难辨。

蓬玉站在一边，突然忍不住好奇地发问："请教大师，您的眼睛，为什么是四瞳，又为什么前面是蓝，后面是金黄。这其中究竟有什么妙处？"

彭祖哈哈大笑："这位姑娘问得好。四瞳是上天所赐，老夫生而如此，只是原本为棕色和黑色，五百岁时，后瞳变成金黄色，八百岁时，前瞳变成了海蓝色。没有人告诉我这是什么原因，想必都是上天的旨意。"

伯夏赞叹道："金黄代表星辰，蓝色代表天空，先生果然是天人下凡啊。"

"大概是因为冥神遗忘的缘故，让老夫苟活了八百多岁，只是老夫现在面容憔悴，营养不良，见识也非常浅陋，不值得宣传推广，敬请两位大人见谅。"彭祖顾左右而言他。

伯夏说："哪里，先生过谦了，您的名声早已经遍及南北，看您八百岁高寿，却如此健朗，果然是人间奇迹。在下很想就'不死药'之事，向先生求教一二。"

彭祖亮着诡异的四瞳笑说："关于'不死药'，只是一种坊间的无稽之谈。天下本没有'不死者'，更不会有不死之药。只因老夫侥幸活了这么多年，所以才会生出这些传言。说来说去，都是老夫的罪过。"

伯夏说："听闻先生此言，如醍醐灌顶。只是身负国王重托，此行空手而归，实在难以交代。"

彭祖叫童子打开那只雕工精细的檀木书箱，指着里面的竹简说："大夫此行辛苦，自然不能空手而归，老夫这里有《素女经》五卷，相传是黄帝与性爱女神的密谈记录，为世间罕有之物，权当彭祖献给国王的一份薄礼吧。"说毕稽首再拜，然后起身告辞。

蓬玉的安息猫在她脚下叫了一声，她突然发现，尽管阳光灿烂，老者身下竟没有影子，不由惊骇起来，以为是自己的错觉。刚想叫伯夏观看，老者冲她眨了一下眼睛，哈哈大笑，携书童飘然远去。

立誓

伯夏当夜在自己卧房里细读《素女经》，发现它果然是一部奇书，将房中术和养生的奥妙，说得十分透彻，令人有如梦初醒之感，而且书法古雅，简片丝毫没有虫蛀的痕迹，幽淡的香气在屋里弥漫，让他闻到远古时光的气味。第二天一大早，他叫醒蓬玉，请她尽快誊写一个副本。

蓬玉满口应允，抱着竹简回到自己房里，整整一天都没有出门。第三天下午，蓬玉走出自己的房间，面色苍白，眼神迷离。她交出写满文字的帛卷，无力地倒在伯夏怀里，在他耳边轻声说："这本坏书，让我死去活来三回……"

伯夏当然懂得蓬玉话里的含义。他也有些羞涩，无语地抱起蓬玉轻柔的身子，将她送回卧房，哄她慢慢睡去，然后回到行馆大堂，下令将原本竹简用火漆加封，装进刚做好的木箱，附上他的奏折，叫常仲标派人火速送达京城，面呈国王御览。

伯夏懂得，他此行的第一阶段使命，已经基本完成。只是在彭祖背后，似乎还有什么不可告人的秘密。他不相信"不死药"只是一个谣言，而要探究这项秘密，需要耗费大量精力，不仅如此，他还要面对另一个神秘的敌手。这个敌手已经多次下手，虽然没有得逞，但绝不会善罢甘休。此时此刻，伯夏的好奇心已被点燃。他决计暂时留下，利用异能，查明不死药和假彭祖的真相。

伯夏于是连夜召集全体人员议事，向他们宣布自己的决定，并示意他们可自行决定去留，但无人愿意离去。伯夏很高兴看到这个局面："感谢你们的不离不弃。但我要再次提醒大家，这是一项危险的大业，你们可能为此付出生命的代价。"

众人一时沉默起来。云佼说："我没有找到那家亲属，据说他们四年前已经搬往吴地。我和云门决定，从此跟定先生，不会再三心二意。"

"我们也一样。"众人迟疑了一下，跟着七嘴八舌地答道。

蓬玉在烛光下望着他，嘴唇翕动，没有出声，仿佛在说出一种隐秘的誓言。

伯夏脸上露出难以觉察的笑意，但他还没有来得及做出回答，屋里的植物突然蜷缩和枯萎下去，散发出浓烈的死亡气味，他猛然抬首，越过蓬玉的身子，看见冥神阎摩的阴郁面影。他无声地站在屋外，高不可攀，跟浓重的黑暗融为一体。伯夏端起灯盏向前走了几步，想要仔细察看，黑影便像雾气一样收缩退走了。

第二天早晨，在阎摩站立的庭院里，伯夏看见地砖上有一对深凹下去的爪印，大如木盆，仿佛是一个严厉的警告。他不安地意识到，这个性情暴烈的神灵，将是他今后最难对付的对手。

远征

第二章 敌现

宋国彭城
周襄王十四年（公元前638年）

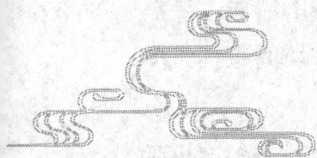

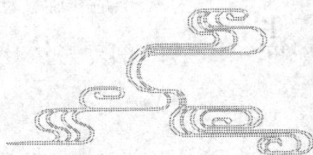

夺礼

伯夏的调查始于这年的秋季。他要设法找出假彭祖，因为那是他的现实威胁。如果不能追回王室礼物，他势必成为朝廷的罪人。但这是一桩非常棘手的案件。蓬玉绘出骗子的肖像，侍卫们拿它遍访彭城的居民，居然无人知晓，官府对此更是一筹莫展。公子荡派出的衙役，在坊间查询十多日，也是一无所获，就像此事从未发生过一样。

蓬玉不忍见伯夏终日眉头紧锁，便好言慰抚说："既然对方多次出手暗算，还持有大司空的印信，显然是从京城一路跟来的，而那幕后主使，想必也在京城，甚至可能就在国王身边。"

伯夏若有所悟："那天我对国王说要去寻不死之药，公子姬带的反应有些古怪，莫非是他在背后作祟？"

蓬玉说，"要想查证这点也不难。要是姬带遣人追踪而来，或许会跟官府联系，从那里查探我们的动向，只要去官府查一下，看有没有拿着姬带或王后的牒文来问事的，就能弄清真相。"

伯夏豁然开朗，拉过蓬玉的腰带想要亲她，蓬玉笑着躲开了。

伯夏当即派云佼前去拜访公子荡，追查姬带的线索。不出一个时辰，云佼就兴冲冲跑回来，说已经查到了线索。最近有个贩运丝绸的商队从京城过来，为首的手持王室关牒，名叫翟幽，正是当今王后的长兄。由于来头很大，所以根本就没有往他们身上去想。

伯夏一拍大腿，恍然大悟道："一定是他了。这位翟幽，精擅西戎洗魂术，在江湖中名头极大。难怪那天我任他摆布，原来是他在作怪。"他哈哈一笑，对蓬玉和云佼说："来而不往，非礼也，且看我也来捉弄他一回。"

"我认识这位翟幽，是个厉害角色，不太好对付。大夫务必小心。"已送回《素女经》又赶回来的常仲标紧皱眉头，"我担心在宫廷那边，会有什么不利于国王的阴谋。我曾看见王后跟姬带幽会，看上去有些蹊跷，但当时出于谨慎，没有及时向国王禀告，现在看来，这是我的一大失职。"

伯夏说："这倒未必就是件坏事，是祸是福，是凶是吉，一切都还难说。"

他援笔在简牍上写了一封信，对几名侍卫耳语一番，派他们分头行事。蓬玉见他神秘兮兮的样子，也没有再问，拉着云佼出门逛街去了。

到了黄昏时分，司城公子荡率领十几名兵丁，押着几车货物，进了行馆的大院。伯夏出屋迎接，公子荡笑道："伯夏大夫神算，这批皇家礼物，果然就藏在翟幽下榻的客栈。搜出赃物的时候，上面的皇家封印俱在，证据确凿，翟幽无言以对。只是他身为国王的妻舅，我们无法捉拿他归案，只好假装是一场误会，将他轻轻放过。"

伯夏说："承蒙司城大人做主，找到了这批礼物。否则，在下只好赴京请罪去了。"他随即命人从车上取下八匹蜀锦交给公子荡："这点儿小礼，不足以表达在下的感激之情，我就用它替国王谢过先生了。"

公子荡大喜道："区区小事，何足挂齿。下次有需要在下的地方，请大夫尽管吩咐。"

伯夏命人将礼物小心藏起，跟蓬玉交代了几句，带着云佼出门，双双

敌现

消失在迷茫的暮色之中。

　　常仲标回到屋里，开始在白绢上撰写给国王的密折。雕鹗"狗子"飞来，落在窗前的桃枝上，眼神神秘而锐利，仿佛是一种意义不明的探问。夜色迅速洒落下来，像一块带着光点的黑布，罩住了整个彭城。又到掌灯时分了，常仲标惘然想着，此时的京城，应该早已灯火通明了。

　　常氏世代都是洛邑的望族，拥有优良的武士"血统"。帝国迁都洛邑之后，家族受到进一步重用，叔伯兄弟十余人，全部被擢用为亲兵，担任中高级职务，虽然多数成员已经战死沙场，但因他是国王的贴身侍卫，所以得以苟活，而且能享用王室的各种福利。但所谓贴身侍卫，其实只是国王的家奴而已，表面上风光无限，其实也就干点儿端屎盆子之类的脏活。这次外派犹如放生，令他备感振奋。只是目前事态有些棘手，令人难以应对。好在伯夏是个罕见的奇才，独自扛起了团队的大梁。他暗自庆幸被神灵眷顾，能成为伯夏的助手。尽管乡愁在间歇性地涌现，他还是愿意选择这种异乡冒险。它危机四伏，却充满生气和希望。

交手

　　翟幽身穿袖口镶着豹皮的西戎锦袍，坐在酒馆里饮酒浇愁。他此行非但没有除掉伯夏，反而被地方官府索回皇家礼物，成了一个笑柄。他想象手下人此刻正在背后议论他的无能，顿时感到了奇耻大辱，发誓要扳回这个败局。贴身侍从召虎在一旁安慰说："公子虽然丢了皇家礼物，但在洗魂术方面，已经胜出一筹。只要继续设局，把伯夏干掉，京师那边，就能放手一搏了。"

　　"你懂个屁，干掉伯夏，还不如跟着他找出'不死者'，根除'不死药'。"翟幽摇头说，"铲除那个祸根，姬郑就无法得到民心，他的死期，也就很快到了。"

　　召虎露出讨好的笑容："是啊，眼下姬郑手里没有什么牌，但他要能拿到'不死药'，他就能号令天下。"

"'不死药'又不是什么毒药，高兴了，我们自己拿来吃下去，个个都长生不老，想干啥干啥，岂不也是件美事？"

"还是公子英明，运筹帷幄，下棋看到了九步之远。"

两人正在议论之间，一对玉树临风的男女走进酒馆，径直向翟幽走来，他心中一惊，酒醒了大半——这不是他的对手伯夏吗？而伯夏身边的女子，艳若桃花，冷若冰霜，正是他期待的那种梦中情人。他不由得傻笑一声，说不出话来。

伯夏在翟幽面前盘腿坐下，逼视他的眼睛："我知道公子奉命而来，要取我的性命。我希望我们可以达成和解。我不再追究你的过去，但也请你放过我。若你答应，那么那些皇家礼物还是你的，你可以全数拿走，我分毫不要。"

翟幽强压怒气："你是何人，敢这样对我说话？"

伯夏微笑说："我们已经交手多次，你应该很清楚我的来历和使命。你根本无法阻止我。我现在过来拜见，是为了说服你不再继续跟国王为敌，否则，我们之间必有一场大战，而你根本没有赢的机会。"

翟幽哈哈大笑："你，你，你这不知高低的东西，居然胆敢上门教训我！"

他非常生气，感到受了莫大的羞辱，来不及施用洗魂术，便傲慢地出手，拔出西戎短剑，向伯夏刺去。伯夏向后一缩，这剑便落空了。翟幽紧接着又刺出一剑，剑势更加凌厉。伯夏再退，这剑又落空了。翟幽飞身跃上桌子，向伯夏的心窝一脚踢去，鞋尖上的利刃自动弹出，其上涂过蛇毒，空气里弥漫着令人眩晕的杀气。伯夏第三次闪退。翟幽一个筋斗翻下桌子，再踢出带刃的一脚，这时，伯夏已经退到墙根，似乎退无可退。

句芒术令伯夏能轻松避开快速的攻击，他微笑着，在方寸之地闪避，打算继续保持这种退让的姿态。但云佼已经忍无可忍，眼看伯夏性命堪忧，突然从侧面出手，迅疾地插入伯夏和翟幽之间，以食指和中指点在翟幽的大腿上。翟幽大叫一声，腿骨已断，顿时晕倒在地。

召虎连忙吹起呼哨，呼唤分散在附近的武士。伯夏跟云佼彼此会意地一笑，转身走出了酒馆。

奇遇

翟幽醒来时，已经被手下抬回客栈。他挣扎着坐起，赶走众人，准备自己疗伤，但他不知道，云佼的指法与众不同，并非猎户家的土产，而是源自一名无名高手的密授。对手的伤害程度，可分为三个层级：第一级伤害叫"大用外腓"，看起来只是断骨而已；但伤者若以正骨法自救，反会引发经络错位，血管破裂，导致更严重的创伤，此为第二级伤害，叫作"反虚入浑"；要是有人试图止血，就会引发第三级伤害，导致心脉震撼和心力衰竭，受伤者迅速死亡，此为"超以象外"。

对于这种来历不明的江湖奇技，翟幽闻所未闻，他一下子被云佼推入死亡的边缘。他的心脏剧烈疼痛，视线逐渐模糊，意识从身体里飘浮出来，仿佛被人一把推出了肉身。翟幽没有恐惧，他只是觉得，所有的欲望、野心和焦虑都在烟消云散。

他的灵魂变得很轻，飘起在半空，越过窗户，向庭院里的大槐树飞去，好像打算在那里停栖，却被一只巨大的手掌接住，就像接住一片凋零的树叶。这大手属于一个巨人，他周身像一团没有边界的迷雾，唯有一双血红色的眼睛在注视他。翟幽惊惧地叫道："你，你是什么人？"

对方用喑哑的声音说："我观察你已经很久。你要阻止姬郑得到'不死药'，这点很好。'不死药'一旦在贵国蔓延，我的地下王国就会崩溃。我必须阻止句芒的阴谋。"

翟幽心想，这一定就是姬郑所梦见的阎摩——掌管人类生死的巨人了。他跟句芒大神的那场赌局，早已被姬郑透露，在宫中传得人人皆知。

阎摩说："你已经死亡，但我允许你重生，我要你成为我的信徒，为我效力。"

阎摩的手掌握住翟幽的灵魂，把他扔向躺在席上的肉身，然后在他身上反复搓揉。翟幽发出痛苦的叫声，感到所有肢体和器官都被撕开、瓦解，成为零散的碎片，手指、指甲、阳具、带刺青的皮肤和散乱的头发，都在气流中上下翻滚，然后再重组起来。在他昏死过去之后，黑团在旋转中撞破整面大墙，消失于茫茫黑夜之中。屋里的所有陈设都被摧毁，化成了碎片和粉末。

不知过了多久，翟幽突然从席子上醒来，犹如做了一场过程惊险的噩梦。剧痛奇迹般消失了，他痊愈如初，手脚伸展自如，好像从来就没有受伤似的。翟幽爬起身来，见房间像被洗劫过一般，而身边却多了一只黑色的石龟，小若巴掌，上面刻着细密的漩涡式水纹，那是大神阎摩留下的信物。

翟幽站起身来，不敢相信刚才的际遇。他伸出自己的双掌，看见皮肤已经变成淡蓝色，上面隐约浮动着黑气，宛如水的纹路，在两掌之间现出一个黑色气旋。他先是有些畏惧，而后便转向了喜悦。他舞动身姿，觉得周身奔流着澎湃的力量。

他跪在地上，小心地拿起石龟，托在右掌上，想要对它说出感恩的言辞，石龟忽然动了起来，咬了一口他的中指尖，然后悄然隐入他的掌心。

一个名叫季猊的武士听见动静，赶紧跑进屋来查看。翟幽站立起来，为自己下跪的举止被人看见而大感恼火。他看了一下自己的手掌，然后试着用中指隔空点了一下武士，他惊讶地看见，对方的身躯顿时硬了，笔直站着，犹如一具僵尸。翟幽说："派你们兄弟俩除掉伯夏，三次都功败垂成。你的弟弟已死了，你还好意思在我身边蹭着？请自己做个了断吧。"

武士动作僵直地拔出大夏弯刀，先切下自己的左掌，而后是整条左臂，再分别砍掉左右两足、小腿和大腿，跌坐在地上后，又剖开自己的肚子，让肠子流了一地，最后割下了自己的脑袋。整个过程有如行云流水。

翟幽为刚获得的神力深感震惊，觉得这是个不可思议的奇迹。阎摩强化了他的摄魂术，令其变得难以抗拒。他看着这场残酷的自戕，仿佛在看一场魔法师的表演。头颅滚落在地的时刻，他拍手大笑起来，弯腰提起鲜血淋漓的头颅，重重地砸在案头上："很好，这是鄙人献给冥神的第一份祭品。"

召虎领着一干武士跑进屋来，看见散乱的肢体和一地血污，不由大惊失色。见翟幽的伤势已经完全平复，更是觉得不可思议，却也不敢多问，命人赶紧收拾那堆残肢，把地板清洗干净。翟幽想起刚才被打伤的那幕，不由得爱恨交织："你去找个画师，绘下那个打伤我的女子，务必要查明她的来历。你给我吩咐下去，今后谁都不许动她。伯夏死后，她就是我的人了。"

召虎领着手下唯唯诺诺地退了下去，心里还是满腹狐疑，不知究竟发生了什么。他提着人头来到前厅，把它塞进一只铜罍，又把一大坛酒咕咚咕咚地倒了进去："泡上三个月，又是一坛好酒。"他舔着干裂的嘴唇，对众侍从笑道。

只有季豹脸色阴沉地站在阴影里，眼里闪出仇恨的目光。他的两个堂兄季獐和季獍，都无端地死于翟幽的虐杀，是可忍，孰不可忍。他毫无声息地站着，眼看众人嬉笑着走出屋子，这才来到铜罍跟前，跪下身去，双手扶着铜罍，发出压抑的咬牙切齿的呜咽。

翟幽依旧站在碎片的废墟里，翻来覆去地端详淡蓝色的中指，又轻抚那些变得强壮起来的肌肉、经脉和茧皮，脸上浮出诡异的笑容。他拿起铜镜，照见自己的瞳仁与整个眼球融为一体，变得一片漆黑，没有丝毫反光，深不可测，犹如火焰寂灭时的地狱。

谜解

伯夏的彭祖调查，分出两条路径，第一是派出侍卫，化装成寻常百姓，在街坊和乡间到处查访，看是否能找到有用的线索；与此同时，他还通过公子荡，以国王名义发布敕令，着手在彭城一带收集散落民间的书籍。他的行馆里堆满各种新旧竹简。他又征召当地文士，组成研究团队，按他的指示，逐一翻检那些文献，试图从书里找到蛛丝马迹。这项资料搜集和分析工作，不仅耗费时日，而且进展缓慢。

蓬玉最善诗书，喜欢从文字里寻找背后的隐喻、象征、谜语和各种影射。彭祖谜案很对她的口味。她每天都在寻章摘句，并且乐此不疲。看见蓬玉喜欢，伯夏心中便有了难以言喻的欣慰。

但蓬玉的文献研究，并没有太多的收获。一本叫作《寿经》的古籍称，彭祖是黄帝的曾孙；另一本《容仓子》则说他来自身毒，并非中土人氏；还有一部没有名字的残卷，形容彭祖是一头修炼万年的狐狸精。蓬玉看得吃吃地笑出声来，觉得古人的叙述，实在可笑得紧。

伯夏见研究毫无进展，叫侍卫们打开竹简，整个大屋里摊得到处都是，自己亲自在那些简册之间穿梭，寻找书卷和字词之间的关联。蓬玉也来掺和，两人在屋里转来转去，看起来就跟捉迷藏似的。还是蓬玉聪慧灵巧，偶尔发现某种极细的植物丝线，源自竹子的深处，牵系出毫不相干的字词。

她把这意外发现告诉了伯夏。伯夏心有所动，小心翼翼地用手指挑动细线，牵动词语，在书案上重新加以排列，形成新的句子组合。伯夏发现，这些细线有着不同的色彩，白色是陈述，红色是隐喻，蓝色则是反讽，还有一种黑线，代表难以追溯的记忆。它们牵起词语，编排句子，最后交织成一些意味深长的片段。

侍卫们眼看伯夏对着空气比画，都以为他脑子出了毛病，只有蓬玉用清澈的笑容鼓励他继续探究。在第七天清晨，伯夏起身走进书房，用细线牵出最后一组词语，把它们嵌入那些字句的矩阵，仔细端详片刻，突然意识到，这个复杂的语词拼图已经完成。

蓬玉走进屋来，见那些摊在地上的竹简，居然长出了细小的叶芽，深感惊讶，轻身走到伯夏身后，看着他手指灵动，在桌面上玩着空无的游戏。她把头靠在伯夏的肩上，柔声说："大夫找到线索了？"伯夏嘘了一下，用手指蘸水，在桌面上轻轻擦拭，那些看不见的文字，开始奇迹般地依次显现，犹如神迹。

蓬玉一边细读那些蝇头古篆，一边解释给伯夏听，说是彭祖并非一人，而是一个叫作"彭族"的团体，专门从事炼丹事务，其间贤人辈出，自尧帝起，历夏朝、商朝，分为三个流派，分别叫作大彭、豕韦和诸稽，一部分成员担任过历朝要职，如守藏史、贤大夫或柱下史等。

周幽王五十一年，犬戎发起凌厉进攻，周王室因幽王的无能而崩溃，整个彭族惨遭灭顶之灾，数千人死于非命，其中包括大批妇女，这大概就是彭祖所说的"丧母之痛"。在那次重击之后，犬戎人发现了彭族的存在，视之为珍宝，将其掳走，历经西域各国，走走停停，耗费二十多年，最后在身毒国停下脚步。彭族在那里繁衍生息数百年，当地称为"达芒人"，他们甚至参与了变革婆罗门教的沙门运动，以探求炼金术的最高奥秘。

后来他们又集体返回祖地，与未出国的那支会合，以"彭祖"之名，形成纪律严密的组织，聚居于淮河下游以北地带，白昼在田间务农，夜晚隐入树林炼丹，保持这种状态，已有两百多年的历史。

炼丹士之所以选择彭国，是因为在那里的山谷中，发现了一种奇妙的泉水，味道甘美，饮服三杯就能治愈任何顽疾，所以彭人渐渐都成了神仙，过着幸福快乐的生活。古代传说中有蓬莱、瀛洲和方丈三座仙山，但其实还有第四座，那就是"达童山"，在它名字里暗含着"返老还童"的意思。它坐落在大地的某处，跟海上的仙山遥相呼应。许多学道者云游四海，想要找到这座仙山，却好像没有人能成功……

蓬玉一边阅读，字迹也在迅速隐去，等到蓬玉读完，那些文字，便都消失得一干二净。她先是目瞪口呆了一会儿，继而又拍手笑道："大夫真神，轻易破了天下第一悬案。"

"原来我上次在乡间遇到的那些怪老头儿，都是'彭族'的一分子，难怪他们个个都身怀绝技，力量非凡。"

伯夏用手指轻轻勾起她的佩带，把她拉在身边："若不是句芒父神的启示，还有蓬玉小姐的指点，我还要在暗夜里摸索良久。"

蓬玉咬着他的耳朵悄声道："有大夫在，我们会所向披靡的。"

"我们这就去那间乡村，找出那些彭人。只要他们在，'不死药'的下落，就会水落石出。"阳光射进屋里，照亮了伯夏转忧为喜的面容。

云佼风尘仆仆地从外面走来，站在门外，看见柔情蜜意中的伯夏与蓬玉，掀开丝帘，毫无表情地走进屋去。

"我听到一个不太好的消息，翟幽正在建设营地，招兵买马，准备跟我们大干一场，大夫要有所准备。"

伯夏感到有些意外，但随即恢复了镇定："兵来将挡，水来土掩。有云佼和蓬玉在，我们一定能挫败他的阴谋。"

他拉起云佼的手，要她来看桌面上的文字。云佼有些不自然，脸上微微一红，冷冷地抽出手说："我看不懂。"伯夏笑道："没事，那就让蓬玉告诉你吧。"

蓬玉笑道："云佼姑娘不识字吗？没关系，我来帮你。"

云佼语气生硬地说："不用，你们识字帮互相切磋就好了。"

她大步走出屋子，躲开伯夏的视线，心里涌起浓烈的醋意。她知道这是一种错误的心绪，却难以自持。她忧心忡忡地发现，自己一开始就喜欢上了伯夏。为什么是这个男人呢？眼下她还无法回答这个问题。她决定把这份心思藏在心里，永远都不告诉别人。她穿过院落，回到车水马龙的街上，面朝开花开得如火如荼的美人蕉丛，忽然间热泪盈眶。

次日早晨，伯夏带蓬玉和云佼，再度出城去探访那座附近的村庄。走了半天，都没有再见那些牧牛和戏水的老头儿。好不容易找到那间精舍，进屋去看，里面竟空空如也。云佼伸手一摸，席子上满是尘土，好像很久都没人住过。

他们又掉头去附近的农家打听，但整座村庄都已搬空，根本看不见人迹，灶头都是簇新的，没有生火留下的炭黑痕迹，就连牛圈、猪圈和鸡舍，都干净得好像被洗过那样。只有一些干枯陈旧的稻草，随风飘飞，滚过长满野草的土田，仿佛在嘲弄这些愚钝的访客。三人失望之余，心情都很沮丧。

敌现

蓬玉说："我感觉有人在演一场很大的戏，而我们一直被牵着鼻子，就像几个呆傻的看客。"

云佟说："看这些房子和家具，虽然沾满尘土，但还是很新，像是专门为演戏准备的。"

伯夏望着这片专门为演戏搭建的布景，一时说不出话来。

幽盟

翟幽正在忙于组建自己的帮会"幽盟"，其名号源自他本人的名字。他原本就擅长安息洗魂术，而冥神阎摩的加持，强化了他操控他人灵魂的法力。这种状况进一步点燃他的野心。他决定以彭城为据点，跟对手伯夏决一雌雄。此役可以助姬带执掌周室权柄，消灭蛊惑人心的彭人。他以国王的名义四处树立木桩，钉上木牍文告，招募和训练拳脚利索的武士。

与此同时，翟幽出资购买整片民宅，赶走了那些拒绝搬迁的钉子户，对它们加以改造和重建，将其连接在一起，形成完整的四方形街区。周围修起粉白色的高墙，厚重的木门上包裹铜皮，看起来坚不可摧。转角处还有高大的碉楼，上面加盖望台和箭垛，名字就叫"翟府"。这座庞大的建筑将成他为政治起飞的跳板。他要在彭人的心脏地带，营造阎摩的人间帝国。

妹妹戊隗负责营造围墙内的土木工程。这是她的专长。她参照洛邑贵族的宅院风格，结合北方碉堡结构，亲自绘出图纸，在淮夷一带招募两百多名优良匠人，包括木匠、石匠、泥瓦匠和铜匠等，开始大兴土木，建造议事厅、宿舍、操场、库房、客舍和饭堂，并为翟幽和自己分别造了两座相对独立的宅院，甚至还有秘密的地下仓库和逃生通道。

但戊隗并不知道，那些建造密室和秘道的匠人，事后被翟幽骗到山里集体灭口。在"翟府"的建成典礼上，他们的心脏被淋上松油烧成灰烬，成为祭天的牺牲品。

"幽盟"结盟那天的清晨，翟幽还在熟睡，阎摩身穿黑袍，骑一匹白色的神马，缓慢走进他的梦境。他甚至可以听见马蹄的清脆声音。他用利爪抓住那些亡灵，把他们塞进宽大的袖子。随后阎摩消失了，换成他本人骑在奔跑的马上，马鬃随风飘动，像河水一样流淌，而他的身躯也随之化成透明的水体，而后在跑动中逐渐硬化，冻结成了冰雕。当他试图驱马前行时，冰雕破裂，跌成了一堆凌乱的冰块，只有他的头颅完好无损，像水晶头骨那样，滚落在雪地上，反射着刺眼的阳光。此刻他看见了另一个自我。他在试图伸手去抓住那个冰颅，但它却融解成了一个没有头骨的面具……

　　翟幽醒来时，日头已经临照他的卧榻。他在两名侍女的伺候下穿戴妥当，由召虎陪着，信步走出屋子，看见应召者已经齐聚大厅，一种改换天下的豪情涌上心头。他知道，无数人在这个动荡的新时代沉浮，其中大部分人都将被淘汰，只有他才能成为主宰，因为在他背后，站着那个掌管地狱的巨人。

　　他向众人宣布"幽盟"成立，并告诉他们，世间由冥神阎摩统治，彭城所流行的彭祖和"不死者"的谣言，是一个卑鄙的骗局。彭祖就是一个骗子，他不仅骗了宋人，而且骗了整个帝国。彭城官府非但没有行使职责，反而与骗子勾结，以致这里沦为骗子的营垒。"幽盟"的使命，就是要捍卫冥神的道义，保护彭城百姓，剪除那些骗子，还有他们背后的暗黑势力。

　　翟幽说得声情并茂，连自己都有些感动，但武士们并没有做出他所期待的反应。他们把胳臂交叉在胸前，懒散地站着，表情都很漠然。翟幽有些愠怒，冷笑一声，伸出右手的食指，在虚空中上下左右地画线。黑色气旋开始在大厅上空聚集，变得越来越浓。众人这时才有些惶惑，开始交头接耳起来。翟幽的瞳仁再度变得一片漆黑。气旋变成黑色的水流，悄然涌入众人的口鼻。翟幽说："你们一见我就应该磕头，就跟见了国王似的。"

翟幽满意地看到，被洗魂术清洗后的武士，脸上开始露出顺服的表情。翟幽说："这就对了，我是你们的主子，你们是我的奴才，从现在起，你们要完全忠实于我，我说的每一个字，都是你们的圣旨。任何背叛我的人，你们都要群起而诛杀之，不得有误。"

　　接着是盟誓环节，他们面对仪态威严的冥神造像，大声念出意义不明的咒语，整座大宅都在为之颤抖。翟幽满意地看到，武士们的表情、举止和声音变得如此一致，就像是被人操纵的木偶方阵。

　　但翟幽知道，任何洗魂术都有时间限制。原先他可以控制他人半个时辰，现在则可以长达三日之久。但除非他每隔三日都出手一遍，否则，那些蠢货会故态复萌，重新处于失控状态。

　　在他从翟国带来的谋士中，有一名来自埃兰的麻吉，是第一代炼金术士，精擅洗脑之术。他声称，洗魂术的成果，必须用洗脑术加以固化，时间才会久远，再辅以强筋术，令躯体变得强壮，才能成为合格的战士。这种三位一体的法术，出自埃及法老的秘籍，是上埃及王国统治尼罗河流域的法宝。埃兰的国王没有采纳这种方法，所以最终被巴比伦王国所灭。

　　翟幽恍然大悟。他要亲自按埃兰秘法来制作洗脑圣水。在一个择定的吉日里，他向盛满米酒的黑陶罐，倒入蚯蚓、蜈蚣、蟾蜍、毒蛇、乌龟、牛胎盘和婴儿粪便的碎末，再注入自己的毒血，用中指仔细搅拌三个时辰，看见酒色由深褐色变成淡褐色，又逐渐变成淡绿色，最后成为透明无色的液体，看起来就像是清澈的山泉。麻吉说："祝贺王子，圣水已经成了。"

　　注射圣水的仪式其实是很单调的，它是一个无限重复的过程。那些武士在召虎的指挥下，依次排成长队，逐个走进他的屋子。翟幽像麻吉那样，身披白色长袍，用咒语为他们祝圣，然后用空心的细铜管，把圣水吹入他们的耳孔。武士像喝醉酒了似的，摇摇晃晃地走出屋子，然后在庭院里倒下，被拖到墙边靠着，等到苏醒之后，就会变得表情憨厚，神色坚定，好像刚诞生的死忠信徒。

　　在完成洗脑程序之后，召虎负责强筋术的训练。那是更加可怕的过程。但经过洗魂和洗脑之后，没有任何武士会抗拒这种酷烈的方式。他们在燃烧的炭火上行走，在闪光的刀锋上滚爬，在沸腾的油锅里洗手，又在寒冷的冰水里沐浴，在边缘锐利的砾石上睡眠。半年之后，翟幽满意地看到，他已经拥有五百名死士，他们忠诚、强悍、暴戾，战无不胜。

翟幽将这个教团的成员命名为"幽者"。他们将是可怕的夺命幽灵。翟幽得意地想着，就连姬带都会对此无比羡慕。在洛邑政变实现之后，他还会在那里训练一支更庞大的幽者军队。他的设计，完全契合姬带的图谋，而且能形成都城与边邑的密切呼应。不仅如此，就他个人而言，武力是他统治彭城的起点，也是他进入帝国最高权力架构的本钱。他开始四处采购兵器，尤其是品质优越的青铜宝剑。他要缔造一支无敌的剑客军团。

召虎并不知道主子的这份心思。他家是翟家的世代家奴。也许从祖爷爷那辈起，他的家族就在翟家服役，侍奉这个彪悍的北方贵族。父亲自幼告诉他的箴言，就是唯主子是从。父亲给他的家传三诫是："不看、不问、不想。"但他并未完全顺从这个训诫。他喜欢琢磨主子的爱好，并指望有朝一日能从奴隶角色里摆脱出来，成为一名有钱的武士。只要翟幽在彭城做大，他就有望实现这个卑微的梦想。

邂逅

翟幽带着召虎走出翟府。这是他的喜日，府邸早已建成，而军队也打造完毕，他要去附近的酒肆寻欢，庆贺自己的新生。

刚转过一个街角，就跟迎面走来的云佼和云门不期而遇。看见美人满含英气地迎面走来，翟幽欢喜地叫道："这不是那位武功高强的云佼姑娘吗？本公子三生有幸，得以再睹姑娘的芳容。"

云佼鼻子里轻哼了一声，没有理会，继续朝前走去。召虎正想上前拦截，翟幽冷笑一声，用暗蓝色的手指向她后背隔空一点。云佼没有觉察，只是逐渐放慢了脚步。翟幽又喊了一声："云佼姑娘请留步，本公子想请你移步酒肆一叙。”

云佼停步转身看着翟幽，眼神变得有些迷乱："好呀，承蒙公子大度，不计前嫌，本姑娘领受了。"

云门深感意外，不知姐姐为何突然变了态度。他只好紧紧跟着云佼，生怕会出什么意外。

翟幽领着云佼进了一间酒馆，分主宾坐下。翟幽命召虎点好酒菜，转脸对云佼笑道："姑娘那天下手好狠，本公子不但伤了腿，而且还伤了心，差一点儿送命。"

云佼微微一笑："公子的心，难道是豆腐做的？"

翟幽说："本公子见了姑娘，心就变成了豆腐，再过一会儿，还会化成水的。"

云佼望着翟幽，眼里现出罕有的柔情："公子受累了，小女子下手太重，心里好生歉疚。"

翟幽接过召虎斟满酒的杯子，坐到云佼身边："云佼姑娘，杯酒释怨，请喝三杯，我们从此就是自家人了。"

云佼举杯一饮而尽，再饮，三饮。她的眼神变得越发迷乱，翟幽顺势牵起她的手指，逐个亲吻起来。

"这位公子，你弄疼我了。"云佼抽回了双手。

"宝贝儿，你要是跟着本公子，我会让你一世快乐。"翟幽柔声道，一改往常的乖戾之气。

云门带着雕鹗"狗子"疾步奔回行馆向伯夏报告，说姐姐行为古怪，竟跟翟幽一同喝酒。正在书案前写字的伯夏，立即猜到那是翟幽的洗魂术在作祟，他大喊一声"不好"，飞身越过书桌，拉着云门向大街飞奔而去。蓬玉吓了一跳——她从未见过伯夏急成这个模样。

在酒楼上，伯夏看见了令人尴尬的场面。云佼发髻凌乱，已经酩酊大醉。翟幽正在不停地劝酒，见伯夏现身，没有感到意外，反而露出得意的笑容："原来是伯夏大夫大驾光临，你来得正好，云佼姑娘跟我谈得十分投缘。"

召虎附和地笑了："我对伯夏大夫的祖宗发誓，他们真的很情投意合。"

　　伯夏说："好个翟公子，果然魅力无穷，就连云佼也被你玩了洗魂大法，你……"

　　"我喜欢云佼姑娘。她若不嫌弃，我想娶她为妻。七天以后，我会带着礼物，正式上门提亲，请伯夏先生放行，这桌酒菜，就算本公子付的订金。"翟幽大笑着放开云佼，带着召虎下楼，扬长而去。

　　云佼从洗魂术中醒来，茫然看着自己鬈发凌乱的样子，忽然猜到了什么，看着伯夏，不禁羞愤难当。"我，我，我……"

　　伯夏走过去扶起她，柔声说："什么都不说了，咱们回去吧。"

　　云佼眼里涌出了泪水："你为什么不早点来救我？"她猛地推开伯夏，站起身来，头也不回地跑了出去。伯夏对云门大声说："你去看看你姐姐，别让她再出事了。"

　　云门点点头，赶紧追了出去。伯夏坐下来，看着一桌丰盛的佳肴，自言自语道："嗯，不要浪费了这桌好菜。"他举筷夹了一口菜，放进嘴里嚼了半天，突然剧烈地呕吐起来。

求亲

　　翟幽没有食言，七日后的未时，他果然派出十八辆牛车，满载彩礼，将伯夏的行馆团团围住，正式向云佼提亲。伯夏闻报，跟蓬玉一起来到门外，强忍怒气对翟幽说："云佼姑娘不愿嫁你，还是请翟公子先回吧。"

　　翟幽说："你并非她父母，如何能替她做主？我要亲耳听见她本人的说法。"

　　伯夏无奈，只好派人叫来云佼。云佼一见翟幽，脸上露出恼羞交加的表情："你，你，你，你还好意思……"

　　召虎笑了："翟公子可是大仁大义，对姑娘一往情深呀。"

"日前邂逅相逢，本公子有越轨之举，还请姑娘宽恕，"翟幽正色道，"不过那也是出自对姑娘的喜爱，情不自禁而已。"

云佼看了一眼伯夏，转脸对翟幽说："你别做白日大梦了。那天是中了你的洗魂大法。我就是终身无人可嫁，也不会轮到你。"

翟幽竟不动怒，当街折箭为誓说："本公子此生必娶云佼姑娘，虽然你现在不依不从，将来一定会回心转意。我愿意一直恭候姑娘的消息，直到海枯石烂。"随即令人当街焚烧彩车，将全部彩礼烧成灰烬。火焰一直持续烧到黄昏时分，整条街弥漫着烧焦的烟气。路人都来围观，仿佛在看一场声势浩大的街头风情表演。

翟幽对伯夏说："这是我们翟国的礼俗，若不能娶走娘子，就只能焚毁彩礼祭天，让神尊代女方父母领受。"又命属下当众书写字据："癸未年庚申月辛丑日，翟幽礼聘云佼，遭拒，焚礼而归，日后若是再娶，以此为据。"随后将字据点燃，看其在自己掌心里烧成灰烬，然后把纸灰吹向半空，仰天大笑而去。

蓬玉望着翟幽的背影，对云佼扮个鬼脸："这疯子，看来他真的喜欢上你了。"

云佼一踩脚，怒气冲冲地走开了。她深知自己出身低微，无法跟蓬玉这样的贵族相比，却也不愿去屈就权势。翟幽虽然贵为北方翟伯的公子，容貌也在伯夏之上，但他的傲慢和轻狂却令人生厌。更重要的是，她的灵魂已经被伯夏俘获，难以自拔。现在，她要赶紧逃离现场，躲开这两个危险的男人。

伯夏看着云佼的背影，默然不语。他喜欢这个女孩，并不亚于蓬玉。在他看来，这是两个截然不同的品种，一个聪明灵秀，一个英气逼人。她们是他梦里的孪生星宿，每一个都如此光华四射，照亮了他的灵魂居所。可是他丝毫都没有感到快乐。

直到很久以后，伯夏才弄清了云氏的全部来历。她出身于宋国山野的猎户之家，父亲拥有精湛的家传武艺，但因目不识丁，无法获得武士地位，只能在底层挣扎，靠贩卖野兽毛皮度日。在一场跟楚国的战争中，云佼的父亲被征入伍，因表现勇猛而升为队长，却因中了对方埋伏，被乱箭射死。母亲忧郁成疾，不久也撒手尘寰。

迫于生计，云佼十三岁就带领弟弟在山林里狩猎，又跟其他猎手争夺地盘，历经千辛万苦，最终仍然斗不过当地豪绅，只好变卖祖屋，前来彭城投奔伯父，不料伯父早已搬迁，不知去向。伯夏知道，除了他的寻彭团队，云氏姐弟已经无处可去。但他不想乘人之危。他的焦虑，源于他不知该如何安放云佼。他爱蓬玉，却也无法割舍云佼。他不愿在她们之间做出非此即彼的选择。

大街上的彩车还在熊熊燃烧，黑色的烟气升得很高，像报警的狼烟，原本明艳的天空，顿时变得黯淡起来。伯夏独自在街上站了一会儿，然后带着无法言说的隐痛回到府邸，悄然关上了大门。

彩车被焚之后，拉车的牛便被幽者们当街割喉杀死，路人纷纷上前抢夺牛肉和内脏，不消片刻，群牛便只剩下了骨架，随后，几十只家犬蜂拥而上，开始享用它们的晚餐，城外的野狗也穿过沟堑，大批前来会餐。第二天早晨，现场已经被清理干净，只在地面上留下大片发黑的血迹。

第四章　丹谜

宋国彭城
周襄王十五年（公元前637年）至
十六年（公元前636年）

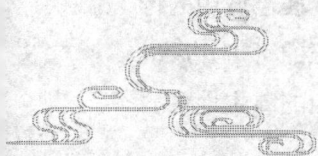

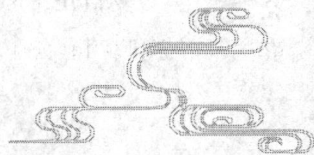

悼亡

这年的夏季，宋襄公伤痛加剧，因败血症引发全身感染，宋国紧急延请各地名医诊治，但都束手无措。在一个炎热的黄昏，他在跟神灵的喃喃低语中死去，辞别了这个正在失控的世界。他的尸体被葬于襄邑城中的行宫后院。临终前，他把权力交给自己的长子王臣。他是蓬玉的哥哥，后世称他为"宋成公"。可惜新任大公的才华远不及父辈，宋国的霸主地位，很快就衰微下去，成为各国觊觎、欺凌和侵吞的对象。

宋襄公的家族来自极西之地，被视为西戎族群的一个细小分支，当年进入中原时，因积极参与周人的反殷革命，受到周武王的犒赏，被封在"宋"这个地方，成了公爵等级的上层贵族，过去曾信奉一种西戎人流行的教义，但入乡随俗之后，旧教规逐渐失效，但对丧葬的规模，仍有严格的限制，拒绝任何奢靡浪费的做法，所以兹甫的葬礼，简化到了寒酸的地步。

夏日正午时分，天气很是闷热，街上几乎无人走动，只有蝉虫在树上大声鸣叫。公子荡派人送来大臣公孙固的信函，报告了襄公的死讯。蓬玉

长
生
弈

脸色煞白，呆了一会儿，然后失声恸哭起来。虽然早有精神准备，但这最后的消息，还是给她沉重的一击，令她感到撕心裂肺的疼痛。

蓬玉对父亲有着异乎寻常的依恋。据说她出生时，全身透明，五脏六腑都看得一清二楚，就跟水晶娃娃似的，随着吸吮母乳，数月后才慢慢失去透明的特性。由于母亲很早就因病谢世，父亲独自抚养和教诲他们兄妹成长，对她尤其钟爱有加，仿佛把对爱妻的全部爱意，都悉数转移在她的身上。每天清晨，父亲都坐到她的卧榻前，满含怜惜地抚弄她的辫子，在她的小手心里挠痒。

蓬玉长到十四岁时，保姆替她穿上母亲的衣服去见宾客，父亲见了神色大变，恍然以为见到了亡妻本人。从此她就被父亲始终带在身边，参与各种政治活动，一直到长成为止。

她喜欢悄然坐在厅堂屏风背后，猜测说话者的长相和性格，逐渐学会了洞察人心和世情。她的聪慧，就连国王姬郑都大为赞叹，觉得她的超群智力，足以成为天下女子的榜样。

但蓬玉只热爱自己的父亲，把他视为自己的英雄和首席情人。他如此温存而坚定，品行完美，拥有世间男子的全部魅力。她时常仰脸凝视发号施令的父亲，觉得自己就该嫁给如此完美的夫君。

兹甫对女儿的这种痴迷深感不安，开始努力替她寻找合适的男人，直到春神祭司伯夏出现为止。后者仿佛是兹甫的年轻版本，不经意地出现在宋襄公的家宴上，用楚人的古琴曲《湘妃怨》引诱了蓬玉，让她意乱情迷，不能自拔。从此她把一片芳心，都移在这个帝国最年轻的祭司身上，甚至忽略了来自父亲的眷爱。她跟着伯夏远走他乡，在那里探寻"不死药"的秘密，却把父亲的伤痛置之度外，甚至未能跟他做最后的道别。她为此陷入无限的悔恨之中。

伯夏轻抚她的后背，许久没有说话。等蓬玉渐渐安静下来后，他放下信札，一言不发，独自走了出去。蓬玉不太放心，赶紧抹掉眼泪，尾随着来到后院，见伯夏站在一株茂盛的柿树下，举手望天，口中喃喃有词，面前突然凭空出现一座神庙，只有一间棚屋大小，他跨步走了进去，下跪，

月谜

叩首，祭拜良久，然后退了出来，手一挥，神庙便消失得无影无踪。蓬玉躲在树丛后，目瞪口呆。

伯夏在花丛里转了一圈，又走回前厅，好像输过满满的能量，双目炯炯地望着蓬玉："我无力救你父亲，但我知道，他的灵魂没有离去。他融入了大千世界，从每一片叶子里观看我们。"伯夏伸出手掌，其上托着一片树叶："你看，你看见了什么？"

蓬玉说："我什么都没有看见。这只是一片普通的叶子。"

伯夏摇摇头，紧紧握住蓬玉的手："你再仔细看。"

蓬玉感到有一种温暖的水流从伯夏手里传来，并看见那叶子逐渐变得透明起来，显露出微细的网状叶脉，以及流动在叶脉里的液体。而后，部分叶脉里的液体变成金黄色，形成一张熟悉的人脸，那正是她父亲的影像，他全身甲胄站在战车上，风吹拂着黄色的披肩，犹如尧舜时代的贤王。她惊异得说不出话来。

伯夏说："兹甫公跟我们同在。这不是幻象，而是一个秘密的真相。"

蓬玉又流下了眼泪："嗯，我懂了。"

伯夏说："尽管你父亲不再需要'不死药'，但我还是想继续查访彭祖的下落。我一定要找出这药的秘密。

蓬玉说："难道国王的命令如此重要？我们为什么不能离开这里，到我们想去的地方，过我们自己的生活？"

伯夏向蓬玉伸出左手，掌心里浮现出一个长翅膀的白衣少年。他说："你看，这是句芒大神的真实形象。"

蓬玉满含疑惑地望着这个影像，犹如在观看一个细小的梦境。

伯夏说："我并不是在为国王做事。我是句芒的儿子，我要替父神完成他的心愿。父神有过无数个人类的妻子，都因疾病和杀戮而死于非命。他希望人类中的一部分，能像神那样永生，拥有长久幸福的权利。我要替父神找到这种方式。这才是我的真正使命。这是我唯一的秘密，现在都告诉你了。我要你入我的心，听见最深处的呼喊。"

蓬玉轻抚他的肩头，点点头说："我懂了。大夫的事情，就是蓬玉的事情。”

“做完这事之后，我们就离开这里，去找我们自己的梦想世界，它应该被爱统治，没有贫困，也没有痛苦，没有任何污秽和暴行。”

“大夫自己难道不希望长生？”

伯夏笑了：“你看自然界的生物，秋死春生，常长常枯，哪里需要什么长生，那才是宇宙的真正法则。长生是一种执念，假如生命充满苦痛，死亡便是一种终止，而长生反倒成了灾难。所以，假如我要长生，也只能要那种能够伴随幸福的长生，否则，长生又有何用？”

蓬玉点头说：“我明白了。只是，大夫说的世界，究竟在哪里呢？”

“我还不知道。也许父神会给出答案，也许需要我们自己去找寻。”

“这答案会不会就在彭城？”

伯夏笑了：“有这可能。彭城这个地方，充满灵秀之气，跟中原大不相同。既然父神指点我们到此，也许它就是答案，或者是答案的一部分。”

蓬玉说：“要想快点儿弄清真相，光靠我们自己恐怕不行，得尽快有一个组织，到民间做秘密走访。这组织的名头我已经想好，就叫伯夏医馆。调查者以医士的身份走动，不容易惊扰乡人……”

伯夏睁大眼睛看着蓬玉，像看着一件刚捡到的宝物。“哈哈，没有想到，你还真是一个运筹帷幄的女帅。”

蓬玉一撇嘴，露出了嘲弄的笑意：“什么女帅，能当上狗头军师，就算是本姑娘的造化了。”

伯夏没有再言语，双手粗暴地抱起她的身子，好像抱起一条柔软的褥子，大步走进卧房。蓬玉两手吊着他的脖子，深棕色的瞳孔放大了，仿佛看见自己在卧席上像鲜花一样怒放……

医馆

周襄王十五年深秋，伯夏在公子荡的帮助下，在城南租下一所大宅。

霜降日那天，他把自己的人马从行馆中搬过去，低调挂牌，招募二十八名医师，他们大多是服气派的传人，可惜没有高人指点，技艺不精。伯夏亲自为他们授课，不仅讲习岐黄之术，而且还要求他们把探查"彭祖"当作秘密使命。

医馆沿用宫廷编制，分为疾医（内科）、疡医（伤科、皮肤科和骨科）、食医（营养师）和兽医等四个科目。这种模仿朝廷制度的做法，本来是冒犯之举，只是帝国式微，伯夏又迫于王命，只能假戏真做。

每天他都要开课讲授，以古本《微子》《天机》、常枞《脉经》和自撰手卷《伯夏春秋》为教案，有时也邀请服气派领袖李耳前来授课，讲习"无为之学"和水疗的意义，李耳满头白发，却身轻如燕，据说来自身毒，是沙门运动的中坚人物，其思想博大精深，指涉老、弱、柔、小、残的重大意义，超越寻常的思辨层级，令伯夏感到自惭形秽。

蓬玉听闻是李耳授课，每次都端坐在第一排，为先生端茶倒水，并在课后殷勤讨教，甚至学生散尽，他们还在热烈谈论。还有一位李姓的中年女子，每次都风尘仆仆地赶来旁听，虽然性情内向，从不跟任何人言语，但表情热切，放出灼热的目光，就连蓬玉都能感到她的狂热。李耳后来对伯夏评价说："你这里的学员，女子胜过男子，其中蓬玉最有悟性，而李氏最为执着。"

伯夏笑着答道："那是因为道家注重阴柔，而那正是女子的属性，所以她们热爱道家，实在是天经地义。"

尽管伯夏本人也迷恋李耳的学说，但此时他更牵挂的，是关于调查、解码和探案的技术。这方面的培训，只能由蓬玉主持。好在她灵性超常，很快就整理出科目的思路。更重要的是，蓬玉的在场带来了生机。她的笑靥犹如轻风，又像叮当作响的铜铃，轻快地塑造着医馆的风水格局，令所有人都感到难以言说的愉悦，就连她的安息猫，都成为医馆里的集体宠爱的生物。

艳遇

第二年立春，祭过春神句芒之后，伯夏正式启动调查程序，医士们在常仲标带领下，以"彭祖"为线索，四下暗访，而伯夏则以首席医师的身份，跟蓬玉一起坐镇医馆，对采集到的线索加以分析。云佼姐弟负责医馆安全，防止那些幽者前来捣乱。

云门对伯夏的寻人事务毫无兴趣，他喜欢在城里到处走动，泡各种酒馆，酗酒闹事，调戏姿色姣好的女人，跟地痞流氓打架，还瞒着云佼逛了几回窑子，弄得老鸨们都成了他的亲人。他和"狗子"很快在市井中博得了名声。

在贵族统治的时代，云门这种出身寒门的庶民，只能用流氓方式寻找上升空间。他知道，这是唯一的通道，他正在学习如何藐视和毁坏贵族的道德。他的唯一资本是男色和武功。他必须充分利用这两件兵器。

这天，他正在叫作"昭和"的酒馆里饮酒，只见一位美女挟带着香风进来，穿一身镶着貂皮的戎装，光艳照人，表情高傲，径直走到他面前，脆生生地问："这位莫非就是大名鼎鼎的云门先生？"

云门从未受人如此恭维，心中不免大喜："敢问这位姑娘……"

对方轻揉了一下象牙般笔挺的鼻子，用灰绿色的眼睛审视着他："我的名字无关紧要，我只想跟你高价买一件东西。"她的眼神令人痴迷，云门多看了几眼，便觉得有些眩晕。

"只要我有，一定会倾囊而出。"云门笑道。

美女席地而坐，放低声音说："我想要关于彭人金丹派的消息。你只须把要点记下来，让这只鸟送到前面的那间大宅里，我就付你一个金锭。"

"这个嘛，区区小事而已，但我要的是预付。"

美人微微一笑，从怀里掏出一枚小小的金锭，上面铸有"郚爱"字样。

云门接过来仔细端详了一下，很想放在嘴里咬一下，因为不好意思，半道上又打住了，收在怀里，满心欢喜地起身说："好，一言为定，这位姑娘，请等我的消息。"

美人说："若是消息到手，而且本小姐很受用，我会再加一锭作为犒赏。"

云门又仔细看了一眼对方，觉得她真是容颜完美，秀色可餐，心想彭城这小地方，竟有这样的戎装佳丽，真是不可思议，心里生出无限的喜悦。"假如我还要更多呢？"他目不转睛地望着对方。

美人笑道："那就要看你的造化了。你要是真有能耐，你就能得到更多。"她站起身来，款款离去，留下满屋的西域异香。

店主过来替他添酒，他便顺势向他打听方才那位美女的来历。店主用手遮着嘴，表情诡秘地说："那是翟幽王子的幺妹，翟伯的女儿，名叫戊隗，最近刚从洛邑过来，帮他兄长打理家族事务。"

云门大吃一惊，觉得刚才的承诺过于冒失。她的眼神如此令人眩晕，谁知却是敌对阵营里的人物。他猛喝一大口酒，突然呛了一下，剧烈地咳起来，心里百转千结，不知该如何是好。

他走到店外，吹了一声口哨，"狗子"便飞来落在他肩上。"咱这就回了。"他对"狗子"说，然后满身酒气地向医馆走去，怀里揣着那块沉甸甸的金子，以及对那个名叫戊隗的美人的挂念。这是他平生第一次赚钱，但刚才的喜悦已经烟消云散。被黄金和女人压着，他身上和心里都有些沉重。

佼心

自从上次被翟幽调戏，云佼的心情一直没有改善。她数度要去找翟幽算账，都被伯夏阻止。伯夏尚未找到破解洗魂术的方法，云佼此去，只能是自取其辱。当伯夏跟蓬玉在医馆书房研究资料时，云佼在院子里练习拳术。她制作了一个绘有翟幽头像的木靶，在上面发泄自己的怒气。刚进门

长生弈

的云门在一旁看着，突然没头没脑地问道："姐，你是不是有点儿喜欢伯夏大夫呀？"

云佼脸涨得通红："小崽子放屁，滚一边去！"

云门嬉皮笑脸地走开了。雕鸮"狗子"在枝头上转过脸来，睁一只眼，闭一只眼，现出呆萌的表情。伯夏从屋里跑出来，却让"狗子"吓了一跳："云佼姑娘，我们终于有线索了。"他满含喜悦地叫道。

云佼的脸更红了，她掉过头去，假装看着鲜花怒放的花丛，生怕被人说破内心的秘密。弟弟已经窥破这个秘密，它还能包藏多久呢？经过无数的灾难、变化和甜蜜，她已经无法回到事物的起点。她只能这样继续走下去，直到它忍无可忍地盛开，或在某个早晨无可救药地凋谢。

伯夏说："我们的一位医士报告说，他有个大童山下的亲戚，也是修习服气术的方士，在一次酒醉后无意中透露，大童山上的居民，以彭为族名，当地人叫作彭人，喜欢隐居，种植大片蒺藜隔断交通，与外人互不往来，所以极少有人知晓他们的存在，当地官吏也被收买，将他们从户籍名册里尽悉删除，就连官府都无法获知他们的消息。"

云佼转过身来，恍然大悟道："原来如此，难怪我们查了半天，一点儿结果都没有。"

伯夏说："是啊，它证实了竹简里拼写出的故事。下一步，大童山应该就是我们的主要调查方向。"

蓬玉拿着一卷简册走过来："还有一条关于彭人的线索。这册子的作者是无名氏，他称自己属于服气派，恪守祖训，注重静坐调息和培养内丹，有趣的是，他总在指责另一个叫金丹派的派系，说他们指望靠炼丹和药物来获得成功，而那是背离正道的邪术。从书里描写的情形看，或许这个金丹派，就是我们要找的彭人。"

云佼扬起眉毛笑道："那我们就去打开那道蒺藜之墙，闯一下彭人的世界。"

伯夏拍了拍云佼的肩头："好，明天早上动身。我们饮酒祝贺一下吧。"

云佼摇头："不，我已经戒酒了。"

伯夏看了她一眼，心有所动，怜惜地说："好，那我们不饮酒，我们喝茶吧。"

蓬玉突然插嘴道："大夫要是不喝酒，岂不跟老虎不吃肉一样？"

云佼反唇相讥："我自不喝酒，不干大夫的事，蓬玉小姐的摄魂美酒，大夫自然还是会喝的。"

云门听着他们的议论，一边对着"狗子"自嘲道："伯夏大夫有两位美女陪着，我有'狗子'陪着，男人的命，真是天差地别。"但一想起那名西戎女子，他便再次莫名地兴奋起来。他在期待跟她见面的日子。他知道，只要耐心等候，好运就会降临。

进山

伯夏一行十几个人，骑着骡子，在黎明时分走出彭城，依照蓬玉所绘的地图，穿过那些尚未完全苏醒的村庄。炊烟在晨曦里冉冉升起，公鸡和土狗的鸣吠声此起彼伏。在田埂两侧，荠菜和蕨菜茂盛地生长，黄白相间的野花，吐出淡淡的芬芳。伯夏心情愉悦，仿佛闻到了父神句芒的气息。

就这样走了近八十里地，午后申时，他们望见那座彭城四周最高的山峰——大童山，也即典籍里记载的"达童山"，它由一百多座山头连绵组成。在穿过大片长满野葛的坡地之后，传说中的蒺藜墙开始涌现。那是一片密集种植的低矮植被，有数百尺之宽，在它的后缘，是成片的月季、枸骨和紫叶小檗，形成壁垒森严的植物防护带。没有任何动物能穿越这道坚厚的绿墙。

常仲标和云佼姐弟挥刀上前，打算用兵刃开出一条路来，却被伯夏制止了。"蒺藜带太宽，这样做的话，我们会浪费太多时间。"他微微一笑，面对蒺藜丛挥动手掌，云佼惊异地看到，蒺藜竟然互相撕扯着，向两边缓缓移开，腾出一条褐色的枯叶小路来。所有在场的侍卫都呆住了。

"现在你们可以过去了。"伯夏摊开双手，开心地笑道。

云佼看了伯夏一眼，率先向山上走去。其他人鱼贯而上，紧跟在她后面。

在蒺藜墙的尽头，出现一片很大的森林，叶片浓密而黝黑，地上堆着一尺多厚的枯叶，弥漫着一种令人生畏的危险气息。他们走进去时，里面光线更暗，仿佛走入了恶魔的地宫。一阵阴风悄然吹来，所有人都感到毛骨悚然。

他们走了很久，突然看见林子中间露出一片空地，上面有一栋瓦屋，看起来像是一座神庙，样式古老，不像是新近搭建的布景，屋前还有一根旗幡，上面飘动着一块白色无字的破布。

他们小心翼翼地走进屋去，发现里面有个僧人，身披蓝色袈裟，背朝大门坐着。伯夏上前拍了一下他的肩膀说："这位先生，请问……"

僧人转过脸来，竟是一具骷髅，周身上下散发出诡异的蓝色荧光。它冲着伯夏微微一笑，空洞的眼窝里燃烧着幽蓝的火焰。伯夏吃了一惊，想要伸手去推，不料骷髅轰然倒地，化成一堆烟尘和破烂的衣物。

伯夏又吃了一惊。脚下突然裂开，地面上现出一个五尺宽的圆形陷阱，他脚下一空，眼看已经坠落下去，云佼用鞭子缠住他的腰，一使劲，把他拉了上来。伯夏定睛一看，那是个枯井般的大洞，深达数丈，底部燃烧着蓝色的火焰。

"好险！"蓬玉老半天才缓过劲儿来。

"哼，这分明是故意设计的陷阱。"云佼愤愤地说。

伯夏领着大家赶紧退出屋子。因为有过这场危机，他变得更加小心，但还是遇到了新的麻烦。他们看见有位女子坐在大树下哭泣，伤心欲绝的样子。伯夏生怕又是圈套，便让众人等着，自己独自走上前去，朝她上下打量。

那女子容颜姣好，容颜憔悴，一脸的哀愁，服饰虽然沾满泥土，料子和做工都很值钱，看上去像是一名偷情私奔的小妾。伯夏虽然在心里告诫自己不要上当，却还是生出怜香惜玉之心。

女子泪流满面地问道："这位先生，你不往前赶路，站在这里看我干什么呀？"

伯夏说："我看树林荒无人迹，你却独自在此哭泣，实在让人难受。"

女子说："我是城里的歌伎，被人绑架灌药后丢在这里，说是有个叫伯夏的男人要打这里走过，要我劝他回头，否则就会毒发身亡，死无葬身之地。我哪里认识那个什么伯夏嘛，无依无归，死期将到，故此在这里哀伤。"

伯夏心下吃了一惊：她怎么知道我的名字？莫非这又是一个圈套？

蓬玉跟云佼这时也走了过来，刚好听见女子的哭诉。蓬玉不禁笑了起来："嘻嘻，这事越来越好玩了，也不知哪位高人，在跟我们玩捉迷藏的游戏。"

她走到女子面前，弯腰伸手抬起她的下颌，一边端详一边笑道："看你的模样，眉毛这般整齐，没有一丝一毫的凌乱，不像是有过很多男人的样子，倒像是一个清心寡欲的女术士。"

云佼一抖皮鞭，凶巴巴地大喝一声："你这骗子，现在就抓你去官府问罪！"

女子神色有些慌乱，但她没有改口，坚持说自己是遭人绑架，必须等到那个叫伯夏的人来带她回家。

伯夏这时也笑了："好吧，你就继续等待那个伯夏吧。我们这就告辞了。"

女子没有再说什么，蓦然从腰间拔出一把短刀，对准自己的胸口扎进去，云佼的鞭子迅速卷过去，竟失了准头，眼看刀刃深深地刺入那女子心间，鲜血泉水般喷射而出。伯夏大惊失色，看着她颓然倒地，就像一头刚刚被狼咬死的羔羊。

蓬玉伸手去拉伯夏，试图把他带出死亡的场景。人们紧紧尾随，都想尽快远离这血腥而诡异的地点。

伯夏走了数丈之远，心里总觉得有些不妥："即便是个圈套，那女子已经死了。不妨替她把尸体埋了，好歹不会被野狼吃了。"他对蓬玉说着，转身向后走去。云佼和蓬玉不放心，也跟着他折返回去，只见树下阒然无人，那女子的尸体竟消失得无影无踪。大家面面相觑，以为刚才的自杀场景只是幻境，但地上那摊鲜血，仍然历历在目，散发出浓烈的腥味。

"这到底是什么状况？"云佼几乎要晕了。

"哼，一个圈套，接着一个圈套。"蓬玉嘀咕道。

伯夏微微一笑，鼓起掌来："真是演的一场好戏，说明我们走的方向，完全正确。继续往前走吧，应该很快就能见分晓了。"

彭营

走出林子，翻过数百米的山坡，他们终于看见一座村落，建筑高大整齐，黑瓦白墙，掩映在柳树、榆树和各种杂树之间，洁净如洗，了无尘埃，呈现为一种罕见的端庄气象。众人看着，脸上露出欣喜的表情。经过这些挫折，他们终于接近了此行的目标。

他们来到村前，发现一个大池塘横亘在面前，其上架着一座通向村里的木桥，桥身呈曲尺形，木质乌黑，古色古香，仿佛是数百年前的古物。伯夏心有所动，叫了一声："不要上桥，怕有机关暗器。"

众人停下了脚步。蓬玉眼尖，看见有几个怪人，凌空腾起在地面两尺以上，向他们"走"了过来。她大叫一声，大家便都看到了，脸上现出不敢相信的表情。

那几个飞人悬停在桥的上方。为首的一位中年汉子叫道："各位客官来到本村，不知有何贵干？"伯夏觉得脸熟，仔细一看，原来正是那位在茅屋前练习倒立的老者。

常仲标上前回应道："我们是游方医士，不小心走错山路，请先生指点迷津。"

那人说："这里是死路一条，请向后转，走三四里地，即可见到康庄

丹
谜

大道。"

伯夏说："这位兄弟，我们走得累了，又饥又渴，能否让我们进村歇息片刻？

那人假装没有认出他来："村里正在办丧事，外人进入，势必会惊扰亡灵，望各位客人见谅。"

云佼急躁起来，大声叫道："这位先生，世上哪有这样的待客之道？"

那人也开始出言不逊说："各位走好，本人恕不远送。"

伯夏向池塘里投了一块石头，发现这水竟然深不可测，立即收起了怠慢之心。他暗自启动念力，荷塘里的荷叶、莼菜和荇菜迅速聚拢起来，形成一条厚实的绿道，伯夏率先走了过去，如履平地，蓬玉等人见状，都跟着走去，像踏在平地上一样。云佼和云门走在末尾，水生植物在他们身后依次归位，就在他们踏上对岸的瞬间，池塘已完全恢复了原状。

这场过塘表演让悬人们看傻了，为首的那位，当即换过一种恭敬的口吻："在下名叫徐子服，不知各位大侠，是何方神圣，到本村访问何人？"

伯夏折腰拱手说："我是大周国王的特命使者伯夏，专程前来拜见彭人的首领，请徐先生在前面引路。"

徐子服眼看无法阻止，只好应允道："既是京师来的贵客，我等不敢怠慢，请随我来。"那人落回到地面上，在前边小心引路，伯夏等人跟在后面，穿过一条曲折的竹木小径，走入一座白墙黑瓦、竹林掩映的精舍。那人说："请各位在此稍事等候，我这就去禀报。"

伯夏仔细端详屋里的陈设，发现它跟中原的风格迥然不同。正面墙上悬挂的纵目面具，布满斑驳的铜绿，俨然是古蜀国的遗物，插在陶罐里的几支孔雀翎毛，以及罐壁上的彩绘纹饰，看起来又颇具身毒之风。伯夏点头赞道："此屋主人的阅历，果然非同寻常。"

话音未落，一位老者携带小童，手持邛竹杖，健步走进屋子，亮出了自己的四瞳。伯夏呵呵笑了，一眼就认出他是那位自称"彭祖"的老儿。

"彭祖"见到伯夏，也不禁莞尔一笑，顿首行礼："又见伯夏大夫。有缘，终究还是要再会的。"

"彭祖"请伯夏等人席地而坐，倒酒致歉，双方互相寒暄，彼此说些恭维的废话，而后渐渐引入正题。彭祖针对伯夏的提问，解释了这个组织的基本状况。彭人是一个专门修炼"不死药"的古老群体，世人称为"金丹派"或"外丹派"，大约有上千人之多，聚居于大童山一带，部分人可以悬浮慢行，所以又被称为"羽人"。他们的目标是战胜冥神阎摩。"彭祖"的真名叫作"鼓须"，是这个派系的最高管理者。

鼓须还解释了金丹派跟服气派的差异。服气派以李耳为领袖，主张内修，也就是打坐和冥想，在彭城有七八个庄园、四五百名成员。而金丹派与此不同，它是积极扩张的组织，向外派出自己的游方术士，守护在每位濒死者身边，给他们服药，拯救他们的性命。伯夏忽然明白，他所面对的是一群冥神的劲敌，而这就是阎摩力阻他找到彭祖的原因。

鼓须透露了"不死药"的炼制现状。目前所炼就的药物，可以治病延年，甚至能令人身轻，在符咒的助力下悬空数尺，但从长生到永生的目标，还十分遥远。伯夏请鼓须派人前往医馆，取回被骗走的国王重礼，并请求在此流连数日，了解"不死药"的状况，以便返回京师后向国王禀报。

鼓须仔细端详伯夏，踌躇再三，由四瞳变成两瞳，又从两瞳变回四瞳，然后哈哈一笑，总算应允了，但他还是告诫说："千万不要打探'不死药'的秘密，彭人对外界有很大戒心，一旦感到受了威胁，就会把你们赶走，到时我可帮不了你们。"

"鼓须先生放心。我等绝非彭人的敌人，只是有点儿好奇而已。"伯夏说，"五天后我们就会离开，请允许我们四处走走看看，仅此而已。"

"你们只有三天时间。所见的一切，除了向国王本人报告，请万勿对外传扬，否则彭人会有性命之忧。"

伯夏说："好吧，我们就在这里过几天闲云野鹤的日子。"

蓬玉的目光移向了鼓须的脚下，发现她上回并未看错，黄昏的阳光斜射在他身上，却没有留下任何影子。不仅如此，走在潮湿的泥地上，也没有留下一个脚印。伯夏和云佼也发现了这个异象，心里都有些骇然。

鼓须察觉了他们的惊讶，便冲着蓬玉哈哈一笑："小丫头听着，人有影子，是因为肉身浊重。修道之人，一旦身轻体净，影子就会变淡，犹如轻烟，最后则消于无形，只闻其味，不见其影，就跟放屁似的。"

蓬玉将信将疑望着鼓须，觉得这老头儿性情天真粗率，实在不像有八百岁的样子。心中便对他生出许多好感来。

众人走进一条宽大的巷道，两边种植的都是月季花和龙须草，见到伯夏走来，鲜花们突然都怒放起来，花蕊朝着伯夏的方向转动，仿佛在向他致敬。徐子服有些吃惊，不明白究竟发生了什么，鼓须却露出了若有所思的表情。他一把抓住伯夏的手说："你这位小兄弟，果然来者不善。"

伯夏心里一惊。鼓须随即露出戏谑的表情："你跟句芒是什么关系，竟如此讨这些花草的欢喜？"

伯夏也释然地笑了："它们眼拙，大约是认错人了。"

鼓须摇头表示不信："非也非也，本地花草竟如此欢迎你，看来你跟彭人果然有些缘分。"

伯夏哈哈一笑，重复了鼓须的格言："有缘，总是要相会的。"

鼓须故作不悦地沉下脸说："这位大夫，你可不能鹦鹉学舌。"徐子服听罢，哈哈大笑起来。

伯夏一行在彭人的营地里到处游转，跟态度友善的居民闲聊，分发一些精致的小礼物，诸如洛邑出产的蓍草、用细麻布缝制的袜子，以及用西域琉璃珠串成的手链。一切看起来还算顺利。

营地里总有一些新鲜事物让他们惊异。这里主要是男人的世界，但也有少数女彭人参与炼丹活动。根据律法，男女彭人不能成婚，所以女彭人有自己的独立生活区，与男彭人的驻地鸡犬相闻。她们衣妆素淡，容颜清丽，幽灵般低着头，从他们身边碎步走过，云门好奇地注视着她们，脸上露出迷恋的表情。

一位女彭人穿过小巷向他们走来，身穿浅绿色短衫，袅袅而行，脸上挂着平淡而从容的微笑。蓬玉和伯夏一眼认出，她就是那个殷勤旁听李耳讲学的李氏，却没有予以揭穿，而李氏也佯装跟来客并不相识，款款施礼，然后把徐子服叫到一边，跟他低声耳语起来。徐子服跟她交代了几句，便把她郑重地介绍给伯夏："这位是大童山的核心人物、女彭人的首领李夫人，若有什么女彭人方面的问题，可以直接向她询问。"

李夫人看着徐子服，眼里掠过一丝淡淡的柔情，但随即又恢复了常态。

蓬玉看着李夫人的表情变化，立即觉出这两位有些暧昧。她也假装不认识对方，故意问道："敢问夫人，看你的肌肤如此细嫩，是否跟神仙泉有关？"

李夫人还未来得及回答，徐子服在一旁插嘴道："这是我们的秘密，但不妨告诉蓬玉姑娘，喝三杯泉水便能治愈所有顽疾的说法，实在只是一个笑话。泉水虽然有利健康，但若没有长期修炼，纵然饮下三担泉水，恐怕也是徒劳。"

伯夏笑问徐子服："那日在城南小村的系列演剧，还有刚才在树林里的两场戏，是不是你一手策划的杰作？"

徐子服脸色微微一红，转过头去，顾左右而言他，开始阔论彭人的空中行走模式。伯夏被告知，彭人喜欢穿厚底靴行走，有的还要使用地垫，好像生怕被肮脏的泥土玷污似的。到处都是踩高跷的居民，他们用竹制的义足，在离地数尺高的空间行走，健步如飞，技艺惊人。但只有少数人可以真正摆脱重力，被称作"羽人"，他们虽然没有长出翅膀，像鸟一样快速飞行，却已经可以凌空迈步，升到三至五尺的高度。

对于伯夏而言，这种功夫足以惊世骇俗。徐子服解释说，这是彭人的宗教洁癖，泥土和大地是污秽的，应当小心地加以规避。

蓬玉见一位年轻的彭人，踩着高跷从她身边走过，觉得模样十分滑稽，便故意使个绊子，彭人一跤摔了下来，眼看就要掉在地上，徐子服和李夫人心念相连，眼疾手快，一同出手，托住了他的身躯。那人惊得脸色苍白，半晌说不出话来。徐子服将他放回高跷，然后对蓬玉怒道："小姐此举，无异于谋杀，下次千万不要再开这种玩笑了，不然，我会立即把你们所有人都逐出营地。"

伯夏瞪了蓬玉一眼，她吐了吐舌头，吓得躲到云佼的身后。云门在一边呵呵地傻笑起来。

李夫人用缓和的语气介绍说，彭人按修炼的功力分为两类，一类属于金丹派的高阶人士，管理者通常从这些人中间产生，但大多数居民还处于低阶状态，他们无法悬空行走，所以只能借助高底履、地垫和高跷，保持跟地面的隔绝状态。

但刚才蓬玉制造的险情，让伯夏确信，事情并非像鼓须所描述的那么简单。它暴露了彭人的致命弱点。蓬玉在他耳边悄悄议论说："彭人一定是水性部族，它畏惧土的元素，所以不敢以足触碰大地，否则就会发生意外。"

伯夏说："是啊，他们的这个弱点如此明显，可以被敌手轻易地发现和利用。"说到这里，他的心情变得郁闷起来。这个群体最古老的秘密，现在已经浮出水面。在另一边，翟幽的阴影像一把雨伞，紧紧罩在他头上，逼得他喘不过气来。假如这是一个形势险恶的棋局，对方将走哪一步呢？伯夏没有做出预判。但他知道，某种东西正在逼近，而他根本无法出手阻止。

远处，越过梦幻般的山野，句芒神庙的暮钟响起来，像一根细细的轻烟，孤寂地升起在山谷之间。鼓须冲着蓬玉扮个鬼脸说："小丫头，吃饭时刻到了。"

丹房

李夫人带着伯夏等人前往膳堂用餐，一路上沉默寡言，似乎并不喜欢这群不速之客。蓬玉想跟她套近乎，向她请教房中术的问题，李夫人只是淡淡地说："彭人都是房中之人，却没有什么可以传授的秘术，不知这位同道，为何对这类事情如此好奇？"

蓬玉被她反问，顿时满脸涨得绯红，吐了吐舌头，半晌不敢再提什么问题。

伯夏看平素伶牙俐齿的蓬玉，竟被李夫人弄得哑口无言，不由哈哈笑了起来。

在另外一边，鼓须跟徐子服绕过长着柏树林的土坡，前往那个修竹掩映的院落。几支灰白色烟囱，终日冒着黑烟，仿佛有些大灶在日夜烹煮食物，那是彭人营地的心脏——丹房。作为女性，李夫人不得踏足这个重地，所以只能望而却步。而在丹房里，一群年轻的炼丹师正在等候首领的到来，他们是鼓须的忠实弟子、彭人中的顶尖精英分子，掌握着五千彭人的未来命运。

每个月的第五日，都是彭人的开炉炼丹之日，清晨时分，鼓须已经率众在神龛前祭拜过春神句芒，并亲手点燃了炉火。一切都在按部就班地进行。被下午的意外入侵事件打断之后，鼓须必须重新回到这里，继续推动他的炼丹程序。

一百年来，彭人炼丹的伟业一直在前赴后继地进行，尽管遭遇大量的挫败，仍然有些重要的进展。鼓须本人从身毒带回的炼丹术法则，犹如一粒种子，栽入东方的土壤，缓慢地生长起来，逐渐长成一株气根繁茂的大树。

鼓须的方式，是以水银（阴）、硫黄（阳）这两种元素为两极，适度加入明矾、铅丹、砒石，运用火与水的手法，制造出一种全新的事物，那就是传说中的"金液"或"金丹"。鼓须曾经两次炼出过金丹，但那似乎是稍纵即逝的灵感所致，他甚至无法再现整个微妙复杂的过程。

在鼓须之前，所有炼丹过程都是保密的，它是炼丹师一个人的最高机密。唯独他修正了这个保守的律法。重返中土之后，他开始培养弟子，传授秘法，努力营造一个接班人的强大序列。在鼓须看来，这是寻找长生奥秘的唯一道路。

鼓须走过那些水海、华池、绢筛、石榴罐和抽汞器，来到一个青瓷坩埚面前，向弟子们亲自演示基本的操作程序，以矫正他们此前所犯的错误。他先用十五份铅料投入坩埚，再加入六份水银，用六份炭火微微加热，完成第一步后，再加大火力，让水银蒸发，生成黄丹；第三步是将黄丹与九份水银混合，用石臼小心捣细，再用细石磨加以研磨，再投入葫芦形的丹鼎中，用黄泥严格密封后继续加热。

完成这些操作之后，鼓须反复嘱咐炼丹师们，这种煅法要先用文火，再转为武火，昼夜观看，不得懈怠，小心留意温度的控制，这样七天之后，就能在丹鼎的上层得到一种红色的药粉，那就是"红丹"。

由于红丹毒性太大，很多人服食之后便会中毒身亡，所以需要做去毒处理，而这是一道极其机密的工序，鼓须必须在密室里按秘密配方投入九百多种植物，以少女的首次经血为点化剂，以水法炼制，转变红丹的毒性，大约耗费半个月时间，最后制成一种叫作"赤金丹"的药物，这时，丹药就算基本炼成了。但鉴于数量稀少，只有高等级的彭人有资格获取这种丹药。

据说"赤金丹"能大幅提升物种的智慧，甚至猴子服食之后，都能开口说话。大童山北侧天佑峰上有一群猴子，每年都在下雪天里进村乞食，向人行礼说话，让当地的村民惊得目瞪口呆。据说那就是意外偷食彭人丹药的结果。这件公案在彭人中间流传了许久。鼓须喜欢引用这个传说激励他的弟子："猴子就是你们的榜样。你们就是再不济，也比猴子强点儿！"

徐子服在一旁仔细看着，知道这样的操演，在大童山丹房里已经重复了上百次之多，但始终只能在"赤金丹"的层级上徘徊，未能炼出真正意义上的"金丹"。就连鼓须本人都无法突破这个瓶颈。

鼓须看透了徐子服的心思，满脸讥讽地笑道："你真够笨的。你可以用枸酱酒浸泡金丹和金箔三年以上，然后每日饮服三次，假如你的身体有足够能力抵抗毒性，那么三年以后，你就能比长寿更加长寿。但这又如何呢？你虽能活到三百岁以上，最后还是会周身腐烂而死，化成一堆黄土。"

徐子服涨红了脸，争辩说："我没有质疑你的意思。我只是觉得，我们需要在炼丹方式上有革命性突破。"

鼓须说："在身毒行走的岁月里，我也以为能在丹房里获得炼丹术的真谛，但我最终才发现，宇宙过于玄妙，人类根本无法窥破它的机密，所以我只满足于长寿。拥有八百年的长度，已经是我的万幸，难道我还应该有更多的奢求吗？"

鼓须目光灼灼地望着徐子服："赤金丹虽然不能永生，却可以延寿长生，为炼丹师提供生命的长度，以保障你们有足够时间去完成实验。你还年轻，我要用金丹护住你的脉轮，减慢你的衰老速度，让你接过我的衣钵。这就像一场漫长的接力游戏。"

徐子服苦笑道："千年万年之后，老师跟我都已化成黄土。"

"土中来，土中去，只要对死亡没有恐惧，便一定有永生的希望。"

"只是，我的信心像水一样流来流去，它不能积成一座山峰。"

鼓须哈哈笑道："你这小傻瓜，你要守住自己的信心。信心才是最重要的丹药，你可以用这种丹药去交换其他丹药，但假如你没有信心，你就只是一个乞丐而已。你换不到任何东西。"

徐子服无语。他望着这个比他大几百岁的父亲般的人物，感到自己的无限渺小。他是彭人的灵魂人物，决定着整个部族的命运。但他的行为经常出人意料，嬉笑怒骂，意味深长，令他感到费解。他被世俗灰尘的重量所压迫，无法追赶他更加轻盈的智慧。这令徐子服深感苦恼，但他还是像傻瓜那样不懈地追问，指望找到进入导师灵魂的小门。

多少年来，他一直在为自己的愚钝而深感自卑。他出生于一个商人世家，全体成员都热衷于经营杂货，只有他跟他们的趣味格格不入。他自幼喜欢躲在后园里冥想，阅读经卷，沉浸于炼金术士的光辉事迹之中。他们创造的奇迹照亮了他的梦想。

十二岁时，一个托钵僧经过他家门前，向他讨碗水喝。他给了那人一袋子食物，又跟对方做了长谈，被对方童子般的调皮气质所吸引，竟然不辞而别，头也不回地跟着那人进了深山。那位托钵僧就是鼓须先生——

他的拐骗者、导师和精神父亲。后来他才知道，对方历任商、周两朝的高官，是大周最著名的隐士。很多年以后，他都依然为此感到诧异：为什么当年他会如此决绝地离去，以致他的整个家族，为寻找他的下落，奔波了整整五年，直到听说他已经死亡的消息，这才勉强作罢。

"那么……我们该如何对付那些不速之客呢？我担心，丹房的安全会出什么问题。"为了掩饰自己混乱的思绪，徐子服换了一个话题问道。

鼓须摇头说："不需要对付，他们不是敌人。"他的脑子里闪过了伯夏的形象，"那位伯夏大夫，一定跟句芒大神有密切的关联，如果我的猜测不错，他会是彭人未来最重要的助力。"

徐子服满脸迷惑。

鼓须表情诡秘地一笑，没做任何解释。他大步走出丹房，领着徐子服来到另一个院落。那里是炼金师的秘密场所，由一队身体强壮的彭人严密看守。在世人和盗贼们看来，这里无疑比隔壁的丹房更有魅力。

徐子服知道，炼丹需要耗费大量资财，因而必须拥有稳定的收入来源。这对所有炼丹师而言，都是一种巨大的挑战，鼓须虽然没有炼成永生之药，却拥有炼制黄金的秘术，他把这种秘术毫无保留地传授给弟子。对于真正的炼丹师而言，永生才是终极目标，而黄金只是通往永生的道路。黄金为金丹的炼制提供了财务保障。

徐子服记住鼓须密授的炼金秘方，那就是用雄黄十两，研成粉末，再用锡金三两，放入铜铛里以高温熔解，待冷却后倒入皮袋揉碎。第二步是放入坩埚，加以密封，再放进风炉里用热风吹之，等到冷却之后，便可得到一种金黄色的金属，那就是所谓的"彩金"。这种金子可以在市场上换回银子、铜贝或刀币。它是彭人财产的不竭来源。但若是炼制不当，就容易成为劣品，并被人视为"伪金"，面临欺诈的罪名。

徐子服也懂得，尽管秘术的手法已经公开，但只有鼓须能有效地控制炼金的火候和节奏，保障炼金的成功。他看似漫不经心地在炉子四周走动，观察火焰的变化，判断它的温度，而后发出各种指令。没有鼓须在场，那些掌握配方的炼金师，仍然不能如期炼出黄金。因为这种微妙的经验无法传授，它需要极其敏锐的觉察力和判断力。它只能是天才头脑的产物。

　　太阳西沉，日光逐渐退去，天色已经完全变黑，炭火开始越发炽热起来，丹房里弥漫着火焰的热力，还有一种物体被烧焦的芬芳。那是来自交趾的檀香木炭的气味。据说这种昂贵的木炭，能令炼丹师头脑变得更加清晰而智慧。"那么，我究竟该如何拥有这份信心呢？"徐子服靠着门框，望着鼓须摸着胡须来回走动的身影，惘然陷入了沉思。

辰

第五章 彭难

彭人营地—宋国彭城

周襄王十五年（公元前637年）

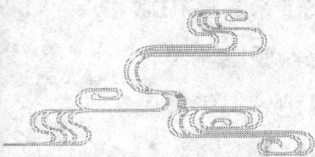

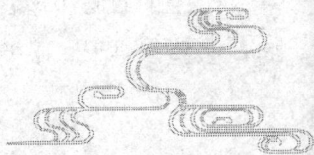

帛书

　　雕鹗"狗子"在黄昏起飞，穿越宽阔的山野和城墙，降落在翟幽府邸的屋顶上。它带来了云门从大童山发出的密函，其上简单记录了彭人聚居的地点、人数和领导者的姓名。戊隗用一只死青蛙引诱它飞下来，落在她面前的枝头上，然后取下绑在鸟足上的素帛，把它交给翟幽。翟幽阅罢，如获至宝，单膝跪在地上，感谢冥神的庇佑，让他如此轻易地掌握了彭人的秘密。他还恳求阎摩保佑，让他战胜那些冒犯神灵的江湖骗子。

　　越过洞开的窗户，翟幽看见戊隗在窗外讨好"狗子"。在青蛙被消灭之后，她又从布袋里掏出一只麻雀。"狗子"欢喜地拍打着翅膀，而戊隗也在嬉笑。她难得如此快乐一回了。她的笑靥令人着迷。但翟幽完全不知这无名快乐的来由。

　　"妈的，我的女人呢？"他看着戊隗的身影，亢奋地站起身来，走到书案前，打开一卷黄绢——那是云佼的墨线肖像，用毛笔流畅地勾出，其上的脸腮和嘴唇之处，还点染了浅淡的胭脂色，看起来娇艳欲滴。翟幽欣赏了半天，眼神痴迷，仿佛面对一个令他难以自拔的幻象。

对于翟幽而言，他的目标是合二而一的——剪除彭人和伯夏团队，还有那些聪明的炼金师。据说他们掌握了把普通金属变成黄金的秘密。而明天要是能夺回云佼，那便是意外之喜了。他在等待来自冥神的最新恩典。

冥神

冥神没有马上出现在翟幽面前。此刻，这位巨人正在彭城郊外孤独地行走，带走几名老死的农夫和农妇，又要去带走一位村姑的灵魂。春秋时代的频繁战事，令他感到无限喜悦，他守候在每个战场，从那里收集死魂灵，把它们带往光线阴郁的冥府。阎摩的脚掌像鹰的爪子，总是在行走中紧紧抓住大地，以避免他自己的死亡。厚重的大地，是他力量的全部源泉。

在光线昏暗的小室里，十六岁的少女风娥躺在潮湿的草席上，已经处于垂死状态。她脸色苍白，气息微弱，连咳嗽都失去了气力，身边的黑色瓦罐里，都是她吐出的鲜血。肺痨正在一丝丝剥离她身上的最后生机。她在蒙眬中看见一个庞大的黑影，长着鹰爪般的巨足，遮天蔽日，黑气盖住整座茅屋。

她用微弱的声音说："全能的大神呀，你终于来了。我等得你好苦……"

冥神没有爱情，对女人无动于衷。巨人在黑暗中缄默着，眼看这朵枯萎的年轻生命，正在做尘世间的最后一次绽放。

风娥又说："听说在我出生之前，爸爸妈妈都死了。我一直在等他们回来把我带走。现在你终于来了。我知道你就是我爸爸。"少女的圆脸上浮出迷离的笑容："你把我带走吧，丫丫的身子很轻……"

巨人发出一声长叹。在他的记忆里，从未遇到人类视他为父的情景。他变得有些迷惑和烦躁起来。他收回伸出的巨爪，为自己的不知所措而感到生气。这个天真而狂乱的少女，就像一朵耗尽生命的野花，如此虚弱，却又如此迷人，有力地抵抗着他的神力，令他第一次感到内在的无能。

　　阎摩不知道，在那次弈棋中，句芒以爱情的花刺，扎破他的掌心，继而让花刺进入他的体内，种植于他心间。此刻，少女唤醒了这根针尖般的小刺，令它开始秘密发芽，迅速生长起来。

　　他有些恼怒地转过身，空着爪子走开了。这次狩猎他一无所获，却有了一种前所未有的情感经验。

授术

　　阎摩再次降临的时候，已经是在翟府的前院了。翟幽正在高声诵读献给他的祭文，操场上挤满身穿葛衣的幽者，他们在语词的洗魂术下手舞足蹈，不能自抑，进入了迷狂的状态。阎摩也出手催眠了翟幽，把他带入自己的宏大梦境——一个被冥府法则重塑的空间。

　　翟幽在梦里看见阎摩，站在暗黑宇宙的烈焰之中，俨然是一尊顶天立地的大神，跟此前所见完全不同。他不再是一团面目模糊的黑气，而被火焰之笔勾勒出的闪烁不定的轮廓，是火焰中凝然不动的透明实体，是明亮的火焰本身，而那厚重的黑暗，只是他的裙缘和披风，或是无边无际的巨幕，是包裹整个世界的冰寒刺骨的硬环。

　　翟幽被完全慑服了。他跪在灼热的地狱里，高声求告，请阎摩降示神谕，并向他传授更凶险的法术。

　　阎摩说："你想要告诉我什么？"

　　翟幽说："我已经找到彭人的下落。他们在大童山上聚众图谋，要寻找抵抗死亡的方式。如若得逞，生死秩序便会大乱，神界和冥国的律法，也会因此受到毁坏。我祈求神尊赐予我更大的力量，去制止那些坏人的阴谋。"

　　巨人用沙哑的声音说："这早就不是什么新消息了。我想告诉你的是，你的幽者只是一群行尸走肉，他们毫无信念，没有情感，甚至连人性都没有。"

翟幽脸上露出迷惑的表情。

阎摩说："我会强化你的洗魂术，而且赋予你转移这种法术的能力，但不要指望我会支持你的杀人嗜好。我还要警告你，伯夏是春神句芒的儿子，他的法力，就连我都无可奈何。你跟他对抗，未必能够占得上风。现在，伸出你的狗爪来。"

翟幽战栗着伸出手去。他的身子被巨人拉进火焰，丝帛般迅速燃烧起来。他感到火焰像猛兽的牙齿那样，啃咬着他的肉身，令他发出无限凄惨的叫声。蓝色的手指在火焰中褪色，变成鲜红，又转为紫色，最后回到肉色。

翟幽从白日梦里醒来时，阎摩已经不知去向。他仔细端详中指，发现它已经恢复了本色。他有点儿失望，试着用中指隔空点一下朱红色的大门，门被一种无形的力量猛烈撞击了一下，砰然倒在地上，变成两块焦炭，犹如被烈火焚烧过一般，然后迅速风化成黑色的粉末。

翟幽心中欢喜，知道阎摩已经授予他更大的神通。他于是召唤全体幽者，向他们高声宣布，新的课程即将开始，现在，他要向他们传授一种更强大的法术，能任意让天下物体死亡。幽者们如梦初醒，发出一阵节奏凌乱的欢呼。他们再次排起长队，依次以自己的中指向翟幽的中指致敬。在中指互相触碰的瞬间，力量被翟幽传输出去。幽者们就此快速掌握了杀人的法术。

在翟幽的世界里，异能就这样诞生了。它是不可战胜的死神的节日。

突袭

正在走访彭人的伯夏，站在山坡上凝神望气，发现了盘旋于彭城上方的黑气，而且它愈来愈浓，顿时有一种大难临头的感觉。他忧心忡忡地对鼓须说："看见那片变化中的云气吗？那里恐怕正在酝酿一场针对彭人的

彭难

阴谋。"

徐子服用怀疑的眼光看着他："彭人没有敌人，彭人只帮助那些濒死者，从不伤害任何人。"

鼓须摸着胡须笑道："我们的敌人就是我们自己。我们是一群努力炼丹的傻瓜，到今天都没摸到金丹的大门。"

伯夏摇摇头说："我不这么看，你们的修炼正在改变生与死的戒律，肯定会触犯神明的。"

李夫人的言辞里充满敌意："如果先生是来告诉我们这个的，那你可以离开了。我们与世无争，我们改变的只是自身的寿命，而非整个天下。"

看着彭人们不悦地走开，伯夏苦笑了一声。

蓬玉说："幽盟内部有人到医馆通风报信，翟幽这两天会有针对彭人的重大行动。"

云佼皱起了眉头："这胡子到底想干什么？"

伯夏说："从种种迹象看来，翟幽一定会有所动作，彭人怕是难逃一劫。传我的话，要大家提高警惕。从现在开始，我们恐怕无法再过风轻云淡的日子了。"

伯夏还是严重低估了翟幽的杀人意志。午夜时分，身穿黑衣的幽者军团，利用阎摩术消除蒺藜和所有隔离性植物，拆掉安装在古桥下的暗器装置，杀死放哨的羽人，顺畅地进入彭人营地，开始实施大规模突袭。

尽管伯夏提前听见大队人马迫近的声音，但发出警告为时已晚。召虎带着幽者们挨家挨户地搜查，逐个毁掉地垫、高足履和高跷，用中指把它们点化成黑色粉末。大多数彭人都在熟睡之中，少数惊醒和反抗的，直接遭到了杀害。第二天早晨，彭人已经失去所有的活动工具，只能龟缩在床上，犹如一些瘫痪的病人。撤退时，翟幽还顺便绑架了几个炼金师，指望这些人能替他创造出巨额财富。

羽人们在到处施救，掩埋尸体和分发食物，伯夏派出他的团队，到附近村镇采购高足靴和高跷，试图帮助他们恢复行走的自由，又派云佼赶回城去，把医士全数召来，加入救助的行列。

然而翟幽并未就此罢手。第二天夜晚，他发起了更为凶暴的攻击，三百名拥有巫术的幽者，在召虎带领下再次杀入村庄，把那些躺在床上的男彭人扔到地上，割掉他们的阳具，让他们在流血和剧痛中死去，然后放火焚烧屋宇，到处弥漫着人肉烧焦后的恶臭。女彭人遭遇了完全相同的厄运，她们被奸污和虐杀，衣不蔽体，死状十分可怖。

伯夏带着自己的队伍，跟那些蒙面杀手展开搏斗，杀死二十多人，但终究寡不敌众，无法阻止这场浩劫。三名顶尖高手跟伯夏缠斗，显然是要置他于死地，幸好云佼和常仲标赶来，射死其中一名杀手，这才解除了他的危难。

鼓须是幽者的另一个主要目标。他被翟幽和十来名幽者团团围住。翟幽伸出他的淡蓝色中指，鼓须的全身肌肤立刻变成黑色，随后又在瞬间恢复了原样，翟幽有些吃惊，再伸中指，鼓须再度变黑，又再度恢复原样，就这样来回反复了多次。鼓须见此状况，不由得开心地笑了："哈哈，这样打倒是挺好玩的。"

翟幽见用阎摩术无法将其杀死，也感到不可思议，被鼓须的嘲笑所激怒，立马改变主意，拔出利剑直接向他刺去，鼓须身子向旁躲闪，还是被刺中了大腿。徐子服舞动着铜钺奋勇冲来，一边大声喝叫，威风凛凛，要救鼓须突围，云佼也闻声赶来助阵。

翟幽看见云佼，犹如见到了头号克星。他目不转睛地望着这表情悲愤的女人，觉得她就像女神下凡，一时怔在原地，不知进退，随后又突然醒了过来，向她伸出自己的中指，一指，二指，三指。云佼的杀气消退了，用一种异样的眼神看着翟幽，迟疑了片刻，然后一言不发地离开了现场。

黎明时分，幸存的羽人面对还在燃烧的废墟，泣不成声。伯夏看着衣衫不整、满身伤痕的下属们，以及羽毛脱落、伤痕累累的雕鸮"狗子"，不禁浑身颤抖，就连云佼都能听见他牙齿发出的碰撞声。

鼓须身负重伤，被人放在木板上抬了过来，徐子服抱着死去的小童和竹杖，满脸是泪地跟在后面；李夫人一改以往雍容沉静的姿态，披头散发，紧抱自己的双臂，浑身颤抖，仿佛刚从血泊里爬出来；常仲标也满脸是血，把一块凶手遗失的青铜铭牌交给伯夏。伯夏定神一看，上面刻有"羽锥神镰"字样。

"这就是了，'羽锥'是翟字的拆写，这个证据，足以坐实翟幽的罪行。"伯夏恨恨地说。

"我带人去抓他，"常仲标说，"务必要将他正法。"

"他人多势众，又有异术，怕你应付不了。我们还是从长计议吧。"伯夏摇头说。

鼓须躺在担架上，像小孩子一样满脸愧疚："我很后悔，没有听你的劝告。"

伯夏说："我也没料到翟幽会下如此狠手。他真是个不可救药的疯子。"

云门受了很大的惊吓，一直小心躲着那些尸体，几乎陷于崩溃的状态。他知道自己铸成大错，在竭力掩饰内心的恐慌。

蓬玉带医士们刚刚赶到，也被这个大屠杀场景所震撼。整个营地的居民大约一千多人，经过清点，发现伤者三百多人，死者五百三十六人。不仅如此，山谷里的神仙泉也遭到严重毒化，已经不能饮用。犬戎之乱数百年后，彭人再次遭到了重创。

彭殇

殷红色的太阳从东方升起，照亮残火摇曳、黑烟袅袅的废墟。那些盖着黑布的尸体，在村头空地排成整齐的阵列，像一个巨大的黑色噩梦，覆盖在大地的表皮，散发出令人绝望的气息。巨人阎摩毫无表情地在这里行走，依次抓走那些愤怒的亡灵，把它们放进巨大的袖口里。伯夏没有加以阻止。他知道，无论人间何其，冥界的审判将是公正的，无端赴难的彭人，应该能在地下得到安息。

他站在尸阵面前，向它们抛撒花瓣。那些花瓣轻盈飘落，化为活的灌木，从泥土里迅速冒出，变成各种鲜花和橙色的果实，枝条彼此交缠，盖住了阴郁的尸体。雨滴在阳光中飘落下来，仿佛是一种死亡的洗礼。天上出现三道彩虹，跨越在营地的上空。蓬玉说："看呀，那是阎摩的记号！"

　　伯夏手搭凉棚，看着天上的彩虹："我想阎摩神对此也会有所不忍。"

　　蓬玉说："母亲告诉过我，得到善终的亡灵，都会沿着彩虹走进冥国，但有罪的鬼魂，只能沿着黑暗的冥河抵达冥国，在那里接受各种刑罚的煎熬。"

　　"也或许阎摩神是公正的。我费解的是，为什么他要支持一个人间魔头的作恶？"

　　蓬玉疑惑地说："那不是阎摩神的所为吧？"

　　伯夏若有所思："要是没有神明的纵容，翟幽恐怕不会有这样的法力。"

　　李夫人衣衫不整，脸上犹自带着血痕，气愤地指着伯夏叫道："都是你们带来的祸害。你们一出现，灾祸就到了。你们没有来的时候，这里一切如此美好。你们才是这大屠杀的罪魁祸首。"

　　鼓须大声说："丫头别对客人无礼，他们已经尽力了。"

　　徐子服上前轻拍李夫人的后背，把她带到一边，试图让她安静下来。李夫人把额头靠在徐子服肩上，无言地啜泣起来。

　　伯夏看着众人，眼神里充满自责："作为国王的使者，贸然访问贵庄，不慎走漏风声，引来大祸，对此我有不可推卸的责任。我要补偿这个过失。翟幽的问题，我一定会帮你们解决。"

　　但伯夏面临的最大问题，是自己没有足够的兵力。他原本指望获得宋国的支持，但襄公已经去世，蓬玉的哥哥王臣孱弱无能，群臣不服，政治上陷入一片混乱。公子荡挂冠离去，司城的职务已经被翟幽篡夺。他利用官府的权力，横征暴敛，组建军队，形成浩大的声势。彭城上层士人也因他布施小财，转而拥戴他的主张，对彭人的"不死术"多有谤议。一时间，翟幽已成为本地呼风唤雨的人物。

　　常仲标对伯夏说："上次我发出的密折，就像泥牛入海，没有任何回

彭难

091

音，我担心它被人劫持，没有到达国王手里，所以我必须尽快返回京城，当面向国王禀报。"

伯夏说："那样也好。炼金师被绑架，黄金的来源成了问题。'不死药'的炼制本身就困难重重，而翟幽的杀戮，又雪上加霜。我们目前的状况，实在是孤掌难鸣。国王远在京城，虽然鞭长莫及，但要是有所支援，哪怕只是一些财物，也是一种有力的赞助。另外，翟幽在宫中必有同党，我也担心他们会对国王有所不利。"

常仲标说："伯夏大夫这份忠诚之心，我会向国王传达的。我明晨就动身，走得快的话，估计七至十日就可抵达洛邑。事情一旦办妥，我会尽快回来跟大夫并肩作战。"

伯夏拱手致谢说："我酿了一缸好酒，等你回来共饮。"

一阵凉风吹来，掀起伯夏的衣襟。秋天正在被死亡释放出来，而大地上的居民，还没有来得及听到生命凋零的声音。伯夏仿佛看见句芒正在远去，他有了一种被父神遗弃的孤独。身边只剩下两个女人，她们义无反顾，支撑着他正在破裂的信念，而他没有感到任何慰藉。在惨痛的死亡面前，长生沦为一种多么可笑的执念。他被幻灭的心情压倒，甚至起了自杀谢罪的念头。但他竭力要推开这种内在的软弱。他的意志在奋力抵抗。

云佼站在烧焦的屋舍面前，望着自己心爱的男人伯夏，看见他的苦痛、绝望和挣扎。她心如刀绞，找不到任何安慰的言语。她要躲在远处，避开他凄惶的视线。刚才那个叫作翟幽的男人，虽然是罪魁祸首，但却给了她一个重要信号：她可以去找他，跟他做一次交易。就在刚才他们对峙的时刻，他用手指传递心语：她的任何要求，他都会接受。

云佼决定立即下山，用自己的方式去阻止新的杀戮。她抬眼望去，句芒庙只倒了一半，另一半还在残烟里矗立，不知谁在敲响那里的铜钟。那是彭族的丧钟，庄严、坚定、义无反顾，犹如大地对苦难的回响。

第六章 洛变

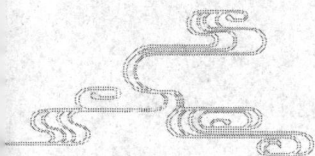

周朝都城洛邑—彭城
周襄王十六年（公元前636年）

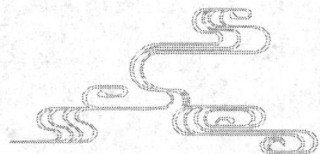

宫变

大童山血战后不久，远在西边的都城洛邑，也发生了一件惊天动地的大事。姬带跟叔隗的偷情之事，突然遭人揭发，而揭发者不是别人，正是国王的贴身侍卫常仲标。

他从彭城星夜兼程地返回洛邑，立即进宫向国王姬郑禀报，不仅历数叔隗兄长翟幽屠杀彭人和破坏"不死药"炼制的罪行，而且说出了叔隗跟姬带私通的秘密。

姬郑听罢勃然大怒，把手里的酒爵丢在地上，传唤大司空等高层官员，要求他们立即对此展开调查。大夫富辰当初曾经劝说姬郑召回弟弟姬带，给他一条政治出路，所以姬郑也把他召来，当庭大声训斥，说都是他惹出的祸害。富辰低着头辩解说："当年国王要迎娶隗氏，我却是竭力反对的。"姬郑根本不听他的解释，要他立即将功赎罪，去后宫逮捕王后。他自己则去找母后理论，希望得到她的首肯，捉拿姬带问罪。

富辰无奈，只好率领五十名带刀侍卫来到后宫，将王后的住所团团围住。王后正躺在大木盆里沐浴，露出光芒四射的裸体。众官冲进浴房，一时被她的玉体惊呆了，半晌说不出话来。王后轻蔑地望着这些丑陋的老男人，在宫女伺候下慢慢披上帛巾，信步走回自己的偏殿。

富辰在那里宣布她的通奸罪名，以国王的名义废黜她的后位。他说得结结巴巴，词不达意，叔隗起初没有听懂，后来勉强懂了，脸色陡然变得苍白起来。她先是竭力自我辩解，见老头们拒绝了她的陈述，便开始破口大骂，跳在富辰身上，用纤手在他脸上抓出十几道血痕。

富辰恼羞成怒，叫士兵把她锁进堆放杂物的柴房。她捶打和脚踢房门，喊出最恶毒的言辞。富辰假装没有听见，迈着笨拙的身躯，满脸伤痕地回去向国王复命。

叔隗的侍女们惊慌失措，四散逃窜，纷纷寻找合适的房梁自缢，把自己弄成一些无辜的尸体。唯有一位忠心耿耿的宫女，守候在主人的监房前，坚持为她打水送饭。

叔隗稍微安静下来之后，忽然想起，得赶紧告知那位野心勃勃的情人，她便派宫女去送信，但宫女刚走到后宫门口，就被卫兵拦住，说是没有国王本人的印信，任何人都不得出入。宫女只好退回柴房。叔隗眼看姬带将要遭到灭顶之灾，这才真正害怕起来，开始放声大哭。

姬郑在获知淫妇已经被捕之后，便乘坐一顶绿帷小轿，前往惠后居住的后宫，把已经入睡的老太太唤醒，告诉她姬带和叔隗的奸情。

太后打着呵欠，睡眼惺忪地说："我还以为出了什么天大的事情，原来是姬带给你戴了一顶绿帽子。都是兄弟手足，共享一个老婆，其实也未尝不可。只是你弟应该早点儿告知你，免得你吃醋生气。"老太太风轻云淡地说着，仿佛只是茶盅里掉进了一只苍蝇。

姬郑被母后的态度激怒了。他列举一大堆证据，本指望老太太能替他出头，不料她竟胳臂肘朝小的弯，一味袒护姬带，弄得他不知所措起来。

太后又说："我明天把他召来，让他跟你当面赔个不是。至于你的女人，怎么处置，你自己说了算吧。"

姬郑咬着牙请过晚安，颓丧地离开了惠后的寝宫。未经太后许可，他不敢贸然处置亲弟，但他又不甘于自己被人反复戏弄。姬带背叛在先，又通奸在后，实在是可恶之至，而且此事一旦传扬出去，他作为国王的颜面，又将如何安放？他犹豫再三，决定先囚禁弟弟，然后再找机会把他干掉。他于是吩咐执掌刑罚的大司寇，派一队侍卫去密捕王子，但千万不可声张。

姬带正在府邸里观看胡姬表演大夏风格的乐舞，欲火中烧，为她旋转肚皮的腰功叫好，忽然间从窗外射入一支短箭，精准地扎在酒案上，上面绑着绢条，只写有一个字体歪扭的"走"字。那不是叔隗本人的笔迹。姬带大惊失色，情知东窗事发，也来不及探究是谁送的情报，赶紧脱下朝服，换成平民装束，带上国王的印信，骑马从后门飞奔出城，一路辗转，以伪造的文书骗过关防，逃到了自己情人的母国——翟国。

翟叔隗的父亲，也就是翟国国君，深夜从被窝里爬起来，紧急接见了远道而来的姬带，听说姬郑竟然不顾夫妻之情，也不念翟国帮他收拾郑国的恩义，居然废黜王后，囚禁在冷宫，还把自己弟弟逐出边境，顿时勃然大怒，调集兵马粮草，向洛邑大举南下；姬带也以惠后的名义发出密函，召集旧部亲信，以及自己封邑的民兵，与翟兵联手作战，准备一举推翻姬郑的昏庸统治。

姬郑当夜便获知姬带的逃亡，但他没有下令追杀，反而觉得轻松起来。逃亡省却了逮捕和砍头的麻烦，万一母后查问，他也好有个交代。但他不知该如何处置那个好色的王后。叔隗天生是个不可救药的荡妇，对性爱的渴望，到了令人发指的地步。他若是宽恕这一回，她日后还是会旧病重犯。姬郑想了半天，决定先关她三个月，然后找个理由把她休了，派人送回北方翟国，而自己则在宫中另择汉人佳丽为后。

他于是再次前往后宫，向惠后禀报了姬带逃亡的事实，然后告诉她，自己将废黜旧后和另择新后。太后听罢无言以对，只好应允，只是心里发慌，担心爱子的下落，于是秘密派人到翟国打探，找到了正在厉兵秣马的姬带，预先知道他要带翟兵攻打京师的计划，但她竟没有告诉姬郑，反而密令自己的嫡系将领，做好响应的准备。在两个互相厮杀的儿子之间，她果断地站到了后者一边。

姬郑对这些近在咫尺的密谋浑然不觉，直到入侵者抵达边境时才得到消息，一时慌了手脚，连忙召开紧急御前会议，商议退兵之策。大夫富辰为了将功赎罪，只好主动率兵出战，但他只是一个文官，根本不懂布阵打仗，哪里是强悍翟兵的对手。两军对峙之际，他居然高举书写着圣人语录的竹简，向对方的战将和平喊话，还没有把求和的话说完，就被敌军的大将一刀砍死在马下。军队呐喊着冲向城门，周公忌父、原伯、毛伯等大臣，毫无抵挡之力，都被翟兵的马蹄踏成肉酱。残剩的军队迅速溃散，逃得一干二净。

常仲标和众侍卫眼看大势已去，抵抗变得毫无意义，只好保护姬郑弃城而走。为了躲避翟兵，大家都装成平民，又因为仓促逃生，没有带上盘缠，就连吃饭都成了问题，所幸常仲标装成乞丐，一路上沿村乞讨，弄回一些残羹剩饭。姬郑平生钟鸣鼎食，哪里遭过这样的大罪，喝一口凉水，吞一口糠菜，满脸是泪，心里发下毒誓，一定要报仇雪恨，将这个万恶的弟弟碎尸万段。

姬郑跟常仲标商议，此去的方向，正好是郑国地盘，不如就先投奔郑君，先躲过这场大难再说。他们踏上郑国地界之后，立马向当地官府通报，说是周朝天子避难在此。地方官吏不敢相信，以为他们是骗子，将他们押进牢房，然后向国君禀报。

郑国的国君姬捷早已得到京城政变的消息，又听说有乞丐自称是周朝天子，猜想那应该不是假货，赶紧前往边界探视，果然认出了姬郑，君臣两人当场抱头痛哭。姬捷没有计较当年他派翟兵攻打自己的旧怨，反而以德报怨，好礼相待，把姬郑一行护送到其治下的汜城，租下一座乡绅的大院，让他们在那里休养生息，静待时机。姬捷还派人送来大量米面布帛之类，以免他们身陷饥馑。

翟兵占领都城后，姬带堂而皇之地坐着马车，重返了这个九州的伟大中心。他站在车上，向夹道观看的百姓挥手致意，心里洋溢着胜利者的喜悦。他的队伍就这样一直走进宫里，释放被囚禁的叔隗，旁若无人地跟她拥抱，吻遍她的嘴唇、脸颊和脖子，然后亲自替她沐浴更衣，庆贺她的重生。出浴后的叔隗脸颊绯红，肌肤光洁，散发出前所未有的性感光芒，宫奴和侍女们都看得呆了。

姬带在接管王后，并把她送回寝宫之后，又来到兄长问政的正殿，准备接管姬郑的权柄。他从墙上摘下国王的佩剑，又从箱笼里取出国王的青铜大印，然后带着这两件信物前去朝觐惠后。

老太太看见幼子胜利归来，欢喜得流下了老泪。她轻抚他的头发说："孩儿啊，这些日子，母后一边等你，一边流泪，眼睛都快哭瞎了。"

"孩儿在北方的日子，无时不惦念母后的安危，生怕那个姬郑会拿您出气，伤了您老的心。"

"他那个窝囊废，哪里敢对我动粗。"老太太看了一眼儿子手里的印信和宝剑，呵呵一笑，"你既然已经回来，这个国王干脆还是你当了吧。"

姬带连忙磕头说："感谢母后替儿子做主。"

"因为你闯下的那个祸，风言风语挺多。看来我得亲自给你加冕，免得外面人再说闲话。"惠后意味深长地说。

三日之后，宫中办了一场前所未有的盛大典礼。惠后将代表国王权力的玉琮和符印，当着百官的面，隆重交到姬带手里，以太后的名义宣布他登基，又当场立翟叔隗为王后，为她戴上镶满珠宝的后冠。一对偷情者终于实现了自己的梦想。

政变的消息迅速传开，全国上下都受到震撼。这是继幽王的犬戎之祸以来，王室所遭遇的第二次政治动乱。路边百姓满心欢喜地消费着王室绯闻，而各地诸侯则开始盘算自己的机会，看能否火中取栗，从这场政变中捞到什么好处。世界正在变乱，所有人都闻到了灾难和福祉的双重气息。他们放肆地嘲笑戴绿帽子的国王，并七嘴八舌地猜测事变的结局。一个宫廷通奸和谋反的闹剧，终于演变成了一场全民狂欢。

蛊惑

云佼出现在翟幽内府的门厅时，他没有感到丝毫惊讶。这正是他期待的转折。在大童山上，他用洗魂术预设了这个场景。此刻，他朝思暮想的女人终于来了，满脸怒气，貌若天仙。

云佼说："我来了，把自己的身体交给你，但有一个条件，你必须放过彭人，保证不再杀害他们。"

翟幽被她义正词严的美丽所震动。他目不转睛地望着面前的女人，觉得她说话的声音、字意和表情都无懈可击，让他神魂颠倒。他说："你说的一切，就是我的律法。你下达命令，我负责执行。"

他的手藏在袖子里，再次向云佼伸出了中指。

云佼的瞳孔放大了，仿佛进入梦游状态。她看见丝绸般滑软的大海，看见仙岛和迷幻花园，看见怒放的桃花、梨花和山茶花，看见飘动在花海里的云彩和织锦，看见高悬大树枝丫上的珍珠、美玉、水晶和五色宝石，还看见各种她从未见过的美妙事物。

她眼神空茫地跟着翟幽进了他的卧房。门在她身后被重重地关上。她消失于门后，十二个时辰都没有重新露面。

盛会

翟幽抱着心爱的女人，在卧房里奋战了一天一夜，弄得精疲力竭，次日早晨刚刚睡去，却被下属急切的敲门声惊醒。那是一份来自姬带的请柬，以官方驿报的方式送达，邀他出席洛邑的国家盛典。

翟幽尚未从昨夜的狂欢中醒来，又被拖入另一场更大的狂欢，这些接踵而至的好事，令他兴奋得不能自抑。但他无法割舍昏迷在卧席上的云佼，思虑再三，觉得还是要以家国大计为重，只好先把她跟小妹戉隗留在彭城，自己快马加鞭赶去洛邑，心里充满从未有过的豪情。他知道，改朝换代并主宰社稷的时刻已经到来。

洛邑洋溢着革命的气息。大街上人们在狂奔，惊慌失措地叫喊，店铺紧闭，叛军的铁蹄在石板上踏出了火星。但集会却令翟幽大感失望。民众茫然地望着新帝和他的女人，有气无力地喊着"万岁"的口号。场面显得有些冷落。这时天上忽然飘起漫天大雪，姬带身穿王袍，在努力给民众施教，他的母亲惠后则坐在伞盖下一言不发，叔隗披着红色的斗篷，站在地面洁白的高台上，面若桃花，肤若凝脂，好似来自天庭的女神。

翟幽全身披挂着铜片编缀的甲胄，金光闪闪，天神般站在亲爱的大妹旁侧，俨然是她的贴身护法。"我们的时代开始了！"他高擎青铜宝剑，冲着表情麻木的民众狂热地喊道，企图点燃他们的革命斗志，但底下的回应有气无力，只有叔隗一人的清亮女音，鹤立鸡群，响彻整个广场，可惜它稍纵即逝，被那些私下议论的嗡嗡之声所替代。

翟幽心里开始咒骂这些愚不可及的百姓。他们不过是一些热爱娱乐的傻子，把神圣事物当作饭桌上的八卦；而此刻，他们又走进官家剧场，把革命当作一场热火朝天的演剧。他们被涂脂抹粉，假扮成英雄，以接受来自未来史官的赞美。难道世上还有比这更无耻的行径吗？翟幽生气地想道，对台下的观众怒目而视。

姬带高声宣布道："你们，可怜的百姓，现在给我听好了，我是前国王姬郑的弟弟姬带。这个国王的宝座原本是属于我的。现在我终于把它拿回来了。我确信你们正在用自己愚笨的脑袋乱想，以为这是一场非法的政变。你们在心里诅咒我，认为我是一个不守礼法的坏蛋。现在我要告诉你们，你们的想法是错的，你们误解了革命者的伟大情操。他的使命是给你们带来富庶、幸福和希望。"

姬带再次提高嗓门说："你们将得到赋税方面的重大减免，你们漏雨的房屋将由官府出钱修缮，你们干旱的田地将得到官府水车的接济，你们粮食短缺的状况，将由官仓放粮加以解决。总而言之，还有很多新政会相继出台，让你们的梦想得以实现。现在，我要以新国王的名义郑重宣布，一个新的纪元已经开始！"

民众看着台上戏子在扮演新国王，被姬带甜言蜜语的表演和台词所打动，欢呼声变得热烈起来。他们好久都没有见过如此好玩的社戏，他们一边热切地观望，一边彼此打闹，男人和女人互相伸手摸着对方，彼此说些亲昵的秽语，广场上洋溢着热火朝天的狂欢气息。

第二天上午，叛乱者的军政会议在姬郑书房里召开，议题主要是如何瓜分帝国的城池和人民。气氛热烈，跟昨夜的民众集会截然不同。姬带指着地图对翟幽说："你想要哪一块地，朕这就封给你。"

翟幽哈哈一笑："彭城是东部的战略要地，北可联络诸夷，南可控制越闽之蛮，尤其是稻米、海盐和竹子，均为重大战略资源。我可在那里镇守，与中央遥相策应。"

姬带说："我这就封你为彭国公，印符三天内可以做好。这些日子，你就暂且在此替我打理洛邑的事务，我要带你妹妹前往温城，在那里建立新都。洛邑已经腐朽，我要换个地方跟你妹妹行大婚之礼。"

随后，参与叛乱的将领和文官们开始讨论迁都的细节，翟幽虽然偶尔插嘴，但对这类事情兴趣索然。"彭国公"这个身份令他血脉贲张，仿佛饮服了一大碗参汤，他开始盘算返回彭城后的计划。他知道，如果扩张得当，他将拥有九州中的很大一块份额。这难道不是阎摩大神的恩典吗？他无限喜悦地想道，对自己的领地开始心驰神往。

寻佼

伯夏在四处寻找云佼。他坐立不安地度过了几十天，犹如困兽一般。但几乎无人知道云佼的下落。有些谣言在街坊里流传，说云佼成了翟幽的情人；有人说她被强盗奸杀，尸体被丢弃在河里；还有一种更离谱的说法，称她突然参悟大道，跟着一个要饭的托钵僧云游去了。

翟府里有人向医馆投送密函说，云佼曾经出现于翟府，但很快就销声匿迹。伯夏派人送去信札，有礼貌地向翟幽索人，但翟幽的管家召虎回函称，云佼的确前来拜访，停留片刻之后便告辞离开，翟府对她的去向一无所知。伯夏坐立不安，但又无可奈何，因为句芒术不能向他提供任何帮助。蓬玉也很焦虑，她派医士出诊，在城里城外到处打听，依然一无所获。

伯夏独自躲在屋里生气，精神恍惚，情绪狂躁，对一切都丧失了兴趣。他责备所有前去安慰他的人，说他们只顾自己，没有照看好云佼，就连蓬玉都不敢劝他，抱着猫咪躲得很远，免得成为他的出气对象。

他不知道，云佼此刻正被翟幽的洗魂术所困。在翟府内院里，到处弥漫着伸手不见五指的浓雾，她失魂落魄，在浓重的大雾里转来转去，似乎永远都找不到出路，犹如被关进一座没有门窗的牢房，或是掉进一座巨大无边的迷宫。

翟幽早已不知去向，她只能看见丫鬟们在迷雾中时隐时现，伺候她的日常起居，各种美食应接不暇，但她们又聋又哑，无法回答她提出的任何问题。她们的身子只是一些飘浮在浓雾中的碎片——一只手、一只脚和一只没有光泽的眼珠。她们跟那些器皿一起忽隐忽现，完全不可捉摸。她偶尔会看见一面镜子，从里面映射出一个陌生女人的影像。但她已经完全认不出自己了。她的视线和思绪，掠过那个女人的脸庞，坠落在迷雾后面的迷雾之中，难以自拔。

很久以后，云佼都还能记住那个冗长的梦境。在梦境的开头，一个男人把她带到床上，跟她做古怪的游戏，上体在嬉闹，下体在剧痛，红色的云雾溅落在床上，但她没有叫喊。梦境后来发展得比较轻松，疼痛逐渐消失了，她开始变得喜悦和亢奋起来。她持续地大叫，身体像豹子一样在原地腾跃，一次又一次地升向高空，看见天上的潮水和大地上的星辰。在梦境的结尾发生了分岔，就像蛇的舌头那样，其中一个结尾，好像是男人带着他的棍子走了，而在另一结尾，男人倒在床上，变成了一只染血的兔子。

戊隗同情被困在翟府的云佼。翟幽已经秘密动身前往洛邑，翟府内院变得异常安静。她走进翟幽的私宅，看见云佼在院子里不停地转圈，从前厅转到后堂，又从左庭绕到右院，好像在持续地梦游之中。她知道这是翟幽洗魂术的结果，暗自责备哥哥的无德，只好由自己来收拾残局。召虎护主心切，想要阻止，被她一顿怒斥，只好缩着脖子掉头走开。

洗魂术是她家的法宝。这种法术源自埃兰，由护命大臣甘青传授给翟王的后代，以便在战乱中可以自保。甘青曾是一名大名鼎鼎的洗魂术士，在战场上被翟王逮捕，沦为俘虏，翟王念他有一技之长，没有砍掉他的头颅，反而厚待他，把他擢用为自己的亲信大臣，还把自己的侄女嫁给他作为妻子。

为了感谢翟王的知遇之恩，甘青将自己的洗魂术教给公子翟幽，又把媚术传授给三个小姐。戊隗虽然不愿练习这种法术，但在父亲逼迫下，也学了一些媚术的皮毛，用来勾引那些好色的男孩，几乎无往不胜。她姐姐叔隗更是利用媚术，把当今大周国王弄得死去活来。

她在翟幽的房里寻找解药，但一无所获，只能竭力回忆甘青当年曾经提及的几味草药，诸如柴胡、黄芩、郁金、丹参、桃仁泥、红花、磁石和生龙牡之类，此外还有一些西域的草药，眼下已无法在汉地查找。她试着去药铺抓回这些药物，叫丫鬟煎熬成汤药，添加了一些蜂蜜，让云佼服下，每天如此。十五日之后，云佼竟然有些半醒的样子。但她依然不记得自己是谁，不知自己身在何方，也忘了自己究竟从何处而来。

戊隗指挥丫鬟们替云佼沐浴，更换掉肮脏的衣服，又亲自替她梳妆，把她弄成一个新潮美女的模样，还为她戴上一串来自南海的黑珍珠项链，然后让人雇车，在午夜时分把她送回伯夏医馆，看着她摇摇晃晃地敲开大门，消失在人们的惊叫声中。

丫鬟们替云佼沐浴时，戊隗一直在木桶边站着。她看着云佼的身体，便想起了云门。他们的肤色如此接近，头发的卷曲度也很相似，甚至眉眼和脖子都一模一样，心中顿时涌起对那个男人的无限思念。她亲自用钱收买了他，但这不是她要的结果。她卷入了一场毫无出路的秘密情爱，而且不知如何修理这种畸形关系。

洛
变

103

归政

洛邑的宫廷政变，改变了整个中原的政治格局，一时谣言四起，说姬郑已经被王后用毒药杀死。藏身于氾城乡间的姬郑，虽然受到郑国的礼遇，还是坐立不安，不甘于自己的失败，以国王的名义发函，派密使传信，昭告鲁国、晋国和秦国，请求他们出兵镇压叛乱，匡扶正义。

大多数诸侯都没有给予回复，他们的策略是坐山观虎斗，要看皇室内讧的笑话。晋文公重耳考虑到叔隗妹妹季隗是自己的首任妻子，曾跟随自己度过最艰难的岁月，不便出兵勤王，只好装聋作哑，没有加以理会。姬郑认为复位无望，开始盘算自己的后事，在众臣的建议下，打算向更遥远的南方苗蛮之地逃迁。那里虽然偏远，但因北方政权鞭长莫及，倒也不失为避难胜地。

到了周襄王十六年冬天，刚过小寒时令，事情突然有了峰回路转的变化。重耳获得情报，说姬带在温城终日花天酒地，不问朝政，没有展示出任何政治韬略。他突然意识到，这个篡位者是个无能的鼠辈，根本无能经营正在衰败的帝国，不如帮姬郑夺回王位，借此确立自己的霸主地位。想到这里，他决定一改初衷，宣布应召勤王，出兵收拾政治残局。晋文公上了年纪，身体不适，未能亲自率军出征，但他派出几员大将，带着数万精兵直扑温城，准备发起猛烈攻击。对那些一盘散沙的叛乱分子，这次他是志在必得。

篡位者姬带登基之后，没有乘胜追击，彻底剪除废帝姬郑，反而以为大权已经在握，放心地移都温城，一边督造宫殿，一边跟新王后纵乐狂欢，不仅没有兑现向百姓做出的新政承诺，而且也未能组织兵员和粮草，做好新一轮战争的准备。他完全没有料到，自己的妹夫重耳会做出背叛他的抉择，一时猝不及防，不知该如何应对才是。

翟国军队此时早已班师回国，远水救不了近渴，而大周军队的将领们，不服他是篡位之君，更不满于他拒付军饷，故意懈怠拖延，不听他的号令。与此相反，晋人的军团顺利越过冰封的黄河，一路上都没有遇到反抗，如入无人之境。各地乡绅和百姓，摆出事不关己的姿态，官军和民兵也都不见了踪影。晋兵先是轻易地攻下姬带盘踞的温城，擒获了那对伪王夫妻，然后从汜城迎接废帝姬郑重返洛邑，恢复了他的王位。

民间有关于姬郑复兴的各种版本，其中最流行的说法是，重耳的军团刚刚兵临城下，温城的百姓就已打开了大门，敲锣打鼓、欢天喜地地把晋军迎进城里。姬带被晋国大将魏犨逮捕，破口大骂，痛斥他的忤逆。武夫魏犨口拙，不善言辞，被他骂得恼怒起来，手起刀落，砍下了他的脑袋。王后翟叔隗则被绑到华表上，万箭齐发，可怜一代艳后，被射成了血肉模糊的刺猬。民众在热烈欢呼，如同此前他们曾经欢呼过叛乱者的胜利。

姬带和叔隗的尸体，被砍去首级，赤裸着悬吊在城门上，长达三天三夜。人们聚集在城下议论纷纷，迷恋叔隗浑身血污的胴体，又为姬带的大尺度阳具惊叹不已。到了第四天下午，几名温城的贵族实在看不下去，派人收敛了两人的尸身，安葬在郊野的山丘上，又起了一座小小的坟堆，让他们死后也可终成眷属，并能从山坡上远眺洛邑。青石墓碑上，只刻有两个意味深长的古体金文——"情兮"。

重新执掌王权的姬郑，为了答谢晋文公大义灭亲之功，派人向他馈赠了玉珪、香酒和精美的弓箭，又发函致意各国诸侯，推荐他担任各国联盟的首领，并把河内的地盘赐给晋国。重耳由此取代宋襄公，当上了春秋时代的第三位霸主，其威仪震撼各国，就连姬郑本人，都要反过来向他屈尊示好。

但机警的翟幽并未落网。他在洛邑替姬带代行管理之职，每日派人巡视街道，维持市面上的治安，顺手清除一下那些忠诚于老王的残余势力。他找来一些有名的儒生，原想听取他们对彭国的政治见解，可一旦听到"小国寡民"和"上善若水"之类的胡扯，便觉得索然无味。

温城陷落之后，晋兵便向洛邑发起攻击。宫人大多是姬郑的旧部，故意向他隐瞒这个消息，直到大军逼近，他才得到密报，不由得大惊失色，只好丢下原本已经备好的五车金银，仓促带上"彭国公"的玄铁印，在他

洛变

的盐枭组织帮助下，乔装成盐商，带着一名贴身侍卫，骑着两头呆傻的骡子逃出城去。一路上担惊受怕，唯恐被人识破真实身份。骡子不听使唤，而盐袋又破了几个小孔，白色盐巴撒了一路，犹如蛞蝓留下的爬痕，标示其东逃的路径，好在并没有人借此追寻他们的踪迹。

谋国

回到彭城之后，翟幽发现云佼已经离去，把召虎叫来问责，知道是妹妹戊隗所为，不禁勃然大怒，把案头拍得粉碎，却对自己的小妹无可奈何。跟更加严重的政治困境相比，情色方面的受挫，只能退居其次。叔隗已经死去，颠覆大周帝国的梦想，被姬郑的复辟所彻底摧毁。他心里变得空空荡荡，一时找不到新的出路，只好躲在府邸里借酒浇愁。

他在桌面上摆放了九个酒爵，分别给它们编号，然后从一号喝到九号，又从九号喝到一号，喝得天昏地暗，日月无光。他用嘶哑的嗓子唱歌，缅怀在草原上狩猎的日子，把一肚子臭气熏天的秽物，都吐在召虎和侍女身上。

戊隗也听说了姐姐壮烈牺牲的故事，急于向哥哥求证，却碰了一鼻子灰。翟幽对自己经历的事变讳莫如深，不想让小妹被这样的噩耗伤害，假装醉得很深，根本听不懂她的探问。戊隗问不出究竟，心里便已经懂了七八分，回到自己屋里，大哭了一场，声音惊天动地。召虎闻声而来，试图给她一些安慰，被她赶出门去，灰溜溜地返回自己的住所。

商贾们从京城带来各种惊心动魄的小道消息，彭城的百姓，也在酒肆和街巷里议论纷纷。幽盟的成员开始军心动摇。时间长了，洗魂术和洗脑术没有继续加固，控制力在缓慢弱化，幽者的自我意识开始复活，他们害怕遭到帝国继任者的清算，纷纷离开彭城，到他乡谋求生路。而隐身于大童山的伯夏，对这场变故却所知甚少。

新的坏消息还在不断传来，说是翟幽的父亲翟伯遭遇暗杀，而翟国也已被晋国吞并。现在，他跟妹妹都成了流亡者，既无法前往洛邑，也无法回到翟国。他们被悬置在彭城，像遭到整个世界遗弃的老鼠。

戊隗每日都在劝导哥哥，希望他尽快走出家族悲剧的阴影。翟幽蛰伏一个月后，开始渐渐缓过气来。他知道，依靠家族图谋宏业的梦想已经完全破灭，必须重新规划自己的未来。而彭城将是他实现复兴梦想的唯一基地。他命人收起美酒和酒具，打开帝国地图，仔细端详，指望从中找出一些政治灵感。那枚刻有"彭国公印"字样的玄铁印，就藏在他怀里，压迫着胸口，令他感到隐隐作痛。

翟幽让召虎找来几位当地的耆老，用美酒和好菜款待他们，假装很谦卑地向他们聆讯。在酒酣之际，他们便七嘴八舌，向他讲述了这座古城的辉煌旧事。

古时候这里有个大彭国，曾经是东方最活跃的酋邦之一，早在夏王少康的年代，就已经崛起，但因为声名显赫，危及殷人的利益，商王武丁亲自率领青铜大军东征，以锋利的斧钺，将这个石器时代的小国一举铲平。史册上记载当时的场景，说是尸横遍野，血流成河。大彭国从此被并入殷商的版图，它当年的都城，就是现在的这座彭城。

而今日的彭姓家族，都是当时彭国的遗民，他们在屠城发生之前逃走，又在殷人撤兵后回迁，以彭为姓，留下了在废墟里重建家园的种子。还有一些随着犬戎人逃到身毒，下落不明。

历史向翟幽提供了无可挑剔的拥兵自立理由。他思虑再三，决定游说晋文公重耳，借助他的力量，以彭城为基地，按姬带赏赐的封号"大彭国"，打造一个全新的东方邦国，并仿效宋襄公和齐桓公，逐渐扩展地盘，与群雄争霸，最终征服诸夷，推翻大周并取而代之。他将是这场"九州版图革命"的推动者。

他召来那些姓彭的家族首领，在青砖铺就的宽阔庭院里，对他们发表演讲，鼓动他们一起复辟，重振八百年前的彭国雄风。说到兴奋之时，他跳到茶几上，身上披着深红色的披风，双目炯炯，口若悬河，俨然是胸怀大志的英雄。

洛变

107

但那些彭姓家族成员并非都有复国的雄心，大多数人只想保持现状。所以当场就分裂成两派，彼此激烈地争执起来。赞成者缅怀先祖，认为周室衰微，眼下正是复国的大好时机，而反对者却声称，大彭国早已成为过眼烟云，要是起兵造反，必然会导致生灵涂炭，彭城的百姓将永无宁日。翟幽暗自运用洗魂术，都无法摆平这种分歧，大约是因为彭姓家族多为服气派的修行者，有天然内力护体，他的法术一时难以奏效。

翟幽一怒之下，宣布会议结束，把与会者全部请出营地，决定另辟蹊径。他派人到邻近的徐国、吴国和鲁国去征召勇士，以补充流失的幽者，组建新的军队。姬带的教训告诉他，没有一支强悍的军队，他的权力随时会化为乌有。

他计划中的武装分为三个部分，第一是颁发饷银的官军，主要驻扎在西部，以防范宋国的军事围剿；第二是乡绅出资组建的民团，分散于各地乡村；第三是强化作为核心的幽盟，以两千名幽者的规模，驻扎于城区中央，担任着守卫他本人的职责。

与此同时，他利用本地官员空缺的状态，着手组建一个新政府，选拔他信任的旧官吏和乡绅，让他们担当所有行政事务。更为要紧的是，他必须掌控钱财的来源，并尽快装满他的粮仓。他派出小吏四处出击，到乡村征收赋税，抽取壮丁。

翟幽写信给宋成公，向他禀报自己的作为，并虚情假意地表达忠心，成公果然中计，削去公子荡的职务，委任他为彭城的司城，确认了他在彭城的合法政治地位。

翟幽又写下一封密函，令召虎前往晋国，向重耳传递效忠的信息，希望把彭城变成晋国在南方的属地。他需要借重北方霸主的力量来实现他的图谋。虽然召虎很快就返回彭城，但重耳对信函迟迟没有回复。翟幽决定耐心等待。他看到了王室衰微带来的契机和希望。

不仅如此，面对那个残酷的死亡现场，他突然懂得，长生并非是需要加以揭穿的骗局，相反，它是需要给予热烈关注的事务。他必须利用金丹派的成果，让那些被绑架的炼金师，尽快炼出黄金和长生丹药，以此作为跟各大诸侯讨价还价的资本，同时，消灭那些不受控制的彭人，以防他们成为自己的竞争对手。

翟幽试图说服阎摩，消灭那些图谋不死的傻瓜，由他一人独享这种长生的福利。他确信阎摩会赦免这种非分之想。他每天清晨都在神庙里高声祈祷，试图传递自己的强烈渴望：让所有人都痛苦地死去吧，而他要跟阎摩大神一起长存，成为他永恒的仆人，用战争和死亡来制造亡灵大军，向冥府提供源源不断的资源。但阎摩对此保持了惯常的缄默。

隈恋

洛邑政变被镇压之后，戊隈也陷入空前的困惑之中。姐姐和姐夫已经在政治争斗中死去，她甚至可以想象他们牺牲的壮烈场景。而现在，这个虚拟的死亡景象每天都在眼前回放，像麻丝一样，缓慢地绞杀着她的灵魂。这是何等残暴的世界，被你死我活的原则所控制，没有人能够摆脱它的暗黑魔法。

戊隈瞒着翟幽，从侧门偷偷溜出院子，想去那个叫作"昭和"的酒馆发泄一下。不料在那里遇见已经喝得半醉的云门。一见到她现身，云门的怒气便油然而生。他没有料到，他传递出去的消息，竟会导致一场疯狂的杀戮，几百个彭人无端地死于非命。虽然在大童山上，他成功地做了自我掩饰，轻易瞒过众人，但在这第三方场所，他还是被戊隈的出现激怒了。他决计向面前的这个女人寻仇。

他起身走去，一把揪住她的头发，在众目睽睽之下，把她拖过房间的地板，拖过屋外的砖地，拖过满是砾石的泥地，一直拖到屋后的小树林里。戊隈没有挣扎，穿着皮靴的双脚，在地上拖出一道长长的深痕。

在阳光斑驳的杂草和树叶上，他狠狠地抽了她两个耳光，然后抱住她的身躯，狂热地亲吻那被打痛的脸颊。戊隈表情冷静，听任他的粗鲁和非礼，半天都没有反抗。最后，云门好像突然酒醒，脸色惶惑地说："抱歉，我，我只是有点儿生气……"

戊隗说："对不起，是我害了你。我不知道翟幽会干出这样的勾当。他辜负了我对他的信任。"

云门想起大童山上那些烧焦的尸体，脸色变得难看起来："那些人因我而死。我真是罪大恶极。"

戊隗的眼神有些悲凉："你有你的悔恨，我也有我的伤痛。我得知了叔隗和子带的死亡。他们虽然有罪，却死得令人发指。"

云门突然换了一个话题："你活着回来就好。"

戊隗转过脸去，竭力避开他灼热的眼神，生怕自己的媚术，会扭曲对方的情感："生与死之间，其实只有一寸的距离。"

云门抚摸着她的头发，长叹一声说："我好喜欢你，让我们就这样相好吧。"

戊隗说："在你走向我的路上，等候着许多鬼魂，你会感到害怕的。"

云门说："到了这一步，我已经没有回头路可走了。我要跟你相好，我要成为翟伯女儿的丈夫。"

戊隗说："你在赌博，而且没有什么胜算。我们各自属于敌对的阵营，我们的亲近一旦被发现，就会有生命之忧。"

云门不以为然："那又如何？我就是想跟你要好。我是坏人，为了你，我可以做出世界上最无耻的事情。"

戊隗摇着头笑了："唉，你这坏人，你这天下第一的傻瓜！"她被他身上某种疯狂的气质打动了，开始热烈地亲吻这个英俊的男人。从他潮湿的头发里，她闻到了一股浪漫而危险的气味。

谋反

武士季豹坐在酒馆里，目睹云门粗暴地拖走戊隗。但他只是静观，没有出手的打算，恰恰相反，翟幽家族的一切不幸，都令他如沐春风。自从两位堂哥哥被翟幽切碎之后，他就发誓要为他们复仇。他数度向伯夏医馆通风报信，试图破坏翟幽的计划，但收效甚微。所以他图谋联络志同道合的幽者，成立刺杀团体，以干掉这个恶贯满盈的北方胡子。

他跟两名幽盟兄弟——独眼和瘸子在一起饮酒，一边合计刺杀的细节。季豹压低嗓门说："翟胡子喜欢喝酒，而且最近酗酒得厉害，给他酒里下毒，一了百了。"

独眼并不赞同，虽然他的另一只眼睛被翟幽挖掉，伤口至今还在隐隐作痛。"杀胡子有难度。召虎形影不离，很难下手，倒不如先做掉他的妹妹，那女人没有武功，也没有保镖护驾，容易对付。"

被翟幽打断腿的瘸子，左手习惯性地支着拐杖，摇头说："那女的不是坏人，我们不能跟胡子一样滥杀无辜。"

季豹一拍桌子："管他呢，这些王八蛋，统统该杀！"

邻桌的几位转过头来看他们。季豹自知失态，赶紧低下头去。

独眼笑道："胡子有冥神做后盾，不能轻易得手，我看这事得从长计议。反正咱们都没啥事，先盘算起来，看有什么合适的机会。还有，得多联络一些人手，怕到时不够用的。"

瘸子抚摸着拐杖说："还得给我们的组织起个代号，这样拉人进来方便。"

季豹说："那就叫'光盟'吧，用蜡烛做记号。他制造黑暗，我们寻找光明。"

独眼轻抚桌角，自嘲地笑了："好名字，意义深刻，可惜我顶多只能找到一半了。"

瘸子也笑了："你还算好，我就是找见了，也死活赶不上了。"

季豹说："只要我们心意坚定，就能得到光明。最要紧的是，必须想法跟伯夏大夫那里建立联系。我们要借力而为，跟他们里应外合。"

独眼和瘸子不约而同地举起了酒盏，眼里放出亮来，仿佛看见了正在聚集和生长的希望。

洛变

踢馆

在重新整顿幽盟之后，翟幽必须向外界展示一下他的威权，彭人的大童山基地已被摧毁，他这次准备拿伯夏医馆开刀。医馆就在城内，距离他的府邸只有两三里地，对他而言，它的存在有如骨鲠在喉。此前因医馆声誉良好，饱受民众爱戴，所以他未敢下手，但在他的建国野心雄起之后，清理地盘，驱除异端，便已迫在眉睫。

这天午后时分，天上忽然下起滂沱大雨，天气变得更加阴冷。伯夏医馆里几乎没有什么病人。医士们就着炭火低头打盹，各自沉入了温暖的梦乡。

就在大雨初歇之际，召虎率众包围了医馆。他们全身裹着黑衣，手持黑色棍棒，胳臂上扎着一道红色布条，一望而知是幽盟的人马。他们先是在大门口竖立官府的木板告示，向过路的居民大声宣读，列举几个伪造的病例，声讨医馆的罪行——诈骗钱财，草菅人命。见行人稀疏，而且观者反应冷漠，便掉头闯入医馆，用棍棒把家具砸得粉碎，把坐榻、医案记录和药材全部堆到庭院中央，点上一把大火，将其全部付之一炬。

医士们从睡梦中惊醒，试图阻止他们的暴行，却被幽者用棍棒痛殴。医士长受伤最重，因上前力劝，被召虎打断左臂骨和五根肋骨，当场倒在地上，昏死了过去。医馆里一片鬼哭狼嚎。

有人跑去官府报案，但官府已经沦为翟幽的私人机构，哪会有人出面阻止。不仅如此，报案者反被诬指为跟官府作对，被庭杖三十，逐出府衙。等到伯夏闻讯带人从大童山赶来，幽者早已离去，而医馆则在浩劫中变成了废墟。好在医馆位于闹市，光天化日之下，召虎不敢轻易杀人，医士们的性命，算是被留了下来。

伯夏遣散了部分医士，又安排矢志留下的医士，带着伤员向大童山撤离，贴出休馆的告示，只留下几名武士看守宅子。在做完这一切之后，他独自走进附近一家名叫"昭和"的酒馆，想在那里平息一下愤怒的心情，重新思考未来的策略。翟幽竟然成为宋成公任命的司城，令他失去了在彭城的唯一据点。他不知道，除了让蓬玉写信去警告她的哥哥之外，他还能做些什么。

他选了一个光线昏暗的角落，点了一小壶淡酒，一碟白切羊肉，心情沉重地喝了起来。这时，一个陌生人从对面的座位上起身，向他走来，一屁股坐在他对面的席位上，似笑非笑地拱手问道："敢问这位就是伯夏先生？"

伯夏审慎地看着对方，没有回答，心里在揣摩他的来意。

对方向他凑近脑袋，压低嗓门，露出诡异的表情："我叫季豹，我来自光盟……"

洛变

第七章　借兵

宋国彭城—齐国都城临淄
周襄王十七年（公元前635年）

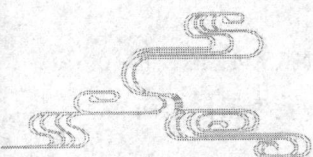

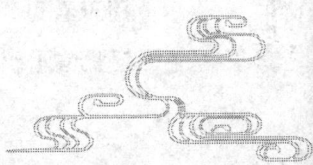

孪情

云佼被人从医馆送回大童山，伯夏喜出望外，设宴欢迎她的归来。大家都很喜悦，开始放纵地喝酒。大童山和医馆遭到血洗后，这里始终笼罩着沮丧的阴云，而此刻，人们第一次露出了轻松的笑意。

伯夏端起酒杯说："云姑娘离开我们一个多月，大家都很关心她的下落。好在她终于回来了，因为她留恋这里的亲人。这杯酒，我为云姑娘而干，庆祝这件宝物失而复得。"

蓬玉搂着云佼说："大家都好想你。没有你在我们身边，大家都很失落。"

但云佼没有说话，也没有向众人解释出走的原因。她只是端起酒杯微微抿了一口，又放下了，容颜憔悴，眼神空洞，仿佛灵魂还在别处。

云门说："姐在外面一定吃了很多苦头。"

云佼一直保持着古怪的沉默。

蓬玉看见，伯夏的脸色忽然阴沉下来。他放下酒杯，独自走出屋子。蓬玉赶紧追了出去，酒宴不欢而散。

云佼每天都躲在屋里，不愿出去见人。蓬玉拉她爬山散心，也被她拒绝。伯夏觉察到她性情大变，犹如一个梦游症患者，猜她身上一定发生过什么重大事情，却又无法问明。伯夏为此心中烦闷，整天都在屋里踱步沉思，耳朵里和指缝间都长出了青苔。

蓬玉说："你的句芒术也许可以为她治疗。"伯夏想了一下，决定尝试一下。他来到云佼的住所，把她强行带到屋外，端了一个凳子给她，自己坐在她对面，膝盖对着膝盖，看着她瘦削的脸颊和无限迷惘的眼神，心里涌起一阵怜惜的热流。

伯夏握着云佼的双手，感到她的手在微微颤抖。句芒的藤蔓从他的腋下长出来，越过他的手掌，缠住了云佼的双臂，又爬上她脖子，探入鼻子和耳朵。过了一会儿，藤蔓从那些孔窍里退了出来，带出一粒黑色的种子，看起来就像是蓖麻子，在阳光下闪烁着乌黑的光泽。伯夏知道，这应该就是翟幽在她心里种下的洗魂种子。他拿过种子，用脚跟把它仔细碾碎，看着它变成无用的粉末。

云佼感到心里豁然开朗起来，仿佛一道门被蓦地推开，阳光像水流那样倾泻而入。一切都变得美好起来。她扑在伯夏怀里，放声大哭。伯夏轻抚她的头发，另一只手拍着她的后背。他知道，此时此刻，一切言语都已多余。

蓬玉在远处看见了这一切，心中五味杂陈。

蓬玉胸闷了几天，实在忍耐不住，就约伯夏到溪边散步，想要听他的解释。月光从松叶的缝隙间洒下，犹如淡淡的雾霭；泉水流过山石，低声说出意义不明的絮语。蓬玉说："多么安宁的景色！真是难以想象，这里曾经是一座可怕的屠场。"

伯夏长叹一声："是啊，跟强大的死亡相比，生命竟是如此脆弱。我们意在寻找不死的道路，结果却打开了通往冥界的大门。"

蓬玉目不转睛地望着伯夏："大夫不要灰心。虽然我们两度遭受重创，但我已经想好翻盘的方法了。不就是缺点儿人手嘛，那我们可以借兵呀。要是襄邑我哥哥那边不行，那就到其他国家去借。卫国、邾国、曹国和滑国，都是宋的盟国，应该都会出手相助的。"

伯夏摇摇头说："大国纷纷崛起，这些小国但求自保，未必就肯出兵惹事。"

蓬玉说："那就去找齐国的国君。当年齐桓公小白病故，太子昭逃到宋国寻求救援，因为桓公死前曾有托孤之举，我父亲便全力帮助太子昭，率领四个国家的盟军向临淄进发，在一个叫作甗的地方，击败了齐国的军队。齐国的贵族们迫于压力，杀了公子无亏和奸臣竖刁，赶走奸相易牙，迎接太子昭回去当了国王。他如此受恩于父亲，我现在出面去求他，一定不会遭到拒绝。"

伯夏满心欢喜地搂着蓬玉说："小姐为我解了一大难题。有了兵马，我们就能战胜幽盟的势力，为死难者讨个说法。你要我奖励你什么呢？"

蓬玉歪着头笑道："我只要伯夏大夫娶我为妻，与我相伴到老。"

伯夏亲吻她的脸颊说："娶蓬玉小姐为妻，这是我三年前的秘密誓言。我一直不敢对姑娘说出来。现在我要以父神句芒为证，以月亮和星星为证，娶你，拥有你，照看你，跟你生很多小孩。"蓬玉被这突如其来的誓言所击倒，软软地靠在伯夏肩上，惊喜得一时说不出话来。

过了一会儿，她试探着问道："那你怎么对待云佼呀。她喜欢你，这可是大家都知道的事情。"

伯夏说："她自从失踪过之后，变了很多。你把她也带去吧，让她散散心，你路上也好有个帮手。"

蓬玉又试探道："要是你纳她为妾，我不会反对的。"

伯夏笑道："只要你能容忍，我就能接纳。"

"你真是一个贪心的大坏蛋。"

伯夏说："她是难得的好女人，你要有了她做帮手，会省很多心的。"

"我第一，她第二，你要同意，我就同意。"

伯夏笑道："可以轮值做第一嘛。"

蓬玉气疯了，大叫一声，跳在伯夏身上，狠命捶打他的双肩，又挠他的痒痒。伯夏抱着她，憨厚地笑着，听任她在自己身上撒野。他在心里努力告诫自己，蓬玉是天下最聪明善良的女人，他爱她远甚于爱自己。她才是他的真命公主。

借兵

过了两天，蓬玉说服云佼，又带上云门，启程前往齐国的都城。蓬玉扮成富商的小妾，云佼扮演丫鬟，云门则扮成车夫，三人一路行去，没有遇到任何麻烦。云佼收起来历不明的黑珍珠项链，却因它过于美丽，没舍得丢弃，把它转送给弟弟云门，说将来娶妻时可以派上用场。云门喜出望外地收下，心里已经有了处置它的主意。

十天后她们进了大都市临淄。尽管早就听说过这城的伟岸，但她们还是被堪比洛邑的繁华景象所震惊。街市的道路用细石板铺就，宽阔而平整，到处是车水马龙，人群熙攘；位于城市中心的盐市，更是商铺林立，叫卖声震耳欲聋。

西域来的杂耍艺人在街头表演喷火术，让人看得眼花缭乱；有一种厉害的幻术，将一只兔子放进帽子，却变出来十几只小兔；还有另一种幻术，表演人头被切割下来，又被重新安装回去，众人不禁啧啧称奇。他们转过一条街去，见另一名魔法师打开一面大如脚盆的铜镜，自己奋力跳了进去，好像跳进一个深洞，再也没有出来。蓬玉瞪大了眼睛，不知那人究竟去了哪里，不料他却在云佼身后突然现身，哈哈大笑，把云佼吓了老大一跳。

云佼好久以来都没有如此开心了。自从伯夏用句芒术为她疗愈之后，她便从那个梦境里彻底挣脱出来。创伤虽然没有完全愈合，但她已经有了自我疗愈的能力。她在努力寻找灵魂的新的出路。

时尚的女人们穿着绣花鞋在街上闲逛，头上还戴着鲜花或纱巾，衣妆的色彩都很鲜亮，身上的脂粉香气四处弥漫，仿佛彼此在暗里争奇斗艳。相比之下，蓬玉和云佼只能自惭形秽。云门为街头的那些美女所迷，举止变得轻佻起来。他放肆地用停栖在肩上的"狗子"去吓唬她们，被云佼喝止，只好乖乖地收敛起来。

蓬玉跟云佼姐弟俩找了一家上等客栈住下，在素绢上手写一份信函，让店小二按地址送走，然后就在客栈里等候。才过了一个时辰，门口就来了一队人马，都是甲胄精良的禁卫军装扮，为首的军官走进客栈，见到蓬玉，纳头便拜。蓬玉一眼就认出，那是公子昭过去的贴身侍卫齐羌。当年他随昭流亡宋国，时常在襄邑的行署里出入，跟蓬玉有颇多交往。他说："蓬玉小姐长大了，出落得如此美丽，在下竟是不敢相认了。"

蓬玉笑道："原来是你呀，还在齐公门下行走吗？"

齐羌恭敬地说："正是。此番前来，要迎小姐入宫，齐公姜昭在等候您的芳驾。"

蓬玉让云佼留在客栈，自己随着齐羌进了王府，向齐孝公陈情，请求派兵援助。姜昭在正殿里召见了她，见蓬玉款款而至，貌若天仙，不禁抚掌笑道："未料宋襄公有如此美貌且知晓大义的女儿，当年怎么就没有向你父亲提出婚事？小姐要是成了本公的正夫人，岂不省掉了这许多的烦心之事？"

蓬玉脸色一红，低眉顺眼道："那是小女子没有福分而已。"

姜昭哈哈大笑起来："当年你父亲打败我的那些兄弟们，扶我登上王位，如今你向我借兵，咱们两家的恩义，这就算扯平了。好吧，我答应你，让大司马齐羌选精兵一千，听你号令，应付那些江湖毛贼，这些兵马绰绰有余了。"

蓬玉大喜，再三拜谢。齐羌说："我需要两日时间组织人马和粮草。请小姐在客栈等候，我们大后天清晨寅时出发。"蓬玉笑着辞别齐孝公，回到客栈，跟云佼两人上街闲逛，购买了一大堆麻织衣物。两人对着铜镜试穿这堆杂碎，嘻嘻哈哈地闹了半天。云佼说："蓬玉小姐这身打扮，伯夏大夫见了，眼珠子都会掉出来的。"

蓬玉反唇相讥说：“哪里呀，云佼姑娘这一回去，大童山就会变成鼓山了。”

云佼说：“怎么讲？”

蓬玉笑道：“彭人见了云佼，心里怦怦直跳，不就跟打鼓一样吗？”云佼气得要追打蓬玉，蓬玉却泥鳅般笑着躲开了。

云门这回没有跟随姐姐，他带着“狗子”泡在酒馆里，豪情万丈地把刀币拍在食案上，让老板叫上几个漂亮的西戎陪酒女，一边跟她们饮酒调情，赌投壶游戏的输赢，一边在心里惦着戊隗，仿佛她们就是戊隗的替身。直到把钱花光，他才酩酊大醉地回到客栈。

两日后的清晨，梆子敲了五更，天色还没有发亮。蓬玉一行赶到西门，齐羌率领骑兵，已经在城外等候，士兵们肃然站立，马匹高大，斧钺林立，金属甲胄反射着尖锐的微光。齐羌骑马跟着蓬玉的马车，后面是浩荡的军队。除了兵器轻微碰撞的声音，马蹄踏在石板上的声音，整支军队竟然毫无声息。云佼心里惊羡，不由得出言赞叹道：“好雄奇的队伍！”

齐羌回首冲她微微一笑，露出洁白的牙齿。他身披猩红色坎肩，胸甲上挂着辟邪的玉饰，跟手中的长矛、斧钺、戈戟及坐骑融为一体，在白粉墙上投下剪纸般的影子。云佼听见自己心脏在怦怦跳动，就像士兵敲击着鼋皮大鼓。她想，我马上就会看到一场真正的战争。她浑身战栗，知道自己的血在火热地燃烧。

队伍在浓重的夜色里出发了。雕鹗“狗子”展翅起飞，翱翔在队伍的前方，仿佛在给齐兵引领方向。稻田里的蛙声已经平息，而公鸡在此起彼伏地发出高亢的啼鸣。天边现出一抹淡红色的云霞，那是黎明即将到来的记号。

会师

伯夏正在大童山焦急地等待蓬玉的消息。城里的医馆，在遭到幽盟围

借兵

剿之后，已经难以为继；除了从洛邑带来的几名侍卫，他几乎无人可用，而目前唯一能做的，就是借用彭人的那些尚未烧毁的炼金房，继续研制摄魂术的解药。他知道，要是借兵不成，他将无法抵挡翟幽的下一轮进攻。他隐约感到，这场攻击已经迫在眉睫。

他屏退手下，站在墙垣破损的院落里，背靠一株烧焦了部分枝丫的银杏树，在虚空中打开自己的微型神庙，向父神句芒祈祷，然后悄然退出神庙，走进那间炼金室，坐在一堆堆草药之间，仔细思索着，试图从中找出一些关键性的线索。

他小心地挑出枣子、珊瑚和马宝，又挑出朱砂、磁石、龙骨、紫铜和金精石。在确认过这些选材之后，他便向药物伸出双掌，运用心念，须臾之后，药材开始在桌面上旋转起来，以水涡的形态不断变幻，然后自行分化和组合，一些药材震颤着退离，另一些药材继续聚拢，在他掌下形成一个太极鱼形状的药堆。伯夏脸上露出难得的笑意。

他走出屋子，对等候在外面的鼓须点头说："成了。这药的名头，就叫'守魂丹'吧，你要制成蜜丸，便于士兵服用。"鼓须心领神会，马上下令羽人们甄别药材，记下配方，生火架起坩埚，开始熬制药汤。伯夏走到山坡的断口上向东望去，通往北方的道路阒然无人。他对紧随其后的徐子服说："他们应该快到了，最迟就在今夜。"

果然不出伯夏的预料，午夜时分，云佼骑着快马先到营地，一个时辰后，蓬玉率领大队人马也抵达了这里。伯夏和鼓须都去迎接，被这支精良的军队震撼了，几乎不敢相信见到的场景。齐羌骑着高大的白马，它的鬃毛在月光下飞扬，发出昂奋的嘶鸣，打着气息滚烫的响鼻，俨然天兵天将下凡。一时间，死气沉沉的废墟，到处布满士兵们的帐篷和锅灶。炊烟袅袅升起，村子里重新有了热烈的生气。伯夏含笑看着蓬玉，用眼神传递着自己的赞赏。

云佼走过来打断他们的含情对视，她向伯夏引荐了齐羌。两人惺惺惜惺惺地寒暄起来。伯夏展开光盟提供的地图，向齐羌讲述自己的进攻计划：派出四个小队，在内应的帮助下，分别占领并控制四座城门，大部队兵分三路，包围翟府，以及他扩大人马后增设的两个新基地，总共一大两小三座宅子。出发时间定于丑时，而进攻时间定于清晨卯时之始，以更夫的梆子声为号令。他同时下令把"守魂丹"分发下去，一旦遭遇翟幽的人马施用洗魂术，就能以此药纾解。

齐羌笑道："没料到伯夏大夫有如此运筹帷幄之才，计划如此缜密，令我等可免去许多周折。就这么办，部队明早开拔，最迟可在黄昏前终止战斗。只是要彻底剪除翟幽党羽，可能还需一些时日，所以队伍要在彭城继续剿匪，维护治安。一个月后，待一切风平浪静，我们再全体撤回。大夫看这样是否可行？"

伯夏抚掌笑道："大司马不愧是齐国栋梁，安排如此周密，令伯夏自愧不如。"两人互相称许，彼此都十分赏识。

齐羌看一眼云佼，又补充了一句说："要是云佼姑娘希望我们留下，我们也会在这里娶妻生子的。"说毕，哈哈大笑起来。

蓬玉说："齐将军要是看上我们这里哪位姑娘，蓬玉愿为你做个牵线月老。"

"小姐要是愿意出面牵线，齐国的子弟兵有福了。"齐羌笑着作揖道。

云佼脸上微微一红，把头扭到一边，假装望向那些身材伟岸的士兵。他们看起来神色疲惫，却依然器宇轩昂，眼神明亮。

云门躲在一边，装着百无无聊的样子，靠着石桌，用碳条在白绢上瞎涂，这时忽然开口说："我累死了，想先去睡一会儿。"他想去给"狗子"上信，放它去向戊隗报信。

云佼说："好吧，那你就先回吧，出发时我会叫你的，不过你得把'狗子'给我留下，我要带着它放哨。今晚会是一个不眠之夜。"

云门很不情愿，犹豫了半天，见姐姐意态坚决，只好藏起白绢，快快地离去。他得赶紧另想营救戊隗的办法。

这时，一个云佼熟悉的身影突然跃入眼帘。她高兴地叫起来："看，常侍卫回来了！"众人抬头看去，常仲标带着十来个宫廷侍卫打扮的武

借兵

123

士，快步走上山来。伯夏迎上前去，十分欢喜地说："你来得正好，我们马上就要开战了。"

常仲标热切地握住伯夏的手："我带来了国王的问候。这些日子，京城发生了一些大事，也是我要马上禀告大夫的。"他把伯夏拉到一边，嘴贴在他的耳边，跟他低声长谈起来。云佼和蓬玉有些不安地望着伯夏。松明闪烁不定的火焰，照亮了他表情峻切的面容。

围歼

翌日的黎明，伯夏与齐羌亲率齐军，乘着夜色奔袭彭城。城外的官军还在兵营里沉睡，齐羌没有惊动他们，只是派出一支小队监视其动向。天色微亮时，齐军便完成了对城门的控制，并将翟府团团围住。

翟幽因势力已经坐大，彭城一带没有对手，所以掉以轻心，甚至碉楼上都没有加派夜间岗哨。老幽者已经散去大半，新幽者还没有来得及接受三种法术的训练。大门被一个独眼和一个瘸子从内部悄然打开。齐军杀进翟府时，他们都还在酣睡之中，毫无抵抗之力，稀里糊涂地当了俘虏。

云佼本想自己拿下翟幽，伯夏怕她吃亏，坚持要跟她一起行动。伯夏已经事先研究过地图，掌握翟幽住所在翟府中的具体位置，他领着云佼，转过几个拐角，翻过一座围墙，摸黑进了翟幽的卧室。

借着挂壁油灯的微弱光线，伯夏暗自运用句芒术，让屋里的木质家具全部复活。细密的木纹松动起来，从中长出了枝丫、绿叶和根茎，就连粗大的梁柱都被激活，重新长出了枝丫和绿叶。

翟幽饮酒过度，尚在熟睡之中，对此没有任何知觉。而后，他的卧榻变成一件活物，草席和被褥长出细密的蔺草和麻茎，彼此缠绕，竟将卧榻与翟幽紧密包裹起来，就像是一次事先安排好的绑架。

云佼用火折子点燃火把，四下打量翟幽的卧室，看见墙上竟然贴着她的黄绢画像，刚想上前撕下，翟幽突然惊醒，发现自己已被生擒，手脚动弹不得，根本无法施展法术，也来不及逃入戊隗为他打造的暗道，气得破口大骂起来。

云佼狠踢了他几脚，将他带到大门外，关进事先准备好的木枷囚车。雕鹗"狗子"飞来落在木枷上，用绿色的眼睛盯着翟幽。翟幽非常生气，他向怪鸟吐出唾沫，反复问候它的母亲，但"狗子"对此无动于衷。它还无法理解人类秽语的复杂语义。

就在云佼打开宅门的瞬间，云门抢在齐兵前面，直奔戊隗的侧院。他抄了一条近道，摸黑进了戊隗的屋子，把她从睡梦中悄声唤醒，教她穿戴成普通汉妇的模样，用黑布蒙上脸庞，借助地下暗道悄悄溜出翟府，一路上骗过了那些四处搜捕的齐兵。

为防范幽者出逃，城门也在宵禁之中。他叫守城的士兵放行，说是有紧急公务。卫兵中有一个彭人认得云门，知道他是伯夏的亲信，另一个老门卒有些阅历，看出他俩的暧昧，呵呵一笑，没有细加盘问，就打开大门，放他们出了彭城。

他们犹如脱笼的野狗在田间奔走，戊隗一连摔了几跤，弄得满身烂泥，终于在一个叫宋庄的地方，找到一间还没有熄灯的农户。云门敲开屋门，说是想留一位女子在此住宿。屋主是一位长相粗俗的中年妇人，见他们的狼狈情形，猜想一定是偷情或逃婚的，不愿惹这个麻烦，一口回绝了云门的请求。

云门从兜里掏出当时戊隗给他的那个金锭，拍在当家农妇的手里，说是照料女客的报酬，屋主从未见过金子，放在嘴里咬了半天，然后欢天喜地地收下了这个来历不明的女人。

"看长相，这姑娘不像是本地的。客官福气好，捞了这么一个美人儿。"

云门没有言语，从怀里拔出刀来，抬手一甩，六寸长的刀身掠过屋子，整个没入女主人身后的木柱，只剩下缠着漆布的刀柄。农妇的脸色顿时吓得惨白，不敢再说三道四。云门抱着戊隗亲了半天，然后头也不回地走了。

释幽

历经一年的折腾之后，伯夏终于重返自己的医馆。里面到处是被肆意破坏的痕迹，墙上尿迹斑斑，散发出难闻的骚臭。他走进自己的书房，望着落满尘土的书案碎片，无限感慨。他下令立即重建医馆，同时释放那些愿在保证书上具结签字的俘虏，又让常仲标派人在各处树立木牍告示，以大周国王特使的名义，历数翟幽的叛逆罪行，要求全城居民跟匪徒划清界限，成为维护本城秩序的良民。若今后再有人跟幽者勾结，定将遭到严惩，如此云云。而后，他叫云佼把翟幽带到自己面前。

伯夏哂笑说："翟司城终于睡醒了？未知阶下囚的滋味如何？"

翟幽满脸惊惶和愤怒，一言不发。

伯夏说："你赶走司马荡，篡夺司城职位，巧取豪夺，弄得民不聊生，还杀了这么多彭人，按理说我该以牙还牙，把你和你的手下全部杀掉，但顾念你是翟国的公子，你妹是周朝的王后，所以打算放你一条生路。"

翟幽说："我输得不服。你要是有种，让我回去重整旗鼓，跟你再战一回，看到底谁输谁赢。"

伯夏说："你应该已经知道你妹被杀的消息，翟国也很快会被晋国吞并。你没有多少翻盘的机会了。"

翟幽辩解道："我是阎摩神的门徒，跟翟国无关。"

"我放你可以，但你得回答我三个问题，只要答错一题，你就死路一条。"

"这要看是什么问题。"

伯夏说："你是俘虏，没有提条件的资格。我的第一个问题是：你的洗魂术是否来自阎摩神？"

"先学西戎，后承阎摩。"

"第二个问题，谁是你的幕后主使？"伯夏又问。

翟幽说："你是聪明人，应该知道我在京城里的背景。"

伯夏轻蔑地笑了："好，我明白了。第三个问题，你是否认罪，并答应不再跟彭人作对？"

"我算彻底输掉了。我在彭城丢尽了面子。我喜欢云佼姑娘，本想跟伯夏先生争夺一番，却不能得到她的芳心。现在我已心灰意冷。你若放我，我便远离此地，永不复返。"

云佼狠狠瞪了翟幽一眼，又从鼻子里哼了一声。

伯夏说："好，我愿意赌上一把，赌你会回心转意，放过那些无辜的修仙者。"他示意云佼替他解开铐锁。云佼大声抗议说："大夫，你不能放掉他。他满嘴谎言，只要你让他活着，他就一定会卷土重来。"

伯夏把云佼拉到一边，对她耳语道："让他回去，自有我的道理。你先把他放了，容我慢慢跟你解释。"

云佼第一次跟伯夏耳鬓厮磨，心脏剧烈地跳动起来，脸上先红了半边。她心猿意马地解开了翟幽的锁铐，再狠狠踹了他一脚："你这个骗子，马上滚蛋，赶紧从本姑娘的视线里消失掉。"

翟幽走到门口，回头意味深长地一笑，上下打量这久别重逢的猎物，对她拱手作揖说："云佼姑娘，谢你放我生还，咱们就此暂别，以后一定还有再见的日子，请姑娘静候我的佳音。"说罢，恢复了倨傲的表情，目光如刀，仰脸大笑走出院门。

火宴

伯夏当夜在城外举行款待齐军将士的晚会，九支牛角号子一同吹起，苍凉的声音响彻天地。原野上到处是灰白色的营帐和狂欢的篝火，士兵们在高声喧闹，大多已经酩酊大醉。月光透过云层，照亮了那些茅屋、草垛、晾架、栅栏和砾石小道。哨兵在附近来回走动，警觉地眺望着道路尽头，那边是黑黢黢的城墙，带着锯齿状的箭垛，躲在云层的阴影里，仿佛已经沉入梦境。

借兵

127

伯夏、蓬玉、云佼和齐羌围坐在火堆旁，由于火焰温度和酒的混合作用，众人的身子灼热起来，脸色也都变得很红。

伯夏说："大家先喝酒，过一会儿我要请常仲标讲个故事。"

蓬玉拍手起哄说："常仲标哥刚从京城回来，他的故事，一定好听之极。"

云佼道："哼，那也未必，男人的故事，通常不是粉的，就是红的。"

伯夏一眼望去，在半明半昧和闪烁不定的火光下，蓬玉笑靥迷人，而云佼冷艳若霜，两个女人的气息如此不同，却都是他的所爱。伯夏看得醉了，浑身变得燥热起来。

常仲标逐一卸下身上的盔甲，几盏烈酒下肚，环视四周，目光落在伯夏身上："外面都在传言，姬带和王后偷情，还推翻了国王的统治，自己当起了国王和王后。晋国的军队响应姬郑的号召，杀到他们登基的温城，把这两个篡位者用乱箭射死。但我所知道的真相，还真不是那个样子。"他故意卖个关子，又喝了满满一盏。

蓬玉急切地问："那是啥样子呀？"

常仲标说，在温城，晋国人将姬带和翟后脱光衣服游街示众，然后用囚车把他们押到洛邑。常仲标是负责看守他们的卫士。在圆丘举办姬郑复位的盛典上，他亲眼看见，姬郑下令把姬带和叔隗的首级砍下，用他们的头和血向天神献祭。当时，姬带被五花大绑，不停地高声叫骂，痛斥姬郑的罪行。叔隗说："王子，我先走一步，我们很快就会在冥国相见的。"说罢啐了姬郑一口，毫无惧色，引颈就戮。她的鲜血飞溅到高高的白色旗幡上，像是对姬郑的最后一次羞辱。

云佼听着，脸上露出悲悯的神色："好刚烈的女子，如此年轻，就成为刀下之鬼，我要是她爸爸，一定会出兵替她报仇的。"

"叔隗私通在先，篡位在后，我看她是死有余辜。"蓬玉撇了撇嘴。

伯夏接过常仲标的话头："这个奇案，我也是昨晚才知道。晋王重耳是翟后的妹夫，他逮捕自家的妻姐，虽然符合家国大义，但在晋国贵族圈里，还是遭到了很大的非议。为了这个缘故，他首先派人刺杀翟王，然后以保护翟国的名义，将翟国整个并入晋国，又派特使来到彭城召唤翟幽，让他去晋国担任司空，以此来平息舆论的非议。这真是一组连环妙棋，每一步都走得惊心动魄。不过这份写在白绫上的密函，今天上午在翟幽的卧室被抄出。"

"对了，我见过那份密函，但没有理解其中的奥妙。"齐羌说。

伯夏进一步解释说："我担心的是，翟幽已经是官方任命的司城，一旦他在彭城被我们杀掉，不仅宋成公无法向世人交代，晋国也会借机夺取彭城。要是他们联手清剿大童山，我们营救彭人的全部努力，就会付诸东流。这就是我要释放翟幽的原因。希望大家能理解我做出的决定。"

众人听得呆了，一时不知说什么才好。过了好一会儿，蓬玉才幽幽地说："天哪，这一年来困在大童山上，竟不知发生了如此天翻地覆的大事。"

齐羌说："晋国崛起，恐怕大周的整个格局，都会有重大变化。"

蓬玉说："我认识那位晋王重耳，当年曾经流落到襄邑，情形狼狈，就连吃饭都成了问题。伯夏大夫将我父亲送他八十匹良马转赠给他，他便借此招募骑兵，重新北上，越过黄河，夺回了自己的江山。三十年河东，三十年河西，人间世事，真是难以预料！"

云佼端起酒壶，斟满了自己的杯子："便宜了这个王八蛋，给他卷土重来的机会。"她眼神迷离地看着伯夏，喝了半杯酒，把另一半泼向柴堆，火焰瞬间变得汹涌起来。

齐羌笑道："宫中缠斗，加上爱恨情仇，生离死别，洛邑的故事，果然比临淄的好听。"

"彭城的凶险，怕是不下于京城，"常仲标说，"虽然离王城有千里之遥，但生生死死的演剧，同样惊心动魄。"

宋襄公之死，令伯夏解脱了对贤者的承诺。加上这场大规模的死亡，迫使他意识到，他离开洛邑时的目标已经不复存在。在经过长时间的徘徊和犹豫之后，他终于明白，自己眼下必须面对的，是惨遭屠杀的彭人和天下苍生。他必须制止这种荒谬的屠杀，并通过推动彭人的炼丹运动，令天

借兵

下人都能摆脱死亡的恐惧，拥有长生的基本权利。

伯夏举杯一饮而尽："今天这场英雄会，早晚会载入青史。但我跟云佼姑娘一样，担心翟幽会卷土重来。下一步计划，应该是帮彭人找到更好的藏身之处，让他们有时间炼出'不死药'。看见这么多死亡，我想阻止它继续发生。我们的目标，就是要保障'不死药'的诞生，让世间所有人都能得到长生。"

月亮已经升到天顶，那些代表诸神的群星，镶嵌在暗蓝色的布幔上，微弱的光芒犹如雾气，弥漫在整个苍穹。从旷野的远处，传来无名生物的吼叫，低沉而雄浑，回荡于整个天地，听起来就像来自地狱。众人不禁都有些悚然。只有伯夏知道，那是怒气冲冲的巨人阎摩，正在发出充满威胁的信号。

雕鹗"狗子"拍打着翅膀惊飞起来，在篝火上方盘旋，仿佛在向主人发出警告。

蓬玉站起身，走到伯夏身边，蹲下身去，豪情万丈地说："我是伯夏大夫的人，大夫说到哪里，我就去哪里。"她将杯中的酒一饮而尽。

伯夏牵起她的小手，目光炯炯对众人说："句芒是生命之神，是至高无上的父亲。有他在保佑我们，我们就能够获胜。"

常仲标也走过去，向他们伸出了自己的双手。

面对他们的以手盟誓，云佼把脸转向原野，默默咽下一口酒液。她看见涌现在伯夏脸上的梦想，很想上前抱住他，对他说，我愿为你死去。但她这次依然选择了躲避。她想把真实的灵魂藏进酒杯，可是她脸上还是露出了隐秘的激情。

齐羌越过篝火凝视着她，两眼灼灼发光，像两粒细小的星辰。

彭情

齐军获胜的消息迅速传到大童山上，鼓须和徐子服的欢喜之情溢于言表。鼓须摸着胡须说："真没有料到，彭人最终要靠一个外姓人来摆脱困境。"

徐子服也感慨道："他居然还能炼制丹药，这本该是我们彭人的特长。"

鼓须露出诡异的表情："我前日才听说，他是春神句芒的儿子，若真是那样，一切便都可以解释了。句芒主宰万物生长，当然也掌握了丹药的秘密。"

徐子服若有所思地说："如此说来，我们还要感谢春神，把他的儿子赏赐给我们。要是他还能助我们炼出金丹，那就更好了。"

鼓须用手杖敲着地面："你给我闭上鸟嘴，炼金丹是我们金丹派的要务，不得由他人插手，否则会成为我们的奇耻大辱。"

徐子服尴尬地一笑："这倒也是。炼丹是我们自己的使命，但若是没有先生的指导，我们将一无所有。阅遍人间，没有任何人能够担当这份重任。"

鼓须转怒为喜："你小子只有四百多岁，还是个小孩子，正是年轻有为的年纪，彭人的希望，我看就在你身上了。"

徐子服两眼闪闪发光："我自幼丧父，多年来视你为自己的父亲，但愿你能将我视为儿子，这样我就心安了。"

鼓须看着他，伸手去摸他的脸颊，就像抚摸小孩子的屁股："世间万物，都有一个恒常的道理。你失去了老爹，就必定会有一个新爸站到你的身边。"

徐子服在泪光中看见，鼓须四瞳闪亮，长髯飘拂，容颜光洁而温润，满脸顽童般的笑意，身后站着喜悦的群山。

李夫人跟四五个女彭人在一起秘密集会，为大童山的未来忧心忡忡。其中一名女子，正是伯夏进大童山那天在森林里遇到的"歌伎"。木屋里的被褥和席子被摆放得一丝不苟，俨然是有洁癖的处女的闺房，唯有那些月经布条带着淡淡的水渍，在房梁上随意飘动，仿佛是一些卑贱的灵魂在

借兵

131

风中舞蹈。

李夫人身穿白色长袍盘腿而坐，发髻精细地结扎在脑后，神色端庄而忧郁："虽然他们打赢了一仗，但这还远远不是灾难的结束。只要伯夏他们在彭城一天，我们就无法走回正常的炼丹道路。"

一名头发花白的妇人附议说："我们应该劝说鼓须大师放弃跟伯夏的合作。"

李夫人愤愤地说："他被伯夏迷惑，已经失去了掌舵的能力。就连徐子服也鬼迷心窍起来。这个无能的男人，他辜负了我对他的期望。"

"歌伎"也说："要是说服不了他们，我们就得自己去做正确的选择。您是我们的领袖，您的意见，就是我们的意见。"

"我担心我们偷练房中术之事，早晚会被他们察觉。"花白头面有忧色。

"歌伎"妩媚地一笑："姐姐不用担心啦，大不了我们集体投奔李耳。他才是房中术的正宗。只有在他那里，靠男人的精气资助，我们才能修成正果。"

李夫人沉默了片刻，然后一字一顿地说："是的，这些我都已经反复想过了。你们不用担心，在必要的时候，我会跟鼓须和徐子服先生摊牌的。"风吹着她单薄的衣衫，仿佛带来了大量的寒意，而她的眼里却燃烧着诡异的火焰。

敌恋

云门找了一个留在彭城观察动静的借口，没有跟随队伍返回大童山。他目送云佼和伯夏离去，然后在脂粉铺里买了一些女人用品，又在"昭和"饭馆订了一个食盒，预先雇下一辆牛车，天黑时分动身，带着"狗子"去宋庄探视自己心爱的女人。

戊隗被屋主安置在紧挨主屋后墙的一间偏房里，虽然陈设简陋，却也拾掇得十分干净。两人刚一见面，便相拥而泣，好像失散多年的恩爱夫妻。

戊隗说："你终于来了。我的小心肝，我等你等得天昏地暗。"

云门说："唉，我好怕见到你，因为我要把自己全都交给你，我怕我再也走不出这扇门了。"

戊隗摇头说："你进了我的门，我也进了你的门，我们都在发痴。"

云门用放在墙角的木板搭起一个物架，把菜肴从食盒里取出，一件件地排在上面，像是给杂货铺里的商品上架，戊隗定睛一看，是红烧麋肉、酱香肘子、白切羊肉、葱烤鲤鱼、软煎豆腐和鲜肉米饼之类的美食。口水不由得涌了出来。

戊隗笑道："奇怪，你就像我肚里的虫子，怎么把我爱吃的菜都弄来了。"

云门说："我先钻进你小肚肚看了一回，好不容易才弄清了你的食谱。"

戊隗哈哈笑道："你不觉得臭就好。"

云门伸过鼻子，狗一样在戊隗身上嗅来嗅去："不臭，妹妹的一切，都是香的。"

俩人于是一同喝酒，口里含着酒液互相亲吻，把酒吐在对方口里，做完爱之后，又用筷子彼此喂菜，后来干脆用嘴衔着食物，再把它吐到对方嘴里，还用舌头舔去对方唇边的酱汁，就像雌鸟喂养雏儿，爱得死去活来。他们就这样昏天黑地过了五天五夜，连房门都没有出过。

女屋主在房里隔墙窃听两个偷情者的动静，发现他们先是发出大声，然后又长时间悄无声息。她以为他们死了，不免担心起来，后来又听到叫声，才知道还活着。就这样反复几十次，她自己都弄得疲了，便昏沉地睡去，再也没了继续偷听的乐趣。

第八章 洞变

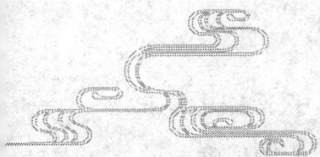

宋国彭城—吴国荆邑

周襄王十九年（公元前633年）至

二十年（公元前632年）

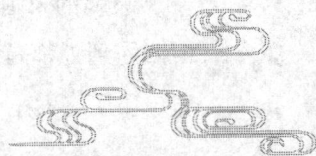

善卷

这年的帝国又发生了另一件大事。楚成王熊恽派令尹子玉去讨伐宋国，宋成公被迫向晋国求救，晋文公则佯攻曹国和卫国来解宋国之围，又与楚军在城濮这个地方发生大战，楚国因兵力不足而告败。晋文公为了庆祝胜利，向国王姬郑敬献一百辆战车和一千名楚军战俘，姬郑则回赠了一百张红弓和一千张黑弓，并授权晋文公可以征伐其他诸侯。

就在同年的冬季，重耳在郑国的践土举办武林大会，各国诸侯都来参加，就连姬郑也迫于重耳的威势，以"狩猎"的名义出席大会，其实是屈尊向晋国示好。晋国就此一举成为霸主。

衰弱的宋国，在晋国的羽翼下苟延残喘，令彭城维系了短暂的和平。但四周到处都是战争，人民生灵涂炭，彭城也很难偏安一隅，它的和平前景，正在变得岌岌可危。鼓须找伯夏商议说，也许应该另觅一个去处来安放彭人，以免炼丹事务被战乱打断。

伯夏对此深以为然，他随即派出多位探子，在鲁国、徐国和吴国一带查访，寻找合适的彭人营地，这项工作耗费了大量时间。最后，在南面数百里地的吴国荆邑，觅到一处雄奇的洞穴。

吴国为蛮夷之地，民风极为淳朴，却因语言自成体系，跟中原长期互不往来，直到近百年以来，才有楚人入吴，向当地传输发达的农业技术。关于此洞的消息，除了少数居民，几乎无人知晓。据经常进山砍柴的樵夫说，一千多年前的尧舜年间，曾有一位来自中原的善卷先生，在那座大洞里归隐修炼，最后不知所终，恐怕是升仙而去了。

蓬玉查阅古卷后告诉伯夏："当年尧帝曾经屈尊求见布衣善卷，向他请教政务，后来舜帝又要把自己的帝位禅让于他。这件事情，许多古书上都有记载，说他后来归隐深山，却不知躲在哪里，原来就在吴地。这真是件意外的收获。以后伯夏大夫若是撰写历史，单凭这段逸事，便可以耸动天下。"

伯夏笑道："大隐者所归之处，一定是集天地之灵气的福地，看来我们找对了去处。"

他于是亲自前往踏勘，在仔细观察和思量之后，终于做出搬迁的决定。鼓须和徐子服都支持这一决定。丹房已经烧毁，神仙泉也已干涸，对于彭人来说，彭城失去了家园的意义。它留下的唯有苦痛和令人绝望的记忆。徐子服唯一担心的是，离开祖地之后，彭人的命运将交给句芒的儿子。他们对此喜忧参半。

徐子服说："虽然伯夏给了我们许多帮助，但我还是对他不太放心。"

鼓须捻着胡须说："看来只能赌上一把。根据八百多年的经验，我的赌博赢面很大。当年我被犬戎人带去身毒，一位年长的族人对大家说，我们必须学会赌博。我们应该把赌注压在犬戎人身上。最后，他的意见被证明是对的。"他看着徐子服，用教训小孩的口吻耐心解释说，"留是死路一条，而去的话，要么是死路，要么就是新生。"

徐子服若有所悟："嗯，我们去，但要保持警惕。"

鼓须哈哈大笑，连胡须都飘动起来："小傻瓜，你要知道，我不是你们的卫士，我只是一个善于下注的赌徒而已。"

南迁

伯夏派常仲标以种植药材为名，向当地的女酋长阿布购买整座山头，阿布起先断然拒绝，因为这是她祖先亡灵守护的神山，一旦有外人入驻，就会触犯山神，招来灭顶之灾。但她虽然担忧，却架不住常仲标跟她斗酒。阿布拿出越人自酿的白色米酒，未经过滤，跟发酵过的米粒混杂，味道跟甜酒醪相似，口感顺滑，但后劲强大。两人开始轮流对饮，你一杯我一杯，喝得豪情四射。

十几盏酒下肚，阿布的脸先红了，意识变得恍惚起来，看见松明照耀下的常仲标，英武的脸庞上火光闪烁，高大的身影投射在白墙上，犹如难以撼动的铁塔。她心里忽然升起一种火热的欲望，想要跟这个来自中原的男人一起滚席，一直滚到海枯石烂为止。

她就这样一口答应常仲标的买地请求，然后在酩酊大醉中占有了这个男人。她一遍又一遍地到达高潮，根本记不得次数。后来她突发奇想，找出两只灰陶大碗，其中一只盛满了晒干的黑豆，每到过一次，她就抓起一粒豆子扔进空碗，这样很快就积下小半碗来。

她端起小碗，仔细看了半天，心满意足地对常仲标说："这是你的功劳碗，我要把这些小豆永远存起，放在我的榻边，最后带进我的坟墓。"

常仲标大汗淋漓地躺着，没有吱声。俄顷，他发出了惊天动地的鼾声。

第二年，也就是周襄王二十年，残剩的数百名男女彭人分批转移，在常仲标带领下，经过长途跋涉，全部抵达荆溪，在山洞里安营扎寨，准备在那里重整旗鼓，并将其山命名为"善卷山"，其洞命名为"善卷洞"。在彭人的史典上，这是第二次历史性大迁徙。

大司马齐羌接到齐昭公急令，鉴于爆发了跟楚国的猛烈战事，他必须火速返回临淄。齐羌无奈，只好跟伯夏、蓬玉和云佼道别。他把云佼叫到一边，取出母亲留下的玉璜，在上面吻了一下，把它交给云佼，然后头也不回，驱马绝尘而去。

云佼心明如镜，懂得这件玉璜的重量。但她已经情有所依。她要让这玉璜上的温热尽快散去。她把它扔进妆盒的夹层里，再也不去看它。

云门拒绝随队南迁。为了戊隗，他必须继续留在彭城。他向姐姐表示对苦修和炼金术毫无兴趣，表明羡慕繁华市镇生活的心迹。云佼无奈，只好据实告诉伯夏。伯夏顺水推舟，决定让他留守彭城，募集资财，开一家专营野味的饭庄作为掩护，以监视翟幽的动向。一旦有任何重大消息，便以雕鹑"狗子"传送消息。他还留下数位医士，负责看守医馆，继续为本地的病人提供诊治服务。

云门欣然接受了这个"潜伏"方案。云佼噙着眼泪，跟弟弟就此别过。云门看着姐姐离去，顿时有身心解放的感觉。现在他成了一名真正的双料间谍，他对自己的这个新身份惊喜交加。

他派"狗子"给戊隗送信，邀她帮自己筹备饭庄。戊隗天生就有经商的才华，在翟国曾经开过几家酒庄，办这类事情，对她而言，只是小菜一碟。她拿出自己的小部分积蓄，帮云门采购材料和雇用工匠，才三个多月，一座两层楼的饭庄打造完毕，门面豪华，色彩艳丽，四周种植了一些垂柳，名字就叫"韵葵"，其间暗含云门和戊隗名字的谐音。

开张时日，云门大宴三天，请来城里所有的大户，包括官吏、士人、地主和富商。他在席间巧妙周旋，谈笑风生，不仅要让宾客领略他的佳酿和佳肴，还要借此结交他们，成为他们的亲密朋友。"韵葵饭庄"的名字，迅速在彭城传开，成为当地人竞相奔赴的时尚之地。云门的意图，除了要拥有那个美丽的女人，还包括更多的江湖权力。他用饭庄厨房里的炽

洞变

139

热灶火，点燃了自己压抑多年的野心。

布局

正是烟花三月时节，伯夏和蓬玉坐在马车上，阅遍了江南春色。草长莺飞，烟霭迷蒙，到处是充满画意的湿地美景，跟中原气象截然不同。蓬玉有伯夏做伴，满心欢喜，一路吹箫吟唱，而伯夏则在含笑倾听。

云佼看着他俩的亲昵情状，眼神黯淡。她的心被剧烈地刺痛了，含羞草般蜷缩起来，上面布满难以愈合的细小创口。她骑在马背上，感觉就像骑上了行走中的命运，被带往一个无法预知的未来。但她不想扮演入侵者的角色，她唯一能做的是放慢节奏，让马远远地落在后面。伯夏于心不忍，时而回首张望，却被蓬玉看在眼里。蓬玉笑道："大夫今天好生奇怪，得了回头病，一步三回头。"

伯夏有些尴尬地解释说："路不好走，我怕云佼姑娘掉队。"

"不至于吧，人家好歹也是闯荡江湖的女侠。我看大夫是怕掉了自己的宝贝魂灵呢。"

伯夏哈哈一笑："有细心的蓬玉小姐在一边兜着，就是丢得再远的魂灵，都能给捡回来的。"

三人就这样在斗嘴和嬉笑中走了十七八日。到达荆溪的那天，天上忽然下起细雨，淅淅沥沥，洗净了整个天地，令四周的山水，笼罩于恬淡的烟雨之中。伯夏一行踏着泥泞的小路上山，跟鼓须会面，立即着手制订新营地的规划。

伯夏的布局，是先建立茂密的林区，进行视觉隔离，同时种植荆棘为路障，阻止樵夫和路人的脚步。然后，建造近百座瓦房作为彭人的住宅，形成一个公社式的村落；这个计划的核心，在于善卷洞主洞的大石厅，它有三千尺见方，高达数丈，作为大型炼丹房，可以在其中建造各种炉灶，全力展开"不死药"的研制。

主洞的四周，还有一些较为干燥的小洞，可以用来作为仓库，屯放硝石、硫黄之类喜燥的药材。上洞因较为温暖，冬季可以在此避寒。此外还有一条曲径，通往后方的水洞，它是一条宽阔的暗河，一直通向后山脚下的荆溪支流，经过开凿和改造，可以泛舟作乐，亦能成为逃生的密道。一年后，所有这些计划都成了迷人的现实。

在清理洞穴时，鼓须无意中发现一个支洞，被人用泥巴仔细糊了起来，外面又堆上一些碎石，寻常人很难发现它的存在。鼓须命人砸开坚硬的封土，露出一个二十尺见方的小室，有一具骷髅，斜靠在落满尘土的铜鼎旁，手中还持有一块泥板，鼓须取过来仔细查看，其上的文字已经模糊得无法辨认。此外还有几只灰陶罐和一些用途难辨的器物。

徐子服推断这骨骸属于善卷先生本人。他从来就没有离开过这座传奇的洞穴。在他化仙之后，石室被人封存起来，远离岁月的侵蚀。他的灵魂早已逝去，却留下纪念碑式的骨架，向后人昭示他的存在。

鼓须感慨地说："这位前辈，可以算是彭人的先祖，据说他成仙前就能飞天，千里之外，一瞬间就能到达，雨水打在身上也不会湿掉，一生禁食，只饮服洞中的泉水，遗下的粪便，立刻就变成了金子，实在是一位旷古奇才。跟他的道术相比，我唯有自惭而已。"

鼓须收拾起他的骨殖，装进陶罐，埋进洞穴深处，然后在石壁上刻下他的名号，再用生漆描红，放上瓜果之类的供品，形成一个小小的祭奠空间。彭祖们就此确立了跟先驱的精神关联。他做这些事情的时候，神情跟小孩子一样专注，徐子服默默看着，心里充满某种难以索解的情感。

乘着夜深人静之际，伯夏运用句芒神术，营造出大片松树和蒺藜的混交林，而后又种上一些稀有的药用植物。这些植物像紧致的衣物，逐层裹住善卷山的躯体，令其散发出神秘而生机盎然的气息，仿佛天生就是仙人的花园。天亮时分，雨已经悄悄停歇，人们起来后，被这一神奇的变化所震惊。蓬玉采了一朵褐色菇状物递给云佼："认得这个吗？它叫灵芝，据说吃了它就能不死。"云佼接过来把它戴在发髻上。

蓬玉拍手笑道："以后你就改名叫灵芝姑娘吧。"云佼望了一眼伯

洞变

夏，见伯夏也含笑看着她，便赶紧转过脸去。

蓬玉又笑嘻嘻地说："从前炎帝的女儿瑶姬，还没有到出嫁年龄，就早早地夭折了，她的魂魄化为灵芝，听说谁吃了它，就能跟所爱之人在梦里相会。唉，也不知今晚谁有这个福气，被云佼姑娘召进她的美梦里去。"

云佼反唇相讥道："蓬玉小姐不用担心，你的洗魂术，可比灵芝强多了。"

蓬玉说："洗魂术我可比不上翟幽，他这么喜欢你，都没能打动你，我真替他着急。"

云佼气得一时语塞，不知说什么才好，转身走开了。

伯夏笑道："蓬玉的小嘴像软刀子，所向披靡呀。"

蓬玉没有再说什么，只是与伯夏默默对视，然后莞尔一笑。

裂变

迁徙者爱上了这个全新的家园。蓬玉每天都要跟伯夏在林中散步，而云佼则喜欢在上洞的云雾里习武，感觉就像是腾云驾雾。羽人们开始勤奋地工作，价值昂贵的丹房缓慢建立起来，它包括镶嵌着神符的石坛、能够产生高温的丹炉，各种形状的青铜丹鼎、陶质坩埚、天青釉石榴罐、抽汞蒸馏器、研磨器、绢筛、马尾筛、银质水槽和盛放浓醋的华池等，还有大量矿料、植物和动物脏器。在这些设备和材料里，倾注了彭人的全部财富和心血。

不仅如此，伯夏还竭力劝说彭人放弃对女彭人的歧视，允许她们参与炼丹事务，他的理由是，女子的敏锐和细心气质，将有利于丹药的研发。鼓须接纳了他的建议，并让徐子服将这个决定转告李夫人，请她遴选十二名才华出众的女彭人，加入炼丹精英的行列。

鼓须咬着徐子服的耳朵说："伯夏大夫的见识果然了得。当局者迷，一个聪明的旁观者，有时反倒比局内人更能看清全局，小子，你好好学着点儿吧。"

徐子服随即前去女彭人营地，转达鼓须的指令。他一脚踏进李夫人的雅舍，看见她正在用白绢仔细包起一根玄色铁杵。一见他突然闯入，她的脸上顿时露出慌张而不悦的神色："你有何事，为什么不预先通报？"

徐子服笑道："我们之间还需要这个吗？"

李夫人把手里的物品藏在身后，正色道："当然，你坏了我们的规矩。"

徐子服咽了一口唾沫，小心翼翼地说："我没有什么别的意思，我只是来传达鼓须大师的意见，本轮炼丹的炉火，马上就要点燃，想请你挑选几位女同道一起参与。"

他没有料到，这个邀请竟被李夫人一口回绝："谢谢你和鼓须大师的好意，女彭人绝不跟外来的男人合作，我还要顺便告诉你，要是你们执迷不悟，女彭人将跟你们分道扬镳。"

徐子服的神色顿时变得惨白："夫人不是开玩笑吧。彭人自古就是一家，若是男女分离，岂不沦为世间一大笑柄？"

李夫人哂笑道："那是你们的笑柄，不是我们的。你眼里只有鼓须先生，完全不听我的劝告。唉，我不多说了，你好自为之吧。"她满含幽怨地望着对方，露出了失望而凄凉的神色。

徐子服呆呆地站着，不知究竟该说些什么。

一个十二人的采购小组，由常仲标带领，在吴国和楚国之间辛勤奔走，购买炼金所需的矿石、植物和焦炭。常仲标此时已经充分显露出商人的才华，他能在毫无头绪的情况下，从药材商和采药人手里，打听到货物及其持有者的来历，并快速找到他们。他们的车仗从三辆增加到十二辆，而雇用的护送镖客，也增至三十多名。虽然路途中时常有匪徒打劫，却多无功而退。

女酋长阿布有时也以护镖的名义随他出行，担任他床上床下的向导。

洞变

143

阿布虽然出身蛮夷,却是讨价还价的高手。她穿着低襟宽袖的粉色短袄,故意露出深深的乳沟和白皙的胳臂,竭力把价格杀到最低。就连最狡诈的商人,都无法抵挡她的肉弹式进攻。常仲标为此省下了大笔开销。

阿布白天是沉默寡言的镖师,晚上则成为狂野的小兽。常仲标厌烦这种过于热烈的房事,有时他会在阿布酣睡时醒来,望着她皮肤黝黑的俊俏面庞,很想就这样一拳砸下去,把她正在轻微打鼾的脸击碎,但随后,他又被自己的恶毒念头吓了一跳,开始抚摸她的头发,好像要从那里抹掉他的心思。

阿布时常会在这种时刻突然醒来,无辜的眼睛在黑暗里闪闪发光。"你在干吗?"她嘟囔着翻身骑在他身上,"你这个无耻下流的东西,让我们重新开始做算术吧。"她一只手摸着黑豆,一只手揪住他的耳朵,眉眼间有说不尽的喜悦。

开炉

三月初三那日,是炼丹房点火的典礼,整个营地沉浸于一片喜气之中。鼓须一改平素顽皮嬉笑的样子,表情肃穆地书写并焚烧了符箓,在炉鼎两侧放置古剑和古镜,向神灵虔心祈祷,然后由伯夏点火,将火炬投入柴堆和炭堆。只有伯夏能看到春神句芒的降临。他站在那座最大的丹炉顶上,拍打着洁白的羽翼,周身放射出耀眼的光芒。

炉火开始熊熊燃烧,热力在洞穴里扩散开来。数百名男女彭人在徐子服的率领下,高声吟诵着炼丹祷文,仿佛在给丹炉加持一种巨大的能量。

大火烧兮暖丹炉,善卷洞兮施奇术。地动山摇兮金丹出,呜呼壮哉笑玉兔……

"伟大的时刻到了。我们将见证这改变生命的事变。"鼓须拍着手对伯夏如是说。

蓬玉也拍着手笑道："洞中丹房，不就是我们的洞房吗？"说完之后，知道自己说错了，脸先红了半边。伯夏呵呵一笑，转脸去看云佼的反应，见她已经转身走开，心里突然悸动了一下，好像被细针刺过。

鼓须在善卷洞里重启了他的炼丹伟业。这是彭人炼丹史上值得大书一笔的转折性事件。虽然此后的大多数典籍对此都讳莫如深，但还是有一些微妙的信息，在《关尹子》《列子》和《南华经》里被透露出来。

徐子服回忆起当年鼓须对伯夏的预言。他果然成了彭人最大的助力。但正是由于炼丹事务过于倚重伯夏，大童山彭人中出现了剧烈分歧。外援派和自力派之间发生裂痕，彼此都无法说服对方。好在鼓须是最高领袖，他改变原初的立场，站到外援派一边，甚至自己就是外援派的代表，而如果没有鼓须，整个彭人世界就会倒塌。所以这种内部纷争，最终都被外援派所压服。

鼓须无法应对的，是炼丹派与服气派之间的争斗。这场争斗历史悠久，可以上溯到一百年前鼓须返回彭城的时代。那些服气派成员以李耳为领袖，主要聚居在茅山一带，少数分居在彭城西南郊，跟炼丹派近在咫尺，经常会在路上遭遇，彼此怒目而视。甚至发生口角。而撤离到善卷洞之后，这种纷争已经不复存在。鼓须知道，伯夏不仅只是外援，他甚至已经进入炼丹派的核心，成为它不可缺失的灵魂之一。

称霸

伯夏撤离彭城之后，翟幽违反了自己的誓言，重返原先的府邸，从那里召回被遣散的"幽者"。他拒绝重耳请他到晋国担任司马的邀请，决计在彭城跟伯夏决一雌雄，并着手筹建大彭国。

卸职闲居的司马荡，因京城变故，被紧急调到襄邑，负责宋国首府的防务，而彭城的司城一职，只能由翟幽继续担任。宋成公迫于来自胞妹蓬玉的压力，派人送信给翟幽，责备他横征暴敛，鱼肉乡民，要求他立即改正，否则严惩不贷，但又因收了翟幽进贡的大量伪金，对他的罪行只能眼开眼闭。这种纵容的姿态，给翟幽的卷土重来，提供了新的契机。

考虑到经费限制，翟幽干脆解散了驻扎城外的官军，把重点放在"幽盟"的改组上。它的人数虽然少于此前的规模，但足以成为掌控整个地区的武装力量。为了修复司城的威权，翟幽再次派出幽者巡街，维护集市和住宅区的治安。城里发生的各种纠纷，一旦无法解决，也都会请他出面摆平。彭城的斗殴偷盗案件，至此稀少了许多，到处是一派祥和宁静的气氛。翟幽还大力减免赋税，兴修水利，借此赢得民心。逢年过节之时，乡绅们多带着礼盒前来拜会司城，一时间门庭若市，宾客如云。在当地居民看来，翟幽俨然已是万众拥戴的城主。

翟幽逐渐领略到扮演官府正派人物的好处，开始刻意改变行事风格。他很少在官厅升堂议事——那里通常由他的副手打理。他身穿素色麻衣，蜗居在翟府里，深居简出，仿佛一个大隐于市的高士。只要有人前来拜访，他就在书房里高声诵读《归藏》，做出爱不释手的样子。为了强化表演的逼真性，他甚至在前院石板上刻下《归藏》的经文，又手植了四株柏树和四株银杏，以此象征主人的高尚情操，俨然成为一位道德君子。有时连他自己都被这种崭新的嘴脸所感动。作为未来大彭国的君主，他决计重塑自己在世人中的形象。

翟幽的宾客来自四面八方，有些是来自齐鲁的儒生，有些是来自华山的方士，此外还有蜀地的丝绸商、交趾的贩香客，来自高原发羌的皮货商，以及身毒的魔法师和大夏的铁匠。他们身穿奇装异服，投入了这位彭城名士敞开的怀抱。

这日午后，一名自称来自米底的魔法师慕名前来拜见，他的头发和髯须都是卷曲的，耳朵上挂着两个金环，袒露左肩，身上披着杏黄色的麻布。他出示了一个精致的象牙盒子，里面有三粒硫黄色的丸子。魔法师说，这就是传说中的"点金石"，用它可以制造出一万斤成色最高的黄金，但他必须用三千两银子来交换这个宝物。翟幽听罢哈哈大笑，命人把魔法师吊起在梁上，把三粒点金石塞进他嘴里，说是要把他直接变成金人。魔法师非常害怕，当场承认自己是个江湖骗子。翟幽砍下他的双手，把他逐出了彭城。他要借此向所有骗子发出警告。

但翟幽正在努力减少这种暴力行为。在大多数情形下，他都在扮演贤者的角色。那位假米底人上门行骗之后，他心中有所触动，开始跟人阔论魔法和长生。一位自称是阎摩徒弟的炼丹师告诉他，长生的真正道路不是丹药，而是七种神圣物质的组合，这些秘术全部来自阎摩的传授：

第一，它深埋在土层深处，以黄金的方式显现；第二，它藏匿在大洋之中，通过珍珠的方式显现；第三，它爬行在地表上，以蛇蜕皮的方式显现；第四，它藏匿在空气之中，以花香的方式显现；第五，它藏匿在少女的身体里，以爱液的方式显现，或者藏匿在男性修行人的身体里，以他们的阳具方式显现；第六，藏匿在长寿动物的体内，以麝香、虎鞭和鱼翅的方式显现；第七，藏匿于植物茎叶或果实的深处，以人参和灵芝的方式显现。

翟幽迷恋那种奇妙的说辞，以及说辞背后的世界架构。他逼迫那些炼金师炼出镀成黄色的锡块，然后运到临淄和洛邑贩卖，从那里牟取暴利。一旦被人发现，翟幽就用暗杀的方式摆平，由此成为控制"伪金"贩卖黑市的龙头老大，而这成为他收入的最新来源。此外，他还开辟了东部最大的盐市，组建以幽盟为核心的海盐贩卖网络，以操控大周的主要盐业市场。这两部分财政收入，足以支撑他的政治和军事花销。

彭城危机解除之后，戊隗回到自己在翟府的别院，继续按部就班地生活。除了经营皮货生意，也替翟幽管理盐业账目，这些烦琐事务耗费了她的大量精力。她在用白昼的努力工作，来置换全部的夜晚时光。她要把暧昧的黑夜，尽悉留给自己的秘密情人。她为云门打开后门，把他迎进闺房，用自己的身体热烈款待他，让他在蒲席上醉生梦死。

翟幽对妹妹的偷情一无所知。他正忙于向各地招兵买马。眼看高人都来投奔，他俨然成了方圆数百里的江湖盟主。其中一个铁布衫高人的神技，令他耳目一新。他用合并的食指和中指，可以砍断公牛的脖子，剖开母马的肚皮，而自己的肚皮，则能承受四十斤铁锤的击打。更不可思议的是，他掏出自己的生殖器放在石板上，让两名女子轮流用木槌用力捶击，毫发无伤；在睾丸上系上绳索，由九个壮汉使劲拉扯，竟然不能动他一分一毫。

这个场景令翟幽深受刺激。他目睹了男人所能企及的最高境界。但他望尘莫及。铁布衫大师告诉他，修炼必须从孩提时代开始。三岁起始，他就练习在小便时屏住气息，由此固守自己的童身元阳。若是没有这个家学渊源，一切修炼都将毫无意义。

他只能从其他方面迂回地向铁布衫的境界逼近。在大门紧闭的后院，不仅供奉着冥神的雕像，而且还藏有一些不可告人的秘密，那就是上百条形状诡异的肉干，晾晒在屋檐下的长竹竿上，像编磬和排箫那样在风中微微颤动。没有人知道它们的来历——那些被杀的彭人的生殖器。女佣每天都会摘下其中一条切成薄片，配上人参当归之类的药材，加入葱姜之类的香料，煲成一锅无比鲜美的汤羹。翟幽认为，这才是真正符合长寿法则的丹药。每到傍晚时分，他便用这种名叫"君子羹"的肉汤款待各地的贵族和士大夫，同时倾听官伎在云板击节下清唱民谣：

静女其姝，俟我于城隅。爱而不见，搔首踟蹰……

翟幽还买下了八位容貌清秀的侍女，她们白天是他的书童和茶童，负责给他捧书端茶，而晚上则成了他的性奴，其中最受他宠爱的，是一名叫作小四的酒窝女孩。天黑酉时以后，他就脱掉衣服，露出前胸上的朱雀刺青，还有后背上的白虎刺青，在庭院里裸身追赶那些小姑娘，而她们则尖叫着逃跑，躲藏在屋前屋后，直到被他抓住为止。翟幽每晚只抓一个丫头，一旦得手，他就终止游戏，把女孩扔在后院的木榻上，跟她疯狂做爱，把精液反复地射进她的身体。召虎坐在前院的石阶上守护，听着大门内的动静，心猿意马。

这是一段无限美妙的时光。翟幽享用着这些肉身和道德资源，觉得自己到了与世无争的境界，但事实上，他每天都在听取各种线报，研判帝国瞬息万变的时局。其中，姬郑的寿命是他最关注的事务。他渴望昏王早日死去，以便用他的噩耗，去祭奠壮烈牺牲的妹妹。她的死亡，铸造了他心中最深的恨意。

谍变

翟幽也在继续打探伯夏的下落。这个难以制服的劲敌，最近突然从大童山上消失，下落不明，这反而引发了他的浓厚兴趣。他们究竟去了哪里？这场猫和老鼠的游戏，他时而是猫，时而变成老鼠，那么现在他究竟是一种什么角色呢？也许是只披着鼠皮的猫？他想到这个比喻，不由得失声笑了起来。

这天，他想要出门去巡视他的领地。他在幽者的簇拥下走出府邸，大步走在街上。那些认得他的百姓，纷纷向他脱帽致敬。他就这样走过糖铺、剪刀铺和缝衣铺，走过香气扑鼻的脂粉店，走过那些叮当作响的铁匠作坊，径直来到钟楼一带。

这里离府衙已经很近。他望见一个身姿窈窕的女子从身边走过，进了对面的那家叫作"韵葵"的饭庄，薄衫下晃动着一双硕大的乳房。他怦然心动，便尾随她进了店里，就在硕乳女的座位旁，要下一张大桌。店主出来殷勤地打招呼，双方一见，顿时都愣住了，原来他就是云佼的弟弟云门。

翟幽哈哈大笑说："真是冤家路窄！此店难道是你的地盘？"

云门尴尬地笑道："公子不好意思，他们都搬走了，只有我贪恋这个小城的风物。"

翟幽说："那敢情好。你以后每天给我送一个食盒过去，我就不再跟别家订餐了。"

云门说："谢谢公子赏脸。小店的饭菜，是洛邑来的师傅做的，在本

洞变

149

城可算得上是头牌，没有第二。酒水也是自酿，师傅来自皇家的酒庄，所以开张以来，生意一直不错。"

翟幽突然沉下脸来，厉声说道："你不要忘了，若是没有我的照料，你明天就会死得很惨。"

云门吓了老大一跳，半晌说不出话来。邻桌的美女也受了惊吓，赶紧起身逃出店铺。

翟幽斜睨着动身离去的女人，换过一种语气说："开个玩笑。你的姐姐，好歹也是我没有过门的夫人，我怎好随意取你的性命？明天请你到寒舍一叙，我想跟你交个朋友如何？"

云门两眼放出光来："小弟承蒙公子抬举，明日一定登门拜访。"

翟幽站起身来，仰天长笑地走出了店门。他的心情很好，觉得自己正在获得重生，犹如从破裂的蛋壳里脱颖而出。阳光像雨一样打在他的头脸上。他大叫了一声，满街的路人都掉头来看他。"我是你们的主人。"他大声喊道。但人们这次没有脱帽，他们呆呆地望着他，仿佛第一次记起他过去犯下的罪孽。

这夜，巡夜的更夫刚敲过第一轮梆子，丫鬟就像往常那样打开了边门。云门闪身进入，直扑戊隗的屋子，在那里跟她紧抱在一起，互诉衷肠，然后热烈地进入对方的身体，彼此抚慰那永无止境的饥渴和空虚。

在一切重新平息下来之后，云门取出藏身许久的黑珍珠项链，替戊隗戴上，说是定亲的聘礼。戊隗一看，正是自己昔日挂在云佼脖子上的宝物，顿时觉得无比尴尬。自己的首饰，在转了一圈之后，又回到自己身上，这究竟是上天的讽刺，还是命运使然？她不禁满含苦涩地笑了。

云门没有留意到她的表情变化，以为她只是激动和欢喜而已，便向她提及翟幽到店里的故事，还说他邀他做客，眼里射出心满意足的光亮。戊隗摇头笑道："傻瓜，他在玩弄你呢。他根本不会把你当回事儿。在他眼里，你只是一介草民罢了。"

云门的表情有些错愕。他阅历短浅，似乎还不太理解江湖上的游戏规则。

戊隗劝慰说："你得慢慢来。先由我找时机替你说几句好话。最要紧的是，你必须离开伯夏，彻底投到翟幽门下，拜他为师。让他慢慢接纳你，把你当作自己人。要不，咱们的事儿会毫无出路。"她的表情变得严肃起来："西戎人的规矩是，没有长兄的同意，家里的姐妹不能由自己确定亲事。"

云门说："……那好吧，我听你的。你是我的主子。"他感到身上涌起一阵灼热："只要能得到你，我什么都可以答应。我还能为你上刀山下火海。"

戊隗笑了，把手指按在云门的嘴上："别说傻话。不管我兄长如何，我都要跟你好下去。大不了，我们一起逃到天涯海角。"

云门两眼闪闪发光。她的纤细指尖挑亮了未来的希望。

杀机

季豹对伯夏感到非常失望。他未能在围剿幽盟时将翟幽杀死，反而网开一面，以致养虎纵患，让他趁势重新做大。在一次秘密聚会上，光盟的兄弟们一致决定，不再依赖伯夏的外力，而是自己解决问题。他们商定了一个万无一失的方案，由季豹亲自执行。

此时正好出现了一个天赐良机，翟幽的贴身侍卫暴毙，需要在幽盟武士中重新选拔一个。季豹请召虎喝酒，说是"虎豹不分家"，私下又塞给他一袋贝币和几个银锭，请他在翟幽面前美言几句。召虎见钱眼开，回去就向翟幽力荐季豹，称赞他武功精湛，为人忠厚老实。翟幽把季豹叫来，上下打量了一番，觉得还算看得顺眼，就下令把他从外围武士中提拔起来，成了五名贴身侍卫中的一个。

季豹开始勾引翟幽身边的侍女小四，背着翟幽跟她调情。小四近些日子被翟幽冷落，情欲汹涌，身上十分难受，正愁找不到出路，刚好撞见季豹，觉得他也是一条相貌堂堂的好汉，心里便生出欢喜之心，两个人有如干柴烈火，彼此弄得死去活来。从此，小四成了季豹胯下最温顺的绵羊。

幽盟因成立两周年而举办纪念酒宴，摆下各种翟族美食，诸如貊炙和羌煮，也就是羊肉烧烤和鹿头肉炖猪肉碎之类，翟府突然变得异常热闹起来。召虎从地窖里搬出那坛浸泡着季獐头颅的美酒。

季豹一见那只坛子，便怒火中烧。但他隐忍不发，偷偷在酒爵里下了砒霜，叫小四拿去给翟幽喝。小四刚转身要走，他又把她叫住："我这里有一把短刀，相传是越王手头的宝贝，豹哥想转送给你，作为定情之物。"

小四看也没看，把带皮鞘的匕首收在怀里，仰脸看着季豹，瞳仁放大，周身发软："豹哥，你可一定要娶我……"

季豹含情脉脉地说："回头我就跟公子说，把你赎出，带你回我的老家拜堂。"

小四欢天喜地地笑了，露出一对玲珑小巧的酒窝。

翟幽坐在酒席的上首，正在高谈阔论国家大事，顺手接过小四递来的酒爵，转手把它赏给坐在下首的客人。那位宾客不明就里，一口饮下，随即便开始剧烈腹痛，鼻孔和耳道里都流出血来。众人一眼就看出，这分明是中了砒毒。

翟幽勃然大怒，转脸去看小四。小四不明白发生了什么，正在惶惑之中，季豹迅疾拔出剑来，但见剑光一闪，小四的前胸后背就绽放出两团鲜艳的红花。可怜的女孩还没有来得及叫唤，就已香消玉殒。

翟幽用狐疑的目光盯着季豹，正想质问他为何没留活口，季豹抢先从她怀里摸出一把短刀，递到翟幽手里："公子请看，这是她打算行刺公子的凶器。"翟幽如梦初醒，庆幸自己侥幸逃过一劫，对季豹大加赞扬，当众赏给他两个金锭，同时宣称，小四绝非一人所为，幽盟里必定还有她的同党，必须立刻加以清查。

召虎一见季豹受到赏识，赶紧顺水推舟："季豹可以负责此事，他手脚快，脑子也好。"

翟幽对季豹说："好吧，那就再给你个立功受赏的机会。"

季豹说："承蒙公子奖赏和信任，清查阴谋分子，在下一定不辱使命。"

翟幽端起酒爵，刚想喊一声干杯，转念一想，又把酒爵扔在地上："老子不喝了，谁知这酒里还有什么玩意儿！"

酒宴不欢而散。小四的尸体被武士拖出屋子，像拖着沉重的布袋，季豹望着她死不瞑目的表情，恐惧地闭上了自己的眼睛。他想，这个无辜女人的亡灵，一定会来索命的。"去找翟幽吧，他才是你真正的敌人！"他在心里祈祷着，浑身都在剧烈颤抖。

凶兆

通过"狗子"传送的情报，伯夏掌握了翟幽的大致动向，但他没有对此做出必要的反应。他正在忙于善卷洞的炼丹事务，根本无暇顾及彭城。他带着蓬玉、云佼和常仲标到各国游说，推销"不死药"的理念，用已经炼成的养生丹药，去换取诸侯们的支持。

伯夏的帛书上，详细记录了受访者的名单，他们包括周襄王、宋成公、鲁僖公、齐昭公、晋文公、陈穆公、郑文公、燕襄公、卫成公和曹共公等。有时他空手而归，有时也能得到一些钱币或物资的援助。晋文公念他曾经有过一臂之助，还送他上百张虎、豹、熊和狐狸的毛皮，以及一大堆虎骨、熊掌和麝香之类的动物器官。

在那些王公贵族里，出手最阔绰的是大周国王姬郑本人。"子带之乱"令他饱受打击，迅速衰老下去。伯夏朝觐他时，他已是满脸枯槁，一头白发，脸颊上爬满褐色的老年斑，跟五年前判若两人。他软弱地瘫坐在王座上，倾听伯夏讲述关于彭人的迷人故事。

伯夏的"不死药"计划，令他浑浊的眼神重新明亮起来。持续的焦虑和恐惧逐渐平息下去。应伯夏之请，他决定继续用黄金白银来购买长生的梦想。对于姬郑而言，生命已经进入倒计时，但他对"不死药"还有所指望，因为它是改写大神博弈结局的最后一枚棋子。

从洛邑将国王的财宝运到吴地，是一项困难的使命。姬郑派常仲标押运，云佼则女扮男装替他护镖，两人雇了五辆牛车，将财宝藏匿在谷筐里，伪装成粮食，向东方迤逦而行，走得虽然很慢，一路上竟没有遇到打劫的强盗。但因跟伯夏的暧昧关系，两人时有拌嘴，彼此嘲弄，倒也不觉得单调。

到达荆溪的时候，全体羽人都到山下迎接。他们知道，这些财富，足以支撑彭人今后十年的花销。鼓须捻着胡须笑道："常侍卫是彭人的大恩人。"自从炼金师被翟幽掳走之后，他的炼金业已经中断，而重新培训新的炼金师，至少需要二十年时光。

云佼白了一眼常仲标，指着伯夏说："你们应该谢他，国王老儿的钱，都是送给他的。"常仲标表情有些尴尬："是啊，伯夏大夫说服了国王，让他又给了这么多的赏赐。"

鼓须挠着头说："啊呀，这伯夏大夫的恩德，彭人怕是无力偿还了，好在本人还能苟活一些时日，容我慢慢还上吧。"

伯夏笑道："先生过誉了。炼丹之事，还没有见最后分晓，也许还会出现变数。"

徐子服连忙说："最近荆溪一带有外乡人出没，装成樵夫，但发音古怪，举止也很诡异，怕是冲着彭人来的。"

伯夏听罢，心中一凛："这回我们可不要再大意了。"

次日曙光熹微之际，丹房火工到山溪边上担水，发现溪边躺着一具彭人的尸体，吓得尖叫起来。到了中午时分，另外三具尸体，在彭人卧房、后院井台和山坡上被先后发现，他们的死法基本一致，就是表情惊恐，好像见了什么恐怖的事物。伯夏推断，这是洗魂术作用下的幻觉所致。他们不是被杀死的，而是被活活吓死的。

死人的消息不胫而走，整个营地再度变得恐慌起来。

伯夏采下一片树叶，只见那叶片逐渐透明，露出网状的细密叶脉，而后，在叶脉上显出一个灰色的面影——那是云门的脸庞。他的脸随后扭曲和模糊起来，幻化成翟幽的脸，向伯夏发出狞笑。而后，树叶在伯夏手中忽地燃烧起来，迅速变成黑色的灰烬。

伯夏对云佼说："情况好像有些不妙。你弟弟跟翟幽在一起。他背叛了我们。"

"云门会这样吗？他恨翟幽比我更甚，而且还在不断送出那里的消息。"云佼半信半疑地说。

"他可能在演双面戏呢。假如他背叛我们，那么这个地方，必定已经被翟幽知道。一旦它不再是秘密，那么我们的一切努力，就可能付诸东流。"

云佼说："我还是去彭城走一回吧，与其在这里乱猜，不如去亲眼看看。"

"云佼姑娘刚从洛邑回来，鞍马劳顿，还是歇息几天再走。"伯夏有些不忍。

"不行，我得赶紧过去，要是真有什么变故，也好预先做个防备。"

伯夏说："好，那就辛苦云佼姑娘了。记得随身带好'守魂丹'。对于你弟弟，还是要以规劝为主，若是无效，赶紧回来。这里不能没有你。"他转而对鼓须说："我们要立即准备武器，组织巡防队，以防幽者进入营地。这回没有齐兵的援救，我们恐怕只能靠自己了。"

伯夏带着常仲标和徐子服到处走动，安抚彭人，鼓励他们加紧炼丹。令人欣慰的是，炼丹房那里有了出乎意料的进展。一号和三号丹炉都已炼出硫化金，距离金丹的获取，只有几步之遥。二号鼎的红丸炼制，也出现了戏剧性的突破。

鼓须持杖坐镇善卷洞指挥，四瞳眼在黑暗里闪闪发亮，颜色在炉火的映照下不断幻化，从蓝金到黑绿。他不得不全神贯注于每个步骤，生怕稍有差池，就会前功尽弃。徐子服在洞口加派岗哨，以防翟幽破坏。但他时常会进洞察看，被鼓须罕见的庄严仪容所吸引，显得有些魂不守舍。

洞变

155

常仲标下山前往寨子，送阿布一些珍贵的野兽皮毛，同时说服她派出一支百来人的民兵，布防在善卷山通往外部的几个道口。伯夏知道这种布防对翟幽而言毫无意义，但它至少能稳定彭人的军心，维系"不死药"研发的预定进程。伯夏明白，双方跟时间的竞赛已经启动。

阿布的军队多为越人，性情彪悍，但十分散漫，嗜酒如命。他们的岗哨很容易被敌手端掉。伯夏知道这种状况很难轻易改变，他要求常仲标每隔三日下山巡视，对他们做行为矫正。常仲标无法推辞，只好将这项任务应承下来。他的方法是找到阿布，由她出面去教训哨兵，因为只有她能制服那些桀骜不驯的猎人。

阿布时常留常仲标在山下过夜，她嚼着槟榔对常仲标说："没人胆敢在我这里撒野。既然你在我的地盘上过日子，你就是我的人了，你要什么，我都会给你。"

她双手搂住常仲标的脖子，发黑的牙齿，沾满鲜红的槟榔汁。常仲标牵挂伯夏和山上的事务，却无法摆脱这个妖蛮的女子。他心里生出一些厌烦，但不能流露在脸上。

常仲标打了一个很大的喷嚏，又放出一串响屁，然后满脸愧疚地笑起来。女酋长没有表示反感，反而被这种粗鲁的举止弄得欲火中烧。她将他一把推倒在那堆柔软的毛皮上，撕开他的衣服，放肆地侵犯他的身体，从他那里榨取极限快乐。碗里的黑豆很快就满盈起来了。

他听任她在身上折腾，两眼望着结满蛛网的屋梁，惘然想道："天哪，这他妈是什么世道！"

双面

云佼快马加鞭，只花五天时间就到了彭城。她径直来到云门的饭庄，远远就看见那座挂有"韵葵"匾额的两层木楼，被红蓝两种颜料涂饰，在阳光照射下，呈现出明媚和自我炫耀的色调。

云门正在馆内跟翟幽坐着喝酒，两人相谈甚欢。云佼从锦囊里取出守魂丹，将其含在舌下，然后大步走进饭馆，指着云门的鼻子，怒不可遏地骂道："果然不出伯夏大夫所料，你真的成了一个无耻的叛徒。"

翟幽见到英姿飒爽的云佼，不禁笑道："荣幸啊荣幸，又见到云佼姑娘了。上回被你抓了打了，心里还挺高兴。人家都说，打是亲骂是疼，被云佼姑娘所打，那是本公子的福分。"

云佼没有理会他，盯着云门说："你要对你的举止做出解释。"

云门说："翟公子大人雅量，没有计较我们的旧账，反而承诺让我在翟国担任统领。跟着那些炼丹的术士，能有什么前途？姐，你不要再糊涂下去了，我们不欠伯夏任何东西，他心中自有蓬玉，你对他的喜欢，不会有任何结果。"

翟幽在一旁张开手掌，用力拍了几下。

云佼大声说："你要继续认贼作父，不肯回头，我只能断绝跟你的关系。你好好想想吧，我在医馆等你的回复。"她愤然走出饭馆。

翟幽在她身后叫道："云佼姑娘留步，本王子有要事相商。"

云佼用力跺脚，震裂了街上的石板，形成一道很长的沟缝，仿佛是一条分界线，将她和饭馆断然划开。翟幽有些诧异，盯着云佼的背影，转脸问云门说："奇怪，她怎么没有被我的洗魂术弄翻？"

云门想了想，忽然解释说："上次齐兵攻打武馆前，伯夏发放过一种叫作'守魂丹'的药丸，我们都没能用上，也不知道是啥玩意儿，莫非……"

翟幽扇了云门一个耳光："混蛋，早不告诉我，这回又让她跑了！"

云门忍住怒气说："公子不要生气，我有一个办法，可以彻底解决问题。"他凑近翟幽，向他低声说出自己的计划。

翟幽点头笑道："只要你帮我击败伯夏，得到云佼，还有那些金丹，我的大彭国的建立就指日可待。我可以封你一个爵位，还让你身边美女如云，此生衣食无忧。"

洞变

云门的眼里放出了异样的光彩："我还有一个请求。"

翟幽惊奇地望着他，完全没有料到他还有提条件的胆子。

云门说："我想娶戊隗为妻。"

翟幽脸色一变，露出恼怒的样子，随即又哈哈大笑起来："你小子真是癞蛤蟆想吃天鹅肉啊。好，算你狠，要是你帮我做成此事，我可以考虑你的请求。"

翟幽转身回到饭馆里，起身举杯，对众人正色道："诸位，本公子带领你们剿灭彭人，并非为一己私利，而是要清除最危险的敌人。'不死药'一旦在人间广泛流传，势必会引发生死秩序的混乱，我的使命，就是要替阎摩大神制止这场灾难。更加要紧的是，在彭城竖起大彭国的旗帜，让你们个个都成为开国元勋，荫庇子孙万代。"

众人听罢，不免群情振奋起来。杯觥交错之间，酒坛里的酒转眼就被倒空。

召虎乘着酒酣耳热之际，提高嗓门对云门说："我看，只要摆平伯夏和云佼，就摆平了一切，而解决这事的钥匙，就在云门这小子身上。"众人的目光，一时都落在云门脸上。

季豹故作激愤地说："上次就因为你没有送出密报，害得我们全军覆没。"

众人被此言所激，开始纷纷指斥云门。

云门脸色苍白，尽力为自己辩解："诸位不要生气，我有一个计划，已经跟公子报告，若是可行，我会尽快行动……"

翟幽厉声打断了他的话头："明早你就行动，目标是善卷洞里的彭人。我已经派人过去了，他们会跟你接头，暗号是三个圆圈。"

云门赶紧点头答应。他知道自己上了贼船，已经没有回头路可走，为了赢得戊隗，他只能破釜沉舟。

"狗子"在房梁上拍打着翅膀，仿佛受到了惊吓，云门闻声抬头向"狗子"看去，表情变得有些尴尬。他独自走出屋子，一阵冷风吹来，下半身顿时变得很潮很凉，他这才发现，自己方才尿湿了裤子。

"妈的，尿量还挺大！"他望着路人阑珊的街道，自嘲地笑了起来。一只过路的野猫吓了老大一跳，飞速躲进了阴影。

云佼从医馆的留守者那里获知，晋国的国君重耳，为了笼络翟幽，先是试图召他担任司空，因遭到翟幽拒绝，便转而向他提供大量钱财，派他架设晋国跟中原各国的贸易网络。但翟幽根本没有从商的意向，而是在齐兵撤离之后，将云门策反下水，就此获知彭人的去向。他以重金召回部分旧部，继续训练他们使用洗魂术，然后将他们派往吴地，伪装成樵夫和采药人，伺机进行破坏。

云佼心急如焚，彻夜难眠。她要赶回去向伯夏报告这些坏消息。她已失去一个弱智的弟弟，不能再失去心爱的男人。半夜里她还起身去了一趟马厩，看坐骑有没有被草料喂饱，干草里有无数个小虫子，围着困倦的马灯跳舞。

就在此时，一块石头从暗处飞来，恰好落在她的脚边，云佼捡起来一看，上面裹着一层素绢，写有四个潦草的小字："当心云门。"她的心狂跳起来，四下查看，却没有发现任何人影。

黎明时分，她便洗漱和收拾行囊准备上路。刚走出大门，雕鹗"狗子"就飞了过来，亲昵地落在她的肩头。

这时，云门已经牵马在门外等候。他看见云佼，便快步迎上前去，露出了一脸愧疚的表情："姐姐我错了，翟幽的洗魂术太厉害，我抵挡不住，幸好昨天你把我点醒。我想跟你一起去荆邑，要是继续待在这里，保不准还会继续犯错。"

云佼有些喜出望外："小子总算醒了。好吧，姐不怪你，回去跟伯夏大夫认个错，他会原谅你的。那里忙坏了，你去正好搭个手。"

云门说："翟幽忌惮伯夏调动军队的能力，没敢再开杀戒，只能把重点放在丹房上。翟幽认为丹房才是'不死药'的关键。这一次，他想彻底铲除'不死药'诞生的摇篮。"

"这么大的事情，为什么不早点送信给我？"云佼质问说。

洞变

159

云门说："人家这不是一时糊涂嘛。"

云佼仔细看着弟弟闪烁不定的眼神，觉得他已经变得陌生起来，好像被换走魂魄，跟旧皮囊切断了联系。这还是我的亲生弟弟吗？联想起昨天半夜有人发来的警告，她在心里疑惑地自问，却又没敢往下多想，只是从鼻子里哼了一声："走吧，你差一点儿毁了我们的大事。"

炼丹

云佼姐弟俩抵达善卷山时，伯夏领着蓬玉，正在丹房里兴致盎然地看羽人们炼丹。这些天来，除了山上山下地巡查，他都耽留在丹房，观看这场历史性的伟大工程。它是一种复杂精微的技术，胜过厨子烹饪菜肴，更像是用精挑细选的语词去谱写诗歌。伯夏告诉云佼，他的炼制语法，建立在"五行"的三项原则之上：

第一，由上百种原料（分为土系、金系和木系）构成的元素谱系；

第二，必须依赖火元素加温和水元素降温；

第三，除了以上五种元素，还需一件推动五行运化的"秘钥"。其中第三项至关重要，它决定了"不死药"炼制的成败。近千年以来，大批彭人为此殚精竭虑，始终没有找到那把秘钥。那些传说里的"不死药"，都是自欺欺人的骗局。

蓬玉对伯夏说："要是真炼出'不死药'来，只够一人服用，我们该如何是好？"

伯夏笑道："我负责吃药，你呢，就只好看着我吃啦。"

"那不行，我独自老去，形容枯槁，你却美颜长在，这也太不公平了。"蓬玉说。

伯夏笑道："要不倒过来，我独自老去，你红颜永驻。"

"不，我要跟大夫一同生死。"

伯夏轻抚着她的脸颊说："生和死都是命。你会活得比我更长。"

蓬玉突然变得感伤起来："假如有一天蓬玉先大夫而走，蓬玉可不想大夫在身后跟着。大夫的大业要紧。蓬玉会在冥界里为大夫祝福。"

伯夏堵着她的嘴说："傻姑娘别瞎说，阎摩会听见的。"他掉头去看冥神的踪影，没有望见那团经常尾随的庞大黑气，却看见走进洞来的云佼姐弟，脸上顿时露出了喜色。云佼说："他为翟幽的洗魂术所迷，现在算是醒了，想回来跟我们并肩作战。"

云门说："我，我……"

伯夏迟疑了一下，眼里闪过一丝疑虑的表情，但他看了看满含期待的云佼，便又改口说："好吧，你能回来就好。参观一下我们的丹房吧，这是天下最壮观的炼丹工场。"

蓬玉笑道："小心看花了两位的眼。"

云门看见一个神秘而盛大的场景：就在洞穴深处，十几座葫芦形的丹炉和球状丹鼎，置身于火焰的洗礼之中。上百名彭人脚蹬高底靴或高跷，正在井然有序地工作，有的还悬浮起来，向高处的丹炉口倒入原料。庞大的石窟里热火朝天，洋溢着欢喜的气息，仿佛是一座专门制造希望的工场。云门到处张望，露出震惊和好奇的神色。

云门看见一大堆黑色的粉末，伸手想去触摸，问那是不是炭末，伯夏警告说："你可得小心，那种药粉，叫作炸药，是芒硝、硫黄和木炭的合成品，一旦遇到火星，就会马上爆炸，把这里炸成齑粉。"

云门猛地缩回手来，脸上显出惧怕的表情。

伯夏目光犀利地望着云门说："假如翟幽进犯，我们就会用这个来对付他，让他片甲难留。"云门若有所思地听着，眸子在闪闪发光。

他们走出善卷洞时，徐子服押着一人走来，说他就是翟幽派来的奸细，企图谋杀伯夏和鼓须。那人见了云门，纳头便拜："这位大人，救我一命。我只是砍柴的樵夫而已。"

云门怒道："我已经跟翟幽一刀两断，你不要指望我会搭救你。"那人号哭起来，被徐子服拖到一边，在他的号叫声中把毒药点进了他眼睛。

徐子服说："先弄瞎你的狗眼，再放你一条生路。这就算扯平了，赶紧滚吧。"那人捂着流血的眼睛，连滚带爬地逃走了。

子夜时分，鼓须把徐子服叫到自己屋里，要跟他讨论炼丹最后阶段的保密事项。鼓须说："金丹可能要诞生了。我担心这秘法会不会被人偷走。现在山上人多眼杂，几乎无法保密。伯夏大夫虽是我们的恩人，但终究不是本姓，他的意图究竟是什么，我到现在都无法猜透。"

徐子服也面露忧色："金丹是彭祖的命根子，万万不能落在他人手里。明天我想在洞外加派岗哨，并设法把伯夏等人引开。只要他没有看见最后的那道工序，我想就不会有太大的问题。"

鼓须抓住徐子服的手说："我负责洞内的炼丹，外围的保卫之事，就要依靠小弟弟你了。"徐子服点点头，也握着鼓须的手不放。两人就这么彼此握着，好像要一起走向时间的大门。

徐子服抽回手嗔怪道："你握痛我了。你的手劲越来越大了。"

鼓须哈哈一笑，语带怜惜地说："好吧，你累了，咱们洗洗睡吧，明天还有大事要办。"

玉碎

云门躺在姐姐为他安排的寝房里，安静地等待行动的时刻。他想起戊隗，想起她的容颜和身姿，想起跟她做爱的场景，他知道，如果他和戊隗都能获得永生，就能永久在一起，把爱做到地老天荒。他从云佼身上偷走了香囊，里面有几粒鼓须送给她的赤金丹。他知道那种药不能永生，却有强大的壮阳功效，足以让他在戊隗那里成为不败的征服者。

午夜，三名更夫兼卫兵在营地里巡走，敲过了初更的梆子。除了远处的狗吠，四周变得无限静谧。云门蹑手蹑脚地走出屋去。嶙峋的岩石，在月色下看起来有些狰狞。在善卷洞外，他快速先放倒两名守卫，然后点亮火烛，在空中画了三个圆圈，随即从黑暗中闪出几个鬼魅般的幽者。云门低声说："都到齐了吗？"

"齐了。"有人答道。

　　云门说："今晚的活儿，是找出黄金，然后放火烧掉丹房。留意那些黑色的粉末，那是最猛烈的火药，能让一切化为齑粉。事成之后，各自撤离，十日后到彭城集合。"说完，便带着幽者们进洞放火去了。

　　云佼还在睡梦之中，被一阵喧闹声惊醒，她起身查看，见善卷洞方向亮起耀眼的火光，她心中一紧，赶紧跑进云门的房间，掀开被子，发现他做了一个假堆，被窝也是凉的，人早已不见踪影。"狗子"停栖在房梁上，茫然地望着自己的主人，眼里的绿光变幻成了红色。那是一个不祥的征兆。

　　云佼情知大事不妙，赶紧跑了出去，在院里遇到伯夏、蓬玉和常仲标。云佼说："一定是云门干的，我们都被他骗了。"

　　伯夏神色严峻："先救火，再抓人。"

　　四人跑到善卷洞口，看见几名彭人从里面逃出来，烧得衣不蔽体，焦头烂额。伯夏心下着急，问："还有人在里面吗？"

　　彭人说："还有几十号人，困在里面了。"

　　蓬玉二话没说，一头冲了进去。

　　伯夏想拦，竟没有拦住。他一跺脚对云佼说："糟了，糟了。"刚想冲进去救蓬玉，突然发生一阵巨大的爆炸，声响惊天动地。常仲标一个箭步挡在伯夏前面，却被猛烈的气浪冲出十几米远。

　　大团浓烟从洞中冒出，空气里弥漫着硫黄和芒硝的气味。伯夏不顾云佼的阻拦，冒着呛人的硝烟冲进洞去，高声喊着蓬玉的名字，四处寻找。到处是彭人的尸体、被炸毁的丹炉、残破的器具，以及还在余火中燃烧的药材。现场惨不忍睹。

　　伯夏在一堆丹炉的废渣里发现了蓬玉，她仰面躺着，身上被炸得体无完肤，失神的眼光看着洞壁，檀唇微张，仿佛已经没有气息。伯夏赶紧抱起她的身子跑到洞外。常仲标受到气浪的重击，口吐鲜血，也已昏迷过去。

　　鼓须等人刚好赶来，立即运气为蓬玉输送内力，又从药瓶里倒出救命的药散，以竹管强行吹入她的鼻孔，再用砭针扎刺她的鼻下，如此反复施

洞变

163

救，蓬玉都毫无反应。鼓须扶杖站起身来，望着伯夏，发出一声长叹。

伯夏情知无望，紧抱蓬玉的身躯，感觉她的身子逐渐变凉，灵魂和体温在悄然离去。他心如刀绞，被巨大的恐惧所压倒。他无法想象没有蓬玉的岁月，无法想象她的缺席——她的笑靥、软语和冰雪聪明。他坠入了生命中最黑暗的深渊。

天上突然起了大风，四周的榉树、桦树和银杏树，叶子凋落，仿佛跌进了深冬。最后一片绿叶缓慢地落在伯夏肩上。伯夏伸手摘下，看见上面的蓬玉面影，她在微笑中蜷缩起来，跟树叶一起枯焦。他脚下的狗尾巴草和雏菊，也逐渐化为枯色，每一片细小的花瓣都在死去。

在众人救治之下，常仲标倒是缓缓醒转过来，神色颓丧地躺着。从山下赶来的阿布，坐在他身边，抚摸着他的脸颊，对他说出一堆安慰的情话。人们再次听到冥神阎摩的吼叫，低沉而宏大，在山谷里震荡回旋，击打着那些饱受惊吓的灵魂。

伯夏不许任何人插手，独自挖了一个墓坑，满头大汗，周身沾满泥土。他仔细掩埋好蓬玉的尸体，在坟堆两边种下两棵梓木的树苗，看着它们快速长大，各自弯曲主干，枝丫和根系彼此纠缠起来，仿佛是两个彼此深爱的情侣。不知从哪里飞来一对鸳鸯鸟，停栖于树上盘桓不去，像在无言地吟唱。众人都感到有些惊讶，觉得那是一种不可思议的奇迹。

渡鸦掠过树梢，发出凄厉的啼鸣。伯夏在坟头插入自己的铜剑，将剑鞘一折为二，弃在地上，抱起蓬玉的安息猫，轻抚着它散乱的毛发，头也不回地向山下走去，他要离开这死者的大地。他的悲伤燃烧起来，最后变成了瞳孔里的火焰。

云门不仅杀死蓬玉，重伤常仲标，还烧死近百名晚上在善卷洞休息的道工，毁掉了丹房里的所有物品，"不死金丹"的炼制被迫中断，彭族人的自我进化计划被彻底打断。伯夏被近似疯狂的复仇信念所压倒。他痛恨自己轻信了云门的假面。他要找到翟幽和云门，杀死他们，为蓬玉和所有死难者复仇。

他的心头涌出了无数个凌厉的"杀"字。

第九章　丹成

吴国荆邑

周襄王二十年（公元前632年）

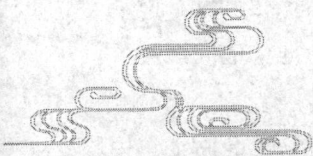

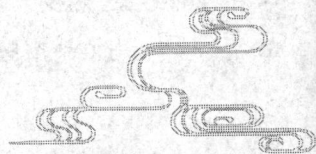

奇迹

伯夏向吴人问清了异乡樵夫的去向，带着几名侍卫，骑马向山下飞奔，试图截住逃跑的云门，却在前方小镇的路口看见云佼，她腹部中了一刀，浑身是血，被徐子服扶着，正躺在地上喘息。伯夏赶紧扶起云佼，命人找来担架，火速抬回营地。云佼挣扎着说："云门，他，他，他向延陵逃去了。"说毕，便昏死了过去。

伯夏飞身上马，跑了几步，猛然勒住缰绳，陷入复仇和救人的两难。他反复思虑，最终还是掉转马头，俯身抱起云佼的身子，向善卷山疾驰而去。他知道，在蓬玉弃世之后，云佼就是他唯一的红颜知己。他必须暂时放弃复仇计划，去救活这危在旦夕的女人。

在鼓须的住所里，伯夏召来所有幸免于难的彭人，他们大约还剩下一百多人，大多是一些低级修士，无法承担炼丹的重任。李夫人带领的上百名女彭人，在大爆炸后忽然不知去向。徐子服派人去查，暂时还没有任何结果。但他心里已经有一种不祥的预感。

几位精擅医术的修士商议了一下，决定为云佼检查伤口。伯夏说：

"必须救活云佼姑娘。她在，我在，她死，我也死。"

鼓须摸着胡须说："你放心，我会尽力的，云佼的刀伤，没有触及要害，怕是云门下手时有所顾忌。只要悉心治疗和养护，应该不会有什么大碍。"

这时伯夏心中才略有所安，转身遇见表情颓丧的徐子服。他告诉伯夏，他跟云佼姑娘下山去追赶敌人，在小镇上拦住云门及其同伙。云门劝云佼跟他回彭城帮衬翟幽，遭到云佼痛斥，并反劝云门立即投降。云佼随后翻身下马，持剑逼近云门，还没来得及说话，云门藏在衣袖里的暗剑，就已刺入云佼的腹部。

围观的百姓开始大声鼓噪起来，高喊有人行凶，云门怕引来当地官兵，便想掉头逃走，被徐子服拦住去处，双方展开激烈的肉搏。云门心里发虚，渐渐落败，不料另一名幽者从背后偷袭，徐子服转身对付那人，却被云门乘机溜走。

伯夏听着徐子服的讲述，眼里燃起了悔恨的烈焰。两个最心爱的女人，一死一伤，都源于这个可耻的叛徒。而他竟没有及时识破他的嘴脸。他不能原谅自己的这种低级错误。而现在唯一的念想，是云佼不会有什么大碍。半个时辰后，听见鼓须喊着说云佼已经苏醒，他便赶紧进屋探望，见她睁开眼睛，饱含歉意地望着他，眼里噙着热泪。

伯夏紧紧抓住她的手臂，仿佛抓住了差一点儿失去的希望："蓬玉走了之后，你就是我唯一的妹妹。你要把伤养好，我们还要共举大业。"

云佼点点头，眼泪夺眶而出。

伯夏重新返回屋外，召集剩下的十几名羽人议事。他首先反省自己识人有误，导致丹房和彭人遭受重创，誓言要亲自解决"不死药"困境，并彻底铲除翟幽云门之流。徐子服问："先生为我们彭人复仇，这个我完全相信。但如何能由您来解决'不死药'难题，这个鄙人实在无法想象，不知先生能否披露一二？"

伯夏摇头说："考虑到幽者可能还在附近活动，这个秘密不便透露。请各位见谅。此事本应由各位共同完成，我之所以越俎代庖，实在是迫于

丹
成

167

目前的情势。要是继续走过去的老路，我担心会失去最后的时机。"

鼓须摇着大脑袋道："当年金丹的炼成，纯属一次偶然，后来反复试验，都无法再现奇迹，所以也就只能成为半仙，苟且了几百岁的寿命。如今看来，唯有伯夏大夫的神力，才能真正力挽狂澜。"

伯夏抱拳笑道："诸位放心，我会尽力而为的。但愿三日内能修复丹炉和丹鼎，另外，原料也请尽量备齐，无须多量，每种一斤左右即可，但要做好药签，以免弄混。"

鼓须说："这个好办。我未经大家首肯，在下洞里擅自存放了一些备料，当时是担心交通不便，药材输入有碍，现在正好可以解燃眉之急。"

伯夏点头赞许道："还是鼓须先生卓有远见。请大家立即开工，替我操办好一切。第九日早晨，我要启动'不死药'炼制工程。如果顺利，很快就能见分晓了。"

彭人们在鼓须带领下半信半疑地离去。徐子服说："炼丹师是一种神圣的权力，我们就这样拱手相让了吗？"

鼓须圆睁着四瞳说："小子，我们再三失败，已经穷途末路了。我反复想过，伯夏是句芒大神的儿子，他若炼出金丹，便是神的旨意。我们不应有所违抗。"

徐子服无可奈何地一笑："我本来指望，你亲自来改写金丹派的历史。"

"你要记住，历史是人写的，更是神写的，我们只要顺应就好了。"鼓须拍了拍徐子服的肩膀，仿佛在说服一个未谙世事的孩子。

伯夏独自走进树林，找到一处避人耳目的地方，双手高高举起，面前再次显出一座微型神庙，伯夏抓了一把草茎走进去，两手合十，草茎像香火一样自燃起来。在袅袅上升的烟雾里，伯夏跪在地上，喃喃地呼唤句芒神的名字，然后开始默祷，草茎燃尽时，他身上开始爬满一种无名的藤蔓。那些藤蔓伸出章鱼一般的触手，探入他身上的所有孔窍——鼻孔、嘴巴、耳朵，并紧密缠住他的全身。他晕倒在地上，不省人事。这样过了整整一个时辰。

伯夏醒来时，夜晚已经降临，藤蔓和神庙都已消失，只有蓬玉的猫在他脚边盘桓。他站起身，感到有一种脱胎换骨的变化。他突然可以听见所有的树语、草语、鸟语和兽语，还有星星和月亮的语言。他抱着猫跑了起来，双腿一蹬，竟然轻盈地飞上了天空。他发现自己不仅变成羽人，还能比他们飞得更加高远。

他不停地向上飞翔，一直碰到月亮的边缘，然后又开始向下俯冲，像风一样掠过草地、田野、湖沼和山脉，像神一样呼吸，闻到了大地上的所有气味。他找到了云佼所在的草屋，俯冲下去，停在她的门口，然后带着自己的飞翔秘密，轻声推门进屋。

云佼正在昏睡。伯夏盘腿坐下，握住云佼的手，惊异地看到，他自己的手变成藤蔓，伸出无数细小的枝蔓，缠绕着她的胳膊，探入口鼻，跟他方才所经历的一样。云佼苍白的唇色变得红润起来，腹部的伤口奇迹般地愈合了。云佼睁开双眼，藤蔓收缩回去，伯夏的手也迅速恢复了原状。她用细弱的声音说："好大夫，谢你第二次救我。"

伯夏把小猫放在云佼身边，摇头笑道："这是父神句芒的法力。"

云佼轻抚着蓬玉的安息猫，欲言又止。

伯夏拍着她的手说："这只小猫，以后就交给你了。它是我们共同的孩子。"

云佼微微一笑："好吧，我来当它的后妈。"

伯夏用食指轻抚云佼的脸颊，驱动看不见的温暖水流，缓缓流过她的头部、身体和脚足。云佼的瞳孔逐渐变大了，看见天神偎依在身边，周身放射着明亮的光辉。他眼神清澈，俯下身来，温存地吻她的嘴唇……

伯夏走进常仲标的屋子，见他正斜倚在靠垫上，衣衫不整，半裸着肌肉饱满的身子。阿布此时不见了踪影。常仲标抬头见到来者，不由得露出了笑容。伯夏坐在他身边，依照方才的方式，让他的伤口也快速痊愈起来。常仲标紧握伯夏的手说："谢大夫救我一命。"

伯夏笑道："你救我一命，我再救你一命，咱俩算是扯平了。"

常仲标说："自从跟了伯夏大夫，我便只有一个念头，要把大夫的事

丹成

情，当作自己的事情，请大夫不要拒绝我的这份忠心。"

伯夏望着面色憔悴的勇士，眼神变得温存起来。

丹成

第九天黎明时分，伯夏在凛冽的寒风中走进善卷洞。看见所有的器具和材料都已具备。他对在场的所有人说："鉴于安全的考虑，下面我要办的事情有点儿怪异，你们最好不要在场。所以请全体退出洞去。"见众人都已离去，他便站到四张围成方形的长条药案面前，看见所有材料都已放置在陶碟里，而且已被仔细地标上了名字：

醋、酒、金粉、三仙丹、黄丹、铅丹、砒霜、石英、紫石英、白石英、赤石脂、磁石、石灰、丹砂、雄雌黄、盐、硇砂、轻粉、水银霜、卤咸、硝石、胆矾、绿矾、寒水石、朴硝、明矾石、玛瑙、石碱、灰霜、白垩、炉甘石、石曾、空青、铅白、蓬砂、云母、滑石、阳起石、长石、石棉、白玉、鍮石、白金、白镴、青黛、翡翠、高岭土、禹余粮、石中黄子……

紫河车、萤火、蜥蜴、象肉、琥珀、珍珠、玳瑁、鳖甲、龟血、鼋胆、壁虎、虾蟆脑、穿山甲、豹皮、蜂蜜、蝮蛇胆、黄颔蛇头、蛇蜕、狗鞭、虎骨、虎鞭、灵猫香、原羚角、鹿角胶、鹿茸、鹿血、麝香、狸香、犀牛黄、犀牛角、羚羊角、狐肠、海蠃、牡鼠粪、鼠脂、牡蛎肉、鹧鸪血、鹈鹕嘴、天鹅毛、乌鸦头、鹈鹕脂油、蜈蚣、桑蠹虫、桑螵蛸、蜘蛛抱蛋、蟑螂、萤虫、柞蚕蛹、蟋蟀、望月砂、黄鼠狼、海马、海狗肾……

乳香、藿香、松香、橄榄、月桂、樟脑、香茅、茴香、栀子、沉香、龙脑、丁香、紫藤、龙脑、没药、芸香、檀香、苏合香、木香、豆蔻、龙涎香、薄荷、马钱子、罂粟、灵芝、姜黄、人参、当归、黄芪、甘草、雄黄、地黄、何首乌、杜仲、三七、雪莲、藏红花、冬虫夏草、古柯、摇钱树……

　　另外还有些奇异的药名，大多是曼妙女子的名字，伯夏看着不由得笑了起来，觉得其中浸透了父神句芒的大爱：

　　烟梦花、紫苏、追风伞、朱唇、夜来香、月光花、玉芙蓉、晚香玉、蓑衣莲、声色草、水晶兰、美人蕉、木蝴蝶、蓝花茶、金合欢、含羞草、红筷子、红郎伞、红娘子……

　　伯夏跪在地上低声祈祷，请求父神句芒的庇佑，然后在药案前缓慢巡过，向那些药物逐一问好，用食指隔空摆弄它们。他决定彻底放弃鼓须谈及的身毒法则。那是一条无法走通的死路。水银和硫黄制造出一个巨大的迷津，那些交叉错综的炼金术密径，让所有炼丹师在其间迷失。
　　句芒在他头顶上出现了，只有鸽子那么大小，无声地扇动翅膀，放射出令人炫目的大光。物事的灵魂被唤醒了，先是那些干枯的花朵悬浮起来，在空中聚集，飞向火焰熊熊的丹炉和丹鼎，接着是那些被切碎的叶子和茎梗，它们被引向了水池，此外还有五颜六色的矿石和泥土、昆虫的蛹和卵、动物的脏器、牙齿和尾巴；最后投入的，是写在芭蕉叶上的符咒，它们看起来像是造型歪扭的蝌蚪，爬行在绿色的纸面上，一旦遇到火焰，它们就剧烈地燃烧，发出一种人们无法听见的尖叫。在经过这些工序之后，它们又先后飞向其他器皿，形成一个自我营造的秩序。整个石洞里弥漫着浓郁的药香。
　　两个时辰之后，药物全部离开器皿，聚集在石洞中央，呈现为一个不断旋转的彩色云团。伯夏知道，以自己身体充当"点金石"来"点化"药物的时刻，已经到来，他将手掌交叉放在胸前，身子悬空起来，开始旋转，跟药团逐渐融为一体，药团在高速旋转中慢慢消散，伯夏的身躯重新显现出来，双掌捧着金黄色的药丸，两腿缓慢落在地上。
　　伯夏看着这些药丸，眼里渐渐泛出泪光。"不死药"诞生之前，多

丹
成

171

少人付出了生命的代价。在他看来，每一粒药丸的分量，都比铜鼎更加沉重。他把它们放进一个铜匣，又取出十二粒，分别放入另两个锦囊，然后身心疲惫地走出洞口，将铜匣交给焦急等待的鼓须和徐子服。

"成了？"鼓须问。

"成了。"伯夏说。"每人三粒，分三日服食，大约就能达成永生，剩下的，你要仔细藏好，以免引发新的战争。"

彭人们被这个突降的喜讯所惊呆，发出动情的欢呼。徐子服不敢相信，怯怯地问道："这药真的有效吗？"

伯夏说："试一下吧。我也不敢断言。第四天我们就能见分晓了。"

徐子服说："可惜，李夫人带着女彭人擅自离去，跟'不死药'失之交臂。据说，她们为练习房中术，投奔了服气派的李耳。我挽留多次，却毫无结果。"

鼓须一改以往的调皮风格，脸上怒气乍现："没有料到她竟是个叛徒，分裂了彭人的队伍。罪孽啊，为了一己之偏见，害了整个女彭人群体。"

伯夏微微一笑，劝慰道："李夫人为我们节省了许多丹药，所以未必是件坏事。"

徐子服望着正在生气的鼓须，心里感到惭愧，因为他瞒过了一个秘密。在他的袖子里，藏着李夫人托人带给他的布条，上面用娟细的小字写道："君负我，我亦负君。就此别过，勿念。"他仿佛看见，李夫人率领她的娘子军队伍，翻过葱翠的山冈，而满头白发的李耳正张开双臂，喜悦地接受这份美丽的大礼。徐子服转过身去，生怕别人看见他眼里涌出的感伤。

云佼已经基本痊愈，躺在蒲席上将息，焦急地等待伯夏的消息。见到伯夏回来，赶紧问道："怎么样，成了吗？"

伯夏说："成了。我们从此可以解脱了。还有，父神句芒跟阎摩对赌的第二条，事关鼓须的寿命。现在，句芒已经赢了。"

第四天早晨，伯夏被屋外鼎沸的人声所惊醒，他披衣走出房门，看见彭人们在天上飞来飞去，不顾气温寒冷，欢喜地做着各种嬉戏。鼓须甚至在天上翻起了筋斗，跟徐子服比赛飞行的速度，玩得不亦乐乎。一见到伯夏出屋，便都停了下来，从空中向他遥遥拜谢。鼓须大喜道："老夫现在可以在天上飞翔了。"伯夏抬头笑道："从长生到永生，你们已经获得生命的彻底自由，从此可以完全无惧于死亡。"

徐子服想起李夫人曾经的质疑，于是再次发出疑问："那么请教伯夏先生，如何才能证明我们可以无畏于死亡呢？"

伯夏微微一笑，伸展手臂，袖中飞出一条长蔓，卷住悬停在天上的徐子服，用力一拽，徐子服便掉到地上，不慎砸在一块青石上，头破血流，昏死了过去。众人发出一阵惊叫，鼓须更是神色张皇，飞身过去施救，但还没有等他走近，徐子服就自己醒了，跳起身来，发现自己头部和身上都完好如初。

伯夏微微一笑："这便是羽人不死的确凿证据。"

徐子服露出了尴尬的表情。

鼓须在他身上反复查看，然后如释重负："伯夏大夫开玩笑，吓了老夫一跳，但我还是要代表彭人向你致谢。我万万没有想到，一个局外之人，居然能彻底扭转彭人的命运。"

徐子服虽然有些气恼伯夏，但还是上前行了一个大礼："感谢大夫改变了彭人的命运。此前我出于谨慎，多有冲撞，敬请大夫见谅。"

伯夏微微一笑："这是句芒大神的神力所致，并非我的功劳，但子服先生能有此言，我为彭人所做的努力，也就值了。"

鼓须一边替徐子服擦去脸上的血痕，一边笑道："他年纪太小，还不能分辨世事。"

"很久以来，我一直有个疑惑，"伯夏望向鼓须，表情郑重地问道，"当年先生说曾娶过四十九名妻子，生过五十多个儿子，这故事究竟是真是假？另外，说您已经掌握房中术的要旨，不知这传言的真伪？"

"在下活了八百零六岁，所娶的妻子和所生的儿子，件件都是事实，万万不敢欺骗大夫。但世人都说彭祖娶妻是为了采阴补阳，此言大谬矣。彭

丹成

人力主炼丹，并不以打坐服气为要务，更无采阴的念头，关于房中术之说，实在是个误传。金丹派属于外丹一系，而房中术主要依赖内丹，两者虽然殊途同归，但毕竟术有专攻。李耳他们的高深道法，本派敢不掠美。"

"按时间计算，先生大约每过十五年要更换一个女人，或许她们才是你要的金丹。"

鼓须脸上露出梦幻般的神色："其实每一场恩爱都是一次磨难。一旦发现我不会老去，她们就会生出无限的怨恨，痛责我的瞒骗，从此成为冤家，彼此天各一方。只有一个例外，她对我无怨无悔，却死于一场大规模的鼠疫。"

"虽说你炼了四十九炉，但只要炼成一炉金丹，也是件值得庆贺的美事。"伯夏见他难得如此感伤，便好言抚慰道。

鼓须自嘲地笑道："老夫娶下众多妻妾，只为寻找那个'例外'。可叹'例外'之外，再无其他'例外'。女人的情爱，是世上最不可靠的丹药。"

彭人们还在天上任性地飞翔嬉戏。伯夏望着那些飘忽不定的身影，眼神变得迷惘起来："一种无爱的永生，就像一座被掏空的丹炉，虽然永恒，但只是一个空无。如此不堪的永生，何以令众生乐此不疲？"

鼓须一时无言以对。徐子服在一边听着，忍不住插嘴说："在下不能苟同鼓须先生的说法。虽然女人并不可靠，但真爱总是有的，只是需要你的信心。"他转脸盯着鼓须，意味深长地说："有了信心，你就能看见，而没有信心，就是发生在你身边，你也只是一个盲人。"

鼓须听到这话，感到有些吃惊，四瞳紧紧盯着徐子服，心里百转千回地想："这傻孩子，他好像已经长大了。"

佼情

恢复了健康的云佼，身穿淡绿长衫，腰缠白色丝带，风姿绰约地走来，站到伯夏面前，双眸含情，目不转睛地望着他："祝贺大夫，创造了新的奇迹。"

伯夏点头说："嗯，今天是我们的双喜临门：羽人的诞生，还有云佼姑娘的康复。"

常仲标说："我们现在终于有能力击败翟幽了。"

云佼说："'狗子'飞走了，它会追着云门身上的杀气而去。他们现在一定在图谋新的杀戮。"

伯夏说："这正是我在考虑的问题。翟幽必定还会再次发起攻击。一场恶战不可避免。我们的教训是，我们总是期待对方会善罢甘休，但事实每一回都痛击了我们。羽人必须学会战斗。我想请常仲标先生当总教头，向羽人们传授武功和阵法。从现在起，我们要进入临战状态。"

常仲标说："好，就按大周的编制来组建一支羽人军团，我们现下有一百四十三人，可按子丑寅卯编为十个小队，每队十四人左右。另外还要组建地面军队，我想招募吴人猎户一百四十来人，也分为十队，这样打起来的话，地上和天上可以有所呼应。"

伯夏抚掌笑道："常仲标先生考虑周密，果然是皇家侍卫出身，精通各种战术。"

常仲标领着鼓须徐子服去实施他的计划了。伯夏望着他们的背影，对云佼说："我等待这天，其实已经等了很久。我三岁死了母亲，我甚至都不记得她的长相。我只是希望，能返回到她死前的岁月，把金丹交给她，让她成为'不死者'，这样她就能照料我，让我闻着她的气息长大。"

"要是金丹能倒转时光，让你越长越小，变成一个婴孩，我就该是你长生永世的母亲……"云佼眼里露出梦幻般的神色。

伯夏拉云佼坐下来，紧紧拥着她的身子，感受她躯体的轻颤。他需要这种确凿无疑的幸福。泪水带着无数记忆涌上舌尖，他岩石般地沉默着，灵魂却已追上生命的开端。他仿佛看见，云佼提着一只安放婴儿的摇篮，走进阳光明媚的花园。

丹成

175

代价

在戊隗闺房的西窗下，云门向她谈及善卷洞的故事，说云佼只是受了点儿皮肉伤，并无大碍，并解释他刺姐的原因，只是为了向翟幽证明自己的忠诚，希望能换取他的信任，最终同意把妹妹交给她，成为他的爱妻。

戊隗本来要斥责他伤害亲姐之举，但听了他的解释，竟无话可说。她给陶质三头油灯添了一小勺豆油，就着明亮起来的光线，仔细端详云门的脸庞："我们的爱，就是一笔虐债，里面流的，都是别人的血。"

云门低头说："为了咱们的事，我已经破罐破摔了。"

戊隗忧心忡忡地说："但愿我那个疯子哥哥，能够兑现他的诺言。"

"只要能够得到你，我可以做一切丧尽天良的事情。"

"你，你也是一个不可救药的疯子！"

这是冷风呼啸的冬夜，月光冷得刺骨，而炉膛里的炭火即将熄灭。云门说："好冷，我的手都僵了。"

戊隗执起他的双手，把它放进自己的衣襟："以后你可要把持住自己，别再让人家的血，污了你这双干净的手。"她看着云门，目光里涌出满含怜悯的爱意。她知道，这个男人正在为她铤而走险，而她则在跟他一起陷落。他们彼此都是对方的地狱。

第二天上午气温有点儿回暖，地面上还是结了一层细细的白霜。云门去求见翟幽，向他禀告炸掉善卷洞的成就。翟幽听过后欢喜若狂。蓬玉之死，还有整个丹房的毁灭，是他近年来所干的最大手笔。伯夏已经完蛋，他很难再有机会翻盘。"不死药"尚未炼成，人都已经死光，这是伯夏的最大耻辱。他的妹妹叔隗，应该在九泉之下含笑了。他下一步的计划，是乘胜追击，把伯夏的队伍全部干掉，彻底铲除这个祸根。他知道，只有这样，他才能在旧彭国的地面上高枕无忧，并把它变成东方最强大的诸侯国。

云门向翟幽提及跟戊隗的婚事，翟幽顾左右而言他，没有正面回复。他说："这等小事，我没有时间顾及。等彻底剪除伯夏后，你自然会有更大的前程。"他表情暧昧地笑道:"你不会已经把我妹搞上手了吧?"

云门脸色发白,赶紧声辩说:"岂敢,岂敢。大人若不发话,小人不敢越雷池半步。"

翟幽大笑起来:"谅你也不敢。她不但是我妹,而且也是我的情人。去吧,到账房领赏钱去。我有很大一笔赏金要送你。"

云门作揖称谢,刚要转身离去,又被翟幽叫住:"你姐云佼如何,她还安好吗?"

云门迟疑地说:"我跟她打了一仗,不小心刺伤她的肚子,但我手里有分寸,应该没有什么大碍。"

翟幽勃然大怒:"混蛋,你胆敢伤害我的女人!"他举起幽蓝色的右手想要发作,转念一想,又放缓了语气:"你是一罪抵一功,戊隗的事,你先别指望了。看你下一次的功劳,再作计议吧。"他看着云门,意味深长地说。

云门满脸惶惑,竟说不出一个字来。他知道自己是个罪大恶极之徒。他背叛了姐姐,也背叛了伯夏团队,两次制造大规模死亡,但他跟恶魔的协议还没有终结。为得到戊隗的爱,他把自己也变成了魔鬼。他将在这条凶险的道路上继续奔走,直到天诛地灭。

他想起自己此生的第一桩罪行。十四岁时,他把一个邻村的九岁女孩骗到山上,反复强奸了五次,又在第二天早晨把她推下悬崖。事后没有任何人怀疑到他的身上。官府勘查了半天,未能找出凶手,只好不了了之。这个肮脏的秘密始终深藏在他心头,像一道永久的疮疤,在他每次忏悔的时刻发作,击打着他人格分裂的灵魂。他知道,他的新爱无法清除旧忆,而他将带着这可耻的记号走向末日。

丹成

第十章　阁亡

吴国荆邑
周襄王二十一年（公元前 631 年）至
二十四年（公元前 628 年）

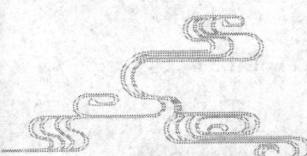

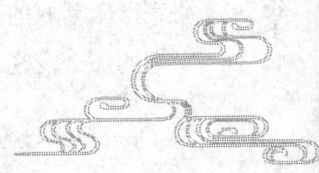

交战

伯夏预言的战事，在三个月后终于爆发了。翟幽改变偷袭的策略，游说宋成公，请求他出兵剿灭彭人。宋成公因楚国进犯而被晋文公所救，所以对晋文公妻舅的请求，只能给予积极响应，于是调拨一支五千人的军队交翟幽指挥，向吴国发动攻击，直逼荆邑地面，驻扎在那里，准备彻底剪除彭人的余党。吴王迫于宋国和晋国的威势，只能拒绝出战，坐观其变。

但翟幽的战争并不顺利，因为他遇到一支世所罕见的军队。对方在常仲标的指挥下，利用飞翔的能力，从空中投掷炸药和燃烧弹，将宋军烧得焦头烂额。翟幽在当地征募吴人入队，偷袭彭人的营地，也略有小胜，双方就这样打打停停，一直延续了三年之久，双方都处于胶着状态。此外，翟幽针对幽盟内部的自我清查，也没有获得任何进展。他所怀疑的反贼，始终没有露出破绽。

这场马拉松战役令阎摩神十分失望，他担心金丹会在人间广泛传播，彻底颠覆冥界的秩序，决定亲自出马，夺取伯夏的灵魂。周襄王二十四年岁末的那个夜晚，阎摩利用冬季的优势，开始了声势浩大的攻击。孤独的巨人发出惊天动地的怒吼，犹如公牛的哀号，回荡在吴国的茫茫黑夜。他走过的村庄和田野，庄稼大面积枯死，家畜和野兽也都在痛苦抽搐后死去，他的袖筒里塞满了臭气熏天的亡灵，随后，村民们开始感染莫名其妙的病疫。

吴国谣言四起，说彭人是这场可怕瘟疫的制造者，他们的丹药就是散布疫毒的法器。这场流言动摇了荆溪民众的军心。一部分当地民兵临阵脱逃。女酋长阿布亲自到前线压阵，鼓舞士气，也无法阻挡逃兵的暗流。局势开始变得对羽人十分不利。

伯夏知道阎摩在这场战争中所扮演的角色。他要面对跟大神直接对抗的危险。但他已经没有任何退路。他在自己的秘密神庙里祈祷，恳请句芒父神的庇佑。

隆冬的黎明时分，奇迹降临在吴国的大地上。父神句芒以白衣少年的形象现身，吹动柔和的生命之风，带着前所未有的春天气息。枯萎的庄稼开始转绿，继而转黄，结出饱满的稷米穗粒。果树也起死回生，结出硕大的梨子、苹果、柑橘、柿子、杏子和枣子。春天里的花，竟然在冬日里第二度盛放了，到处是杜鹃花、山茶花、虞美人、迎春花和雏菊，以及各种籍籍无名的野花。它们怒放在田野和山坡上，色彩艳丽，姿态放肆，仿佛是对阎摩大神的一种嘲弄。农夫们为此发出了淳朴的欢笑。

织网

这是一场充满戏剧性的战事。在茫茫黑夜，来自地狱的巨人继续回到这里，让所有的生物枯死，而在阳光重现的白昼，天空上的句芒会夺回执掌大地的权柄，让死去的生灵全面复苏。这些变化看起来没有什么新意，只是从四季循环模式变成单日循环模式。仿佛是世界时钟在加速旋转。

但伯夏却对此非常困惑。这已不是两个大神之间的对弈，而是一场真正的战争。他决定要用智慧来终结这种无效的循环。他带着云佼追踪阎摩的踪迹。在田野和山坡上找到那些巨大的鸟爪印痕。它是一种对趾足——第一和第五趾向后，第二、三、四趾向前。伯夏知道这就是阎摩的标志。它们间距很大，通常为八尺到一丈，却像人类的脚印一样，呈现为左右爪交替着连续向前跨越运动的模式。伯夏对云佼说："你看出什么没有？"

云佼一脸茫然地望着伯夏，摇摇头。

伯夏说："这些脚印表明，阎摩神不能飞翔，他虽然强大，甚至可以跳跃，却必须在大地上行走。他根本无法离开大地。"

云佼说："对了，我想起来，蓬玉曾经跟我提过，有一部古书里记载说，阎摩神不能飞翔，他要是离开大地，就会丧失所有神性，成为一个常人，这种情形跟彭人刚好相反。当时我们都以为这只是一种江湖传言，不值得取信呢。"

伯夏心中灵光乍现，仿佛被一道闪电击中："云佼姑娘，我们有办法对付阎摩神了。我们只要设法把他带到天空，就能彻底结束这场噩梦。"

伯夏返回住地，走进自己的神庙，向勾芒神寻求神谕，忽然凭空飘来一片圆叶，落在他伸出的手掌上，那是一个精细的网状镂空结构，仿佛是件鬼斧神工的雕刻品。伯夏端详了一会儿，猜想父神已经准许他的计划，并示意他用网兜解决问题。于是他走出神庙，回房绘制了一张草图，吩咐常仲标按此图样，编织一张直径为六丈的葛网，并把这张网安放在善卷洞外的空旷地带。

常仲标说："这计划还有一个漏洞，就是缺少必要的诱饵。"伯夏问："那你说怎么办？"常仲标笑道："我们刚好抓了几个幽者，就用他们祭奠蓬玉和死去的彭人好了。"伯夏本来要说不，但也想不出更好的办法，只好勉强一笑，默许了这个提议。

鼓须听说这个计划后，大惊失色。带着徐子服去说服伯夏："这是对神灵的严重冒犯。我不赞同这样的计划，请大夫三思。"

徐子服说："一旦不能成功，彭人将死无葬身之地。"

伯夏说："鼓须先生不是喜欢在你的生涯里豪赌吗？我愿跟你赌这一回。我赌阎摩的死亡，也赌彭人的希望。"

鼓须一时无语。他捻着胡须迟疑了片刻，看着徐子服，终于下决心说："好吧，那我们就再赌一把。"徐子服有些吃惊，想要反对，却没有说出口来。

阎亡

七天以后，葛网编织和安置完毕。午夜时分，新月已经升到天穹的顶部，上百名善飞的羽人，埋伏在葛网四周的草丛里。常仲标和侍卫们押来三名幽者，就在蓬玉的连理树前，砍下了他们的头颅。他们绝望的哭泣声，被沉默的黑夜迅速掩盖了起来。

伯夏和云佼站在附近，听见了冥神阎摩的怒吼。巨人在自己的月光阴影里行走，鸟足犀利，步履沉重，周身散发出逼人的寒气。整个大地在剧烈地颤抖，植物开始枯萎，发出若有若无的啜泣。所有人都在呼吸这来自地狱的气息，仿佛站在生与死的边界。云佼一只手抓住伯夏的胳臂，另一只手拔出了利刃。

就在阎摩走到葛网中央之时，常仲标吹出声音刺耳的呼哨，羽人们带着葛网的边缆向天空飞起，巨网迅速裹住阎摩的身躯。更多的羽人加入进来，形成一股巨大的合力，将阎摩拖离大地，一直带往月光皎洁的天空。

阎摩挣扎着发出愤怒的吼叫，羽人抓不住网兜，眼看就要掉了下去，这时一阵神奇的大风猛烈吹来，从下方把阎摩托举起来，仿佛加入了一只无形的巨手。只有伯夏看见大神句芒的身影。他在风中飞翔，从大网上方悄然掠过。阎摩的号叫变得凄厉而痛苦，而后逐渐衰弱下去，转成一种低低的哀鸣。

常仲标吹出第二声呼哨，羽人们齐齐松开抓住巨网的双手，巨人沉重的身躯，便裹着葛网掉了下去，沉重地摔在大地上。那团巨大的黑气消散了，人们借着火把和月光看到，葛网里裹着一个身穿黑衣的寻常男人，指甲长长的手上握着一根枯枝，容颜英俊，脸色苍白，两脚沾着泥土，其中一只脚上还残留着鸟爪的几枚鳞片。

云佼盯着尸体，眼里露出疑虑的表情："这真是大神阎摩吗？"

伯夏点点头："应该就是他了。神尊通常是不死的，一旦死掉，便会收缩变小，跟常人无异了。这根树枝，应该就是他的骷髅权杖所化。"

鼓须仔细摸了一把阎摩的脉息："他已经死了。"羽人们随即发出胜利的欢呼。

伯夏对鼓须说："我们必须按神的仪轨安葬他的尸体，不可有丝毫轻慢。"

鼓须说："好吧，我们先把它放在善卷洞里，按照人世间的习俗，过三七二十一天，方可在寅时下葬，立一个无字的石碑。"伯夏说："就把它葬在北坡吧，那里朝向他的冥界故乡。"

鼓须亮着四瞳对徐子服笑道："你看，我又赌赢了。"

杀门

蒲公英的绒毛种子在风中传扬，阎摩的死讯从善卷山向外扩散，不久就传得沸沸扬扬。驻扎在附近兵营里的翟幽听说后，不由得大惊失色。他决定亲自潜入彭人的营地，摸黑盗走主人阎摩的尸体，并设法让他复活。

他让人把云门带到自己的行帐，厉声说道："上次你捅了你姐的肚子，伤了我的女人。是可忍，孰不可忍。没有杀你，就是我最大的宽容。"

云门躬身说："在下该死，最近一直在反省之中。不知公子有什么吩咐？"

"现在你有一个赎罪的机会。我要前去荆溪办事，你负责替我带路。今晚的表现，决定了你的未来。"

云门深知这是他的最后一搏了，心中充满担忧和恐惧，但为了得到心爱的女人，他只能义无反顾。于是他努力挤出卑微的笑容："谢公子不杀之恩。此番出征，我会戴罪立功，将功补过的。"

云门领着翟幽和另两名幽者，乘着夜幕，越过双方划定的战争分界线，来到善卷山下。云门熟悉地形，带翟幽躲过哨卡，沿着后山的小道悄悄爬上去。但他们刚到山洞附近，行迹就被人发现。雕鸮"狗子"从云门肩上飞了起来，盘旋在云佼住处的上空，咕咕地叫了起来，仿佛是在发出警告。云门压低嗓门骂道："闭嘴，你这该死的小叛徒！"

一阵急促的钟声响起，彭人们从各自屋子里跑出来，加入拦截入侵者的行列。翟幽以洗魂术制伏了几名彭人，却挡不住更多人的包围。两名幽者已经在乱箭下丧命，他只得命令云门和两名幽者实施掩护，引开彭人，自己背起阎摩的尸身，在夜色和树林的掩蔽下向山下逃去。

云门持剑奋力搏杀，刺死几名彭人，跟常仲标战成一团。云佼这时也赶到现场，姐弟俩相见，双方都吃了一惊。

云佼恨恨地说："真是冤家路窄，天网恢恢。你终于落到我手里了！你知道你害死我们多少人吗？"

云门背靠岩石，退无可退，弃剑求饶道："阿姐，求你看在爹妈的分上，放我一马。"

"今天落到这步田地，是你咎由自取。"

云门绝望地大叫道："姐姐救我……"

云佼还没来得及做出反应，常仲标就已举手一挥，众侍卫立刻放出弩箭，十几支黝黑的双翼箭头，带着风声扎入云门的身躯。他满脸惊惧，看着插在胸前的箭杆，嘴里向外大口喷血，一直溅到八尺以外，染红了附近的草丛。

云佼走过去，跪在地上，怔怔地看着弟弟的躯体，见他圆瞪双眼，眼角还挂着泪珠，就狠狠抽了他两个耳光，接着，替他逐根拔出那些带着鹰翎的箭杆。她每拔出一根，就用丝巾仔细抹去伤口里涌出的污血，好像在努力擦拭他的罪行，这样一直到拔完为止，然后抚摸着他的伤口，痛哭起来。常仲标站在一边呆呆看着，不知该如何是好。"狗子"飞来，落在云门脚上，发出从未有过的哀鸣。

伯夏闻讯赶来，仔细看了一回云门的尸体，把常仲标拉到一边，压低嗓门说："你去把他的身子带回大童山仔细藏好，不要让任何人发现。先不要入土，因为下葬的方式，我还需要思量。我不希望他的背叛和被杀，影响到整个彭人的士气。"

他又回头扶起情绪失控的云佼，将她带离死亡的现场，继续好言劝慰，这时，云佼的双臂，已经揽住了他的脖子。"你答应我，不要再打仗了，我好害怕。"云佼眼神凄惶，犹如一头饱受惊吓的母鹿，跟从前的举止判若两人。

伯夏用左臂托起她的头颅，轻吻她的耳垂："我明白。这一切很快就会结束。阎摩死了，天下不会再有死亡，人类将全体获得长生。早知道有这一天，我就不会花时间去炼什么金丹，因为在全体不死的世界，金丹已经失去了效用。"

"我只想在大夫身边，照料你的生活，过平静的日子。"云佼啜泣着耳语道。

伯夏心头一阵酸楚，觉得灵魂已经被她裹住，无法挣动。"唉，这个令人痛心的女子，就像我那早逝的母亲。"他惘然想道，把头深深埋进她的胸口，闻到她身上的体味，犹如淡淡的乳香。

阎活

翟幽背着阎摩的沉重身躯逃下山去，一路小跑，气喘吁吁，来到附近的村庄，看见有座形体高大的神庙，见四下无人，就推门而入，径直来到后院，找出一把锋利的石铲，在沿墙处开挖起来，打算将其就地掩埋。

土坑挖好之后，翟幽乘着朦胧的月色，仔细打量这个他曾经无限畏惧的巨人。他在死后竟缩小为一具肉身凡胎，相貌寻常，还光裸着全身，就连阳具都萎靡不振，没有任何出众之处。翟幽顿时感到无限失望。"妈的，我还得以这种方式给他送葬，也算对得住他了。"他心中愤愤不平地想着，抱起阎摩柔软的身躯，把他小心翼翼地放进土坑。

翟幽对着阎摩苍白的脸，本想说出一些话语，来表达哀悼和纪念之情，却无意中念动了西戎的洗魂咒语。他想，洗魂的法术对死者无效，但终究主要来自阎摩，所以不妨将此回送给他。于是翟幽又念了数遍。阎摩的身体突然动了起来。翟幽吃了一惊，借着月光仔细一看，阎摩的眼睛也睁开了，目光呆滞地望着他。他吓得出了一身冷汗："你，你，你，你怎么活了？"

阎摩坐起身来，表情迷茫地说："我在哪里？我是谁？你又是谁？"

翟幽说："你是冥神阎摩，你已经死了，现在你又活了，这他妈真是世上的头号怪事！"

"我是阎摩？我已经死了？我又活了？"

"也不对，应该说你看上去是活了，其实是真的死了。"

阎摩在呆呆地回忆着什么，却什么都没有回忆起来。脑子里一片空白。他讷讷地问："你是我哥还是我爸？"

翟幽笑了起来："妈的，我是你大爷！告诉你吧，你要捍卫冥界秩序，我要杀死我的敌人、弄到我的女人。我们本来就非一路，现在你又成了废物，我该拿你如何是好呢？"

阎摩也笑了："大爷，你的女人在哪里？我也想要一个。"

翟幽感到大失所望："神尊若是变成人，连童子都不如了。这堆烂事，还得本公子亲自去了断。阎摩先生，你自谋生路去吧，老子就此告辞了。"他扔下石铲，拱了拱手，怒气冲冲地走了。

改弦

大神阎摩竟然被伯夏杀死了，这是个令人难以置信的事变。翟幽的立国梦想，就此面对重大挫败。这意味着他失去了最坚硬的神界靠山。在返回彭城的路上，翟幽骑着毛驴孑然独行，意兴阑珊。

自从叔隗和姬带被杀以来，他还未曾陷于如此巨大的沮丧。伯夏因有句芒大神的撑腰而难以战胜，四周列强又对彭城虎视眈眈，仅靠自己的力量，他似乎已经无能为力。唯一的出路，是尽快前往洛邑，寻访当年暗中支持姬带的贵族，从那里寻求政治支持。

他在午夜时分回到翟府，连夜召集那些贴身武士，向他们宣布了自己的决定——前往京师展开外交游说和行贿，以求得王室贵族对他的支持，进而说服国王，赦免翟家的罪过，认可他的"彭国公"地位。

季豹疑惑地问道："除了洗魂术和那些很容易被识破的'伪金'，还有什么可以让贵族们动心的东西？"

翟幽冷笑道："我知道伯夏已经炼出了金丹。他们必定要赴京献丹，我们就在那里等他们上钩，寻机夺取金丹。你们这些笨蛋，难道世上还有什么比金丹更动人的诱饵吗？"

召虎第一个拍起手来："主公神机妙算，只要有了金丹，就连国王本人都会屈服。"

季豹也恍然大悟："是啊，真笨，我怎么想不到这一层呢？"

翟幽以拳击案，朗声宣布："你们收拾一下，我们明天就上路。"他的脸上重现了自信而傲慢的表情。

风娥

阎摩在神庙里枯坐了一夜，忙于搜索自己的记忆，但只获得一些凌乱破碎的图像。他唯一能想起的是当年那位村姑，想起她奄奄一息的情状、她美丽而娇弱的姿容、她清澈如水的眼神、她所居住的草屋、屋前盛开的鲜花、她的村庄和她的道路……所有这些碎片都被激活了，在他空白的头脑里打转。

他于是站起身，走进殿堂，看见神台上的方脸塑像，那是伟大的春神句芒。他忽然感到莫名的恐惧，大汗淋漓，双膝发软，跪了下来。他想对神像说点儿什么，却不知该说什么才好。他发了一会儿呆，然后重新站起身，摇晃着走出神庙。

在台阶上，他的脚被藤蔓绊了一下，狠狠摔了一跤，放了一个很响的臭屁。他听见一阵细碎的笑声，那是植物们的窃窃私语。他爬起身来张望，四周阒然无人，只有藤蔓和野草在风中摇曳。

阎摩开始依照自己残剩的本能，扯了一块庙里的旗幡裹住下身，沿着大路向北方走去。渴了就讨一口水喝，饿了就讨一碗饭吃。好在百姓都很良善，愿意向他布施馍馍，有的还挑些旧衣送他。一个多月后，他艰难地回到彭城的地面，走进那座记忆里的村庄，更多的记忆碎片在复活之中。阎摩找到那间熟悉的草屋，发现门环上打了一个草结——主人不在家。

他失望地站在那里，突然感知到大地上的生命气息。他闻到花香、草香和泥土的香气，看见那些苍蝇、蝴蝶、蚂蚁和蚯蚓。他被这种生命的细小场景所困扰。它是如此陌生，却近在咫尺，挑战他空无的感知。月季花开得很美，他想摘下它来，却被刺了一下，他感到疼痛，看见手指上有一滴血，十分诧异，便用舌头舔了，尝到一种微咸的腥味。

他突然发现身后有人，猛然回首，一位圆脸姑娘站在那里，丰乳肥臀，腰肢纤细，笑吟吟地望着他，浑身散发出性感的光辉。他的记忆里突然涌出她的名字——"风娥"，多年过去了，她变得越发楚楚动人。阎摩怔怔地看着，鲜花失手掉在地上。

风娥走过去，帮他把花捡了起来："这位客官是来找人的吗？"

"我来找我的女人，她叫风娥。"

风娥端详着他的容貌，看见他长长的指甲，想了一会儿，点头说道："我知道你是谁。那年我快死的时候，是你救了我。我当时赌咒发誓，此生非你莫嫁。现在你终于来了，我心里好生欢喜。"说着，眼里流下了热泪。

阎摩惶惑地看着这个丰满妖娆的村姑，不知这是一个怎样发生和了结的故事。但他知道，这是他生命的开端，也是他的归宿。他必须接受这个命运的安排。他拿过花朵，把它戴在风娥的发髻上。"你真好看。"他讷

阎
亡

讷地说。

风娥说："我当年在灵堂的棺材里复活，乡人们四处奔走相告，说是一个神迹。在我死过去的时候，我看见一个男人站在身边，那就是你。你对我说，你不忍心带我走，要我一直活下去。醒来的时候我就明白，你把我留下，是为了日后的相遇。"

阎摩说："我已经忘了这些。我只记得你的容貌。我甚至忘了自己的名字。"

"我知道你的名字。你叫阎摩，跟冥神同一个名字。我的命是你的，我的一切，从现在开始，都是你的。"

阎摩心里涌起无限的柔情："哦，风娥，风娥……"

风娥牵起他的手说："我的男人，现在跟我回家吧。"她带着他走到屋门前，伸手解开门环上的草结，两人一起走进屋里。门在他们背后悄然关上。片刻之后，木门开始发出轻微的颤动，草结从门环上掉下，停栖在茅草顶上的麻雀惊飞起来……

长生弈

第十一章　献丹

吴国荆邑—周朝首都洛邑—宋国彭城
周襄王二十四年（公元前628年）至
二十六年（公元前626年）

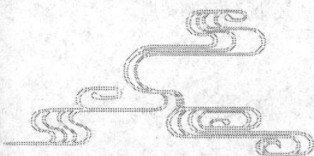

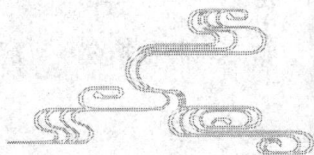

弃洞

伯夏最忧心的是，在金丹炼成之后，究竟如何向国王复命？他必须履行承诺，把金丹送给姬郑，实现他的长生之梦。阎摩已经死去，但翟幽的逃走，留下了严重的后患。他根本无法从这里脱身。他去找鼓须商议此事，希望能找到一个两全的办法。

鼓须挠着脑袋："这倒的确是件大事。当年大夫见我，便是为了此事，只因我等无能，耽误了大夫的使命。这药虽是彭人的大业，却最终由大夫完成，所以大夫要据此回复王命，乃是理所应当。既然我是'彭祖'，而大夫又不能脱身，想必只能由我携金丹去向国王禀告了。"

伯夏说："我担心的是，先生此去，凶多吉少。现在金丹炼成的消息，已经遍传天下，你身藏金丹进京，必定要面对翟幽的拦截，此外还会有各种势力的觊觎。这次进京，必是危机四伏。"

常仲标说："京城我很熟悉，有我护送，金丹一定能安全送达。"

云佼说："这金丹刚好是个诱饵，翟幽就在洛邑，他要是露面，正好将他擒获，可解我心中之恨。"

伯夏说："这倒真是一箭双雕的办法。我已经接到密报，翟幽已经前往洛邑。他要在那里设伏劫持金丹。所以鼓须先生此去，每个细节，我们都要仔细盘算。翟幽的洗魂术，是我们的最大克星，必须小心提防。另外，炼丹之事已经完毕，我打算搬回彭城去打理医馆，我的句芒术，或许真的可以济世救人。只要除掉翟幽，那里仍然是一个令人缅怀的所在。"

云佼对此做出了热烈的响应："我愿追随伯夏大夫学习医术。这武术虽好，老是打来杀去的，实在没有什么意思。"

鼓须旋转着自己的两只拇指："这样也好。我从京师返回后，就跟大夫在彭城会合。大爆炸后，许多彭人开始怀念大童山的日子。虽然发生过屠杀，但那里终究是彭人出生成长的摇篮。他们也想重回大童山，善卷山这里，我让他们尽快关闭吧。"

常仲标对伯夏说："这次进京后，我就再也不回去了。我想彻底告别宫廷，追随大夫的脚印。"

伯夏紧握他的手："好，我在此静候你的回归。"

豆恨

彭人决定放弃善卷山的消息，很快传到女酋长阿布的耳朵里。她深更半夜生气地跑上山去，向常仲标兴师问罪。常仲标解释了半天，都未能平息她的怒气。她说："他们可以走，就是你不能走。"

常仲标安慰说："我很快会回来看你的，我还想跟你一起喝酒唱歌呢。"

"放屁，你这个骗子，你这世上最大的骗子！"

常仲标戏谑地笑道："我不是骗子，我是你的马子。"

阿布狠狠地瞪着他，打开绣着鸳鸯的土布袋子，取出一只装得满满的灰陶大碗，里面装着数百粒黑豆，像装着数百个卑微的精灵。她把它们全部倾倒在几案上，用手来回拨拉，让它们四下滚动，然后呜咽地说："这就是我们之间的全部记忆！"

她先是轻声啜泣，而后开始放声啼哭，声音大得惊天动地，整座屋子都在摇动。这时天上突然下起大雨。常仲标起身去关窗，发现下的不是真雨，而是鸟蛋大小的雹子，它们猛烈攻击着大地，把屋顶上的瓦片全数击碎。冰雹还穿过破裂的屋顶，砸在他身上，令他疼痛难当。直到天亮时分，阿布才哭累了，昏沉地睡死过去。

常仲标看着女人头发散乱的睡姿，心里生出许多怜悯。他并未在意那些掉了一地的黑豆，而是替她拂去掉在身上的冰雹，顺手拿起一颗，看着它在手心里迅速融解，化作一小摊清水。他用手蘸着放在舌尖上尝了一下，发现它竟是咸的。他想，多么神奇，这就是女人眼泪的晶体！她们是奇怪的女神，掌握宇宙的奥秘，虽然无法占有他的灵魂，却可以抓住他的阳具，制造那些不可捉摸的神迹。

鬼现

自从姬郑复位以来，他始终置身于前妻的巨大阴影之中。阎摩带走了姬带的亡灵，却故意留下叔隗的鬼魂。叔隗就这样被冥风吹动，回到洛邑的王宫，在那里逗留，练习如何跟自己的前夫作对。

她每天午夜都要在宫里巡视，向宫女和侍卫们展示她的诡异形象——一个无头的裸体女身，披头散发，满身鲜血，缓慢走过每座宫殿和每条长廊。许多目击者都看见了这个幽灵，被她的形象吓得屁滚尿流。

姬郑听见这方面的报告，起初根本不信，认为都是下人神智志乱所致。这天晚上，他穿过寝宫的走廊，想去附近的房舍临幸一名嫔妃，竟在转角处跟叔隗狭路相逢。

"你……你是谁？"他脸色苍白地问道。

叔隗的无头亡灵没有回答他的问题。她只是径直向他走来，雾气般穿过他的身体，消失在他身后的墙壁里。

姬郑吓出了一身冷汗。他大声叫来侍卫，把整个宫廷里里外外地搜了一遍，没发现任何可疑迹象。他躲进自己的卧房，紧闭房门，而门外密密麻麻地站着手持长矛和戈戟的士兵。他以为那样就能安息。

但姬郑辗转反侧，彻夜难眠。到了半夜时分，越过幽暗的灯火，他看见叔隗的头颅和胳臂从墙里伸出，容颜凄美，肌肤如玉，微笑着向他招手。他吓得赶紧召来门外的士兵，想去捉拿她，她却缩回墙里，然后从另一侧的屏风里再次伸出一条玉腿，就这样反复多次，弄得众人都疲于奔命。直到黎明时分天色渐亮，叔隗才弃下一只绣花鞋，消失在墙角的帷帐后面。

姬郑于是紧急召见驱鬼的方士，命令他们赶走叔隗，但他们尝试了各种方式，先后使用了咒语、猪血、粪便和火焰，却都无济于事。后来还是一名大臣偷着告诉他，不妨随她去，就当她是这宫里的居民，各自才能相安无事。姬郑于是更换策略，假装视若无睹，叔隗也就渐渐露面少了。偶尔，她也会出现在他的卧席上，面朝他安静地侧身躺着，目光空茫，朱唇微启，鲜血浸湿了整张衾被。姬郑吓得赶紧闭上眼睛，很久以后才敢重新睁眼，发现鬼魂已经悄然离去。

献丹

冰雹雨过后的早晨，善卷山上一片洗劫后的凋零景象。伯夏独自来到蓬玉坟前，跟她的亡灵做最后的诀别。他们私语了很久，但无人知晓其间的内容。云佼在屋前磨剑，替自己和伯夏收拾行囊。她抓过伯夏的衣服，放在鼻子下面闻着，在记忆的香气里打转，怔怔地坐了很久。

她没有看见，就在附近的岩洞里，常仲标带着鼓须和徐子服，还有另几位羽人，祭拜过善卷先生的骨冢，满怀惆怅，向受伤的营地辞别，化装成药材商，小心翼翼地向西行走，好不容易来到洛邑郊外，下榻在一间洁净的客栈。常仲标换上一匹带着浅棕色斑点的白马，先进宫向国王禀报去了。

鼓须和徐子服在客栈里，耐心等待召见时刻的到来。四周到处是闻名遐迩的小吃铺子，美食和糕点的香气在街上缭绕，一直扑进他们的住所。

徐子服煮了一壶善卷老茶，喝下几盏之后，变得有些亢奋，在屋里来回走动，高谈阔论，质疑金丹派的基本原理，眼里闪烁出奇异的光亮。

鼓须睁大四瞳，目不转睛地望着这个愈来愈成熟的四百岁男孩，承认过去的信念正在破裂，但他需要时间来寻找新的命学。

徐子服说："我们应该回到服气派的道路上去，这是现成的真理，我们必须向它缴械投降。"

鼓须背了长达八百年的炼丹术重负，一时还无法接受这种变化。他抓住飞过的每一只苍蝇，把它们浸在水里，看着它们逐一淹死，一边跟贴身弟子争论，两人一直吵到三更，听着更夫敲着梆子从街上走过，才无限困倦地分头睡去。

黎明五更时分，两名"店小二"手持迷魂香摸进屋子，蛊惑了闻声惊醒的鼓须，让他自己乖乖交出锦囊。次日醒来，鼓须突然发现，绑在腰间的丹药已经不翼而飞。徐子服惶恐地说："我们无脸去见国王了，还是赶紧打道回府吧。"

鼓须想了想，哈哈一笑，使劲摇摇头说："既来之，则安之，国王还是要朝拜一下的。"

他们没有料到，为了迎接金丹，姬郑竟然在常仲标的建议下，安排了一个规模盛大的典礼。他们被人用宝马香车接进宫去，店小二哪里见过这样的排场，看得都呆住了。

他们从侧门走进宫去，穿过无数个庭院和回廊，看见卫士们身穿重装甲胄，手持青铜戈戟，排列成厚重的金属墙垣。数百名厨子在厨房里挥动刀铲，运送酒菜的杂役在飞快地奔走，脚夫们用竹杠穿过鼎耳，把盛满美食的大鼎抬进大殿。宫廷里乱作一团，好像发生了什么严重的战事。

三百多位大臣已经排列在大殿上，侍卫们高喊万岁，全体臣子也都跟着高喊万岁，整座宫殿钟鼓齐鸣，礼乐悠扬，身毒线香散发出浓郁的芬芳，萦绕在朱红色的立柱之间，经久不衰。宫女们身穿华丽的蜀锦翩然起舞，她们的笑靥和身姿，恍如天上的梦境。徐子服从未领略过这种金碧辉煌的气象，东张西望，看得眼花缭乱，心里十分惶恐。

鼓须偕同徐子服，头戴黑帽，身穿白袍，手持邛竹杖，在大司空陪伴下走到丹墀下，自称就是活了八百岁的彭祖，特地奉诏前来敬献金丹，说罢取出锦囊一个，服丹秘法一卷，由大司空转呈国王。刚从鬼魂骚扰中摆脱出来的姬郑，接过锦囊和卷帙粗略看了一下，哈哈大笑，下令册封彭祖为彭城侯，伯夏为永城伯，并赏赐大宗财宝。

群臣的队列里一片骚动。有人高声发问："相传彭祖先生已有八百岁高寿，不知是真是假？"

鼓须抚髯哈哈笑道："古树皆有年轮，古人则有年寿，但看瞳仁便可知晓。低龄者单瞳，八百岁以上者，必有双瞳，这个辨别之法，古书《归藏》上早已有之，十分简单，大人可以亲自上前验看。"话音刚落，大殿上又是一片哗然。

站在姬郑背后的大司马问道："请问彭祖先生，服用金丹后可以不死，这又如何能加以证实？"鼓须哈哈大笑，拉着徐子服的手一起离地而起，悬停在大殿的上方，然后在空中走了一圈，从群臣的头顶上飞过，白袍飘逸，翩然落回到丹墀前面。众人都露出愕然的表情。

国王又说："朕听闻方士还能穿墙逾壁和隔空传物，不知彭祖先生能否在此为众卿演示一番？"

鼓须伸出手来，从一丈外的舞姬头上摘下一朵小花，运用手法，将其缓缓送向另一边的国王。小花在空中缓慢行走，仿佛被一个看不见的人举着，一直送到姬郑的手掌上。姬郑把鲜花放到鼻子下闻了一下，哈哈笑道："原来方士也懂得寡人的癖好。"

名闻天下的皇家御医邹去病拱手问道："不知金丹献给本朝国王之后，彭祖先生是否打算公开丹方，济世救民，令天下苍生免除死亡之苦？"

彭祖一时语塞，不知该如何回答，还是国王本人出面制止了这场盘问："两位先生果然是人间仙人，不同凡响。金丹之方，乃是仙家机密，岂可随意公布，让刁民获益。此事日后再议，寡人摆下熊掌鱼翅宴款待众卿，亦给彭祖先生洗尘，请诸位移步右殿。"

姬郑话音刚落，钟磬齐鸣，乐舞再起，彭祖和徐子服随着众臣纷纷入席，满眼都是千奇百怪的青铜食器，它们依照尺寸大小摆满了描金朱漆长案，到处弥漫着美酒和菜肴的香气。国王的三个夫人一同走下丹墀，为大臣们跳起了胡姬舞，身法曼妙，宛若女神下凡，博得姬郑和一干老臣的高声喝彩。

鼓须和徐子服是修仙之士，不敢放肆观看，怕乱了自家的心性，谢绝大臣们的敬酒，尝了几口豆腐、蔬菜和米饭，便悄然离席而去。

出宫之后，徐子服大惑不解地问："金丹不是已经被窃，你怎么又弄出一个假锦囊？这岂不是犯了欺君之罪？"

鼓须神情有些诡秘："伯夏大夫早料到翟幽会来偷盗，所以预先替他准备了一份假货。我想他现在已经在享用这件大礼了吧。"

徐子服担心地说："此计虽好，但万一他对药有所怀疑，岂不前功尽弃？"

鼓须笑道："你不用担心，他那里有我们的内应。"

徐子服恍然大悟，嗔怪地用肩撞了鼓须一下："你这老东西，瞒得我好苦。"

鼓须恶作剧般地笑了起来："我这里还有许多你不知道的秘密。"

徐子服转过脸来望着他，发现这位世界上最老的男人，实在是个无可救药的顽童。他突然感到口拙，不知该说些什么，眼神渐渐变得迷离起来。

鼓须决定利用进京的机会，给徐子服上一堂"性命之课"。这个男人已经四百岁了，却从未接触过女色。鼓须笑他是只不开化的童子鸡。徐子服不服，反唇相讥说，那是淫秽的念头，应当从头脑里用力逐走。就算是李夫人这样迷人的正牌女色，他都意志坚定，毫不动心。但鼓须告诉他，只要心念正确，女色未必是邪秽之物，相反，她是一种真丹，可以推动内丹的炼制，达成灵魂与肉身的完美和谐。这才是房中术的要义。但为练成金刚不坏之躯，有人甚至以五千个女人为丹炉，而那些可怜的女人最后成了炉渣。

鼓须通过常仲标的关系，买下洛邑所有雏妓的初夜权。他召集七名少女到自己下榻的馆舍，侍候在徐子服四周，长达三天三夜之久。徐子服奋力作战，犹如猛虎下山。他阳具始终坚挺，浑身上下充满取之不竭的力量。

在第三天午夜，鼓须预设的时间到了。梆子声敲过之后，女孩们穿上衣裳疲惫地离去，带走了全部的欢愉。剧烈的狂欢戛然而止，徐子服突然感到心里无限空虚。他开始失声痛哭，仿佛要流尽蓄积了四百年的眼泪。

鼓须从外面回到馆舍，含笑看着徐子服痛苦的觉醒。在他停止哭泣之后，像父亲一样替他擦拭眼泪和鼻涕，然后告诉他，这是一条无法行走的道路。少女只是修道者的伴侣，而不是他们锤炼长生的丹鼎。他要徐子服懂得，对于世人而言，男女交欢不是一种幸福，而是一种责任。它意味着生育和血缘的延伸。而长生者不需要承担这种责任。

鼓须还说了一个发生在三百年前的故事。很多年以前，他到过一个西域的帝国，这个国家由一个疯狂的暴君统治，他每天都要跟十名处女做爱，然后在第二天清晨把她们杀死。三年以后，这个国家已经没有剩余的少女。人民怨声载道。一队少女志愿者决定进宫行刺。她们组成性爱小组，跟国王上床，在他沉迷于狂欢的时刻，用特制的青铜发簪把他刺死，鲜血从龙床上一直流到宫廷大门外面。而这是人民起义的信号。冲进来的卫兵们看见这个场景，也扔下铜戟，发出欢呼的声音。他们跟少女们一起加入了反叛的队伍，结束了国王及其大臣的暴政。

徐子服听罢愣了半天，突然文不对题地说："我回来了。我不会再离开你的。"

鼓须满意地拍拍他的脑袋，仿佛敲定了一个重大的协议。

献丹

199

中毒

　　翟幽一行已经在洛邑停留了半月之久。他们跟当地贵族多方接触和洽谈，发现大多数人对王室的衰败气象十分失望，希望变革早日发生，但又苦于没有更好的方案。翟幽告诉他们，诸侯正在分割王室的土地，但他们中早晚会诞生一位枭雄，重新统一四分五裂的九州。他向他们暗示，他就是这样的旷世的枭雄。他用洗魂术点燃了他们的希望。他们被他的说教打动，富辰的哥哥富寅当场就捐出两百个金锭，以支持他在彭城的兴国计划。

　　满载收获的翟幽，此刻正下榻于一家专供过往富商使用的豪华馆舍。他从召虎手里接过鼓须的锦囊，向众武士炫耀说："伯夏万万没有料到，他的金丹贡品，最终会成为我的囊中之物。"

　　季豹附和道："伯夏千算万算，也算不到公子的指东打西之计。"

　　召虎说："我从宫里得到的消息说，那个告发姬带王子和叔隗的祸害，就是伯夏的同党常仲标。他们真是恶贯满盈，害了这么多英雄人物。"他看了一下翟幽的神色，停顿了一下，"我还听说，叔隗的幽灵经常在宫里出没，弄得国王老儿非常头痛。"

　　翟幽听罢，脸色变得铁青，沉默了半天，慢慢从牙缝里挤出话来："从今往后，我就是'不死者'，我要看着周的灭亡，看着姬郑和伯夏死掉，我还要看着云佼姑娘回到我身边，成为我永久的女人。"

　　召虎提醒道："这份丹药，是不是应该先让人试用，看有没有毒性再说？"

　　季豹赶紧出言阻止："这样不妥。丹药总共只有一份，药量有限，极为珍贵，要让人试服去了，公子岂不是白白丢了成仙的机会？"

　　翟幽开腔阻止了争议："不必试了，还是直接用吧。"他缓缓环视四周，仿佛是在向自己的下属告别，然后打开锦囊，借着酒势，将三粒金丹逐一吞下。众人这时都安静下来，想看他服药后的反应。翟幽沉重地踞坐在软席上，脸上却跳跃着地狱般的狂热火焰。

"我得道之后，你们就以我为典范，炮制一些假丹，去哄国王和贵族们高兴。他们见了我身体的变化，还有谁敢不信？"翟幽踌躇满志地笑了。

他感到这火焰最初点燃在头部，而后向下旋转着进入胸腔，又缓慢移动到腹腔，逐渐开始烧灼他的肠胃，令他感到轻微的疼痛。他以为这是必要的药物反应，便强行忍着，没有作声，只是脸色有些发青。但火焰随即变成无数锋利的刀片，开始奋力绞杀他的五脏六腑，仿佛使之变成一大堆血淋淋的杂碎。翟幽捂着肚子倒在地上，不住地翻滚，被剧痛弄得说不出话来，好不容易叫出一声："伯夏，我操你，十八代，祖，宗……"

召虎等人吓得半死，将其抬往医馆救治，但就连最顶尖的医士，对此也无计可施。他们无法弄清毒药的成分，更找不到解毒的路径。

翟幽全身肌肉很快就开始发黑、溃烂和变臭，然后像树叶那样一片一片脱落。脓血从眼睛、鼻孔、耳朵和肚脐里流出来，一直流到房门外面，流到庭院和花园，所流经的地板与草地，全都变成焦黑色，犹如被大火焚过。

季豹看着他的惨况，心里洋溢着难以自抑的狂喜。他乘众人忙于抢救之际，从现场托故溜走，骑上一匹快马，奔行了七天七夜，终于回到彭城，顾不上洗去满身尘土，即刻召集光盟成员在"昭和"酒馆会面，向他们报告翟幽中毒的喜讯，并且庆贺这场来之不易的胜利。

就在杯觥交错之际，季豹提议说："翟幽所中之毒，是金丹派炼制的至毒之药，天下无人可救，最迟应该拖不过这几日了。他一旦死掉，幽盟也将不复存在，这些年来，幽盟坏事做绝，我怕那些报应，终将会落在你我头上，不如乘现在消息还没传出，就赶紧散伙，各奔前程，省得被人当成坏人收拾掉了。"

独眼自嘲地笑道："散伙当然好啦，可惜我再也看不清回家的路了。"

瘸子也感伤地说："唉，就算能看清道，我也是走不动了。"

大家捧着酒觥自我挖苦了一番，在感伤中热烈拥抱，彼此道声珍重，怀里揣着杀灭恶贼的美妙经历，各自踏上了返乡的道路。

此后的一百多天里，翟幽在夜晚死去，又在第二天早晨活了过来。这

献丹

种死去活来的折磨，比地狱里的刑罚更为可怕。他求死不得，时时发出惊天动地的惨叫。但就连伯夏都没有料到，由于阎摩之死，死者的亡灵无人引渡，本来该死的翟幽，竟然沦为一个在生死边界打滚的"不死者"。

困境

长生的定义就此遭到了篡改，它不再是健康的标志，而是毫无希望的病痛和衰老。伯夏在彭城行医，被迫要直面这种荒谬的场景。

冥神终止行使职责后，人的寿命被大幅延长，那些战争中身负重伤的士兵、衰老者和脏器溃烂的病人，跟翟幽一样，都陷于古怪的"不死"状态。他的医馆里躺满无数等死的病人，他们在痛苦中哀号，祈求冥神把他们带走，但冥神始终没有对此做出应答。他们绝望的眼神，穿过茫茫黑夜，尖锐地刺痛着伯夏的灵魂。

伯夏在医院里巡视，就像穿过地狱的走道。濒死者们扯着他的衣裾，恳求弄死他们，而他却爱莫能助。这种情形彻底颠倒了医生的职责。伯夏需要打开的不是疗愈、健康和长寿的门扇，而是通往死亡的路径，但句芒神断然拒绝了他的请求。句芒已经纵容伯夏杀死伟大的冥神，严重触犯了神界的戒律，他不能再次逾越他的信念和权力的范围。

伯夏能找到的唯一解决方法，就是研制一种镇痛安神的药剂，让那些求死者处于睡眠状态。睡眠是解脱濒死者痛苦的唯一方式。医士们在后院架起了煮药的大锅，夜以继日地熬制安眠药，进而把膏药浓缩成丸剂，装成小袋，在大街小巷里派发，而民众在排着长队领取。有的地方甚至出现争抢现象。鼓须不得不派出彭人去维持秩序。伯夏满含内疚地望着这混乱的场景。他知道，即便有再多的安眠丸，都无法消弭他制造的罪恶。

伯夏医馆里最年幼的病人，是那个患有天花的五岁女孩飞蓬，她被隔离在后院的一间独立小室里。伯夏每天都要前去探视。

女孩本应在高热中死去，而现在却被各种并发症所包围，她的血液发

长生弈

臭，骨头疼痛、大声咳嗽，喘不过气来，甚至眼睛都濒临失明，只能看见模糊的物象。唯一值得庆幸的是，她已经看不到自己脸上密集的痘疤了。只要一打开房门，她身上散发出的臭气，就能传遍整条大街，把那些嗅觉灵敏的土狗，一直赶到城墙边上。

伯夏知道，她的唯一希望就是死亡。她在绝望地等待死神的降临。而死神却被伯夏杀死了。这难道不是一项世界上最可笑的罪孽吗？每当想到这里，他的心里就会有一种五脏俱焚的痛楚。他每天都向父神句芒求告，希望他能出手解决这场危机。但父神始终缄默不语。他知道他犯下了弥天大罪。他在等待那个救赎的时刻。

令伯夏忧心的另一个生物，是蓬玉生前留下的那只安息猫。它已经衰老，而且病入膏肓，连走路都无法正常进行，原本应该安然死去，但伯夏改变了它的生命程序。它每天都在痛苦地叫唤，不吃不喝，瘦骨嶙峋，身上的白色长毛全部掉光，露出布满皱褶的丑陋皮肤，看起来就像是一个被诅咒的小恶魔。云佼伤心地说："它好可怜，死到临头，连件像样的衣服都没有。"

伯夏于是亲自前往本城最大的皮货铺，要为可怜的老猫购买一件衣服，却在那里遇见了戊隗。他们彼此都没有认出对方。

伯夏在一堆毛皮里捡了半天，仔细挑出一张没有瑕疵的。

戊隗表情冷淡，随口夸奖说："客官真是好眼力，这是刚进的纯种安息猫皮。"

伯夏笑了笑，把贝币搁在柜面上，带着猫皮走了。

戊隗戴着云门回赠的黑珍珠项链，继续坐在高高的柜台后面，被巨大的绝望和孤独所包围。

翟幽在洛邑治病期间，戊隗接管了他在彭城的日常事务。她得到云门的死讯，又听说是他姐亲手把他杀死，哭得死去活来，心里燃起复仇的大火。

为此她关闭了云门的饭庄，又把翟幽盐业的账务，移交给他的属下，自己专心经营着来自各地的皮货，兼营各类动物的名贵器官，诸如象牙、犀角、麝香、虎鞭、熊掌、燕窝和牛宝之类，一时成为方圆数百里内最大的山货商人。她要替翟幽筹集钱财，以便他日后康复和返回彭城时，能有东山再起的资本。

她把那些贝币和银两小心地藏在地下密室里，不让任何人知道和染指。每天，她都要穿过连接店铺和密室之间的暗道，把新赚的钱放进箱子，做好记录，然后在小哭一场之后，抹干眼泪，重新走回到地面上来。她靠这个仅剩的目标活着，心里揣着难以磨灭的记忆，心如枯槁，却还在做最后的燃烧。她不知道，云门的身子，此刻正在大童山的某个洞穴里躺着，处于无知无觉、不生不死的临界状态。就连伯夏和负责掩藏的常仲标，都遗忘了那具活着的尸体。

归山

鼓须在京城逗留了一些时日，他被任命为皇家御医，每日为姬郑讲课，传授养生之法。京城的"不死"现象已经日益严重，医馆里挤满被病痛折磨的"不死者"，就连宫中都住满了在病痛中呼号的贵族。百官喜忧参半，不知这究竟是灾祸还是福祉。

国王不解地问："这是否意味着用于长生的丹药已经失效？"

鼓须说："这应该不是句芒神所为，恰恰相反，恐怕是冥神失职所致。要是在下所猜无误的话，天界应该很快就会出手，矫正这种乱象。"

鼓须又告诉国王，金丹的炼造过程，极其漫长而艰难，通常耗费十年之久，才能制成三粒，一粒用以保健，两粒可以长生，三粒才能永生。鼓须交给他的那三粒药丸，他的所有妃子都来争抢，后来他自己服下一粒，给生病的爱妃服下两粒，并承诺很快就有新丹出炉，好不容易才平息了嫔妃们的争端。

国王说："爱卿能否再炼制六粒，我和妻妾均可获生命之圆满。"

鼓须四瞳闪烁，一本正经地回复道："当然可以，但需重返吴地，入洞闭关五年，然后重启丹炉，炼制七七四十九天，方可再获金丹。"

"那爱卿就赶紧回吧，寡人静候你的佳音。"姬郑脸上露出无限期盼的表情。

鼓须如释重负，赶紧出宫回到客栈，收拾行装，准备打道回府。

常仲标进宫向国王辞行，说是要押运皇家礼物返回彭城，国王亲切接见了他，说了一些励志的废话，离开时却在殿外被大司寇拦住，说有人检举他在财物方面有贪污之嫌，要将他逮捕入狱。常仲标大声抗议，还是被套上头罩，五花大绑地关进皇家大牢。其实逮捕令是姬郑亲自下达的，他要把他扣为人质，以此逼迫鼓须尽快交出金丹。

从洛邑抵达彭城的时候，已是周襄王二十五年春天。鼓须和徐子服押着八辆马拉大车，满载姬郑的丰厚赏赐，行走在彭城郊外的大道上，黑色的皇家旌旗插在第一辆大车上，在风中猎猎作响。田里劳作的农民们，纷纷停下手里的活计，观看这支罕见的队伍。阎摩正在扶耜耕耘，他手搭凉棚，远望古怪的车队，不知那是什么来历。

车队走进了气息古怪的彭城，给人民带来一种难以言喻的希望。根据伯夏的意见，鼓须要将这些国王的赏赐，在彭城就地变换成银两，分发给当地的百姓，作为彭人长期扰民的一种补偿。其中一部分银两，专门用来制作"安神汤"，供那些"不死者"饮用。剩下的银两，被鼓须用来重建大童山上的营地。

在善卷山多次遇袭后，那个营地已经无法使用，彭人只能陆续返回大童山，开始家园重建的计划。鼓须告诉伯夏，常仲标已被国王当作人质，用来作为索取金丹的条件，这令伯夏感到十分不安，他手书密折派人送给国王，恳请他网开一面，并保证会按时奉上金丹，但姬郑保持了高深莫测的沉默。

风娥

风娥在屋里一边大声唱歌，一边手推机杼，织着阔幅的葛布，纺车

献
丹

在屋角里静静地栖息。她突然停下织布，走到窗前，向丈夫所在的田野望去。白鹭和乌鸦在大地上低飞，从土埂和水面上掠过，白色的炊烟升起来了，跟山气与烟霭融合在一起，世界竟是如此安宁，她心里洋溢着饱满的爱意。

阎摩从田头回头远望，也看见了坡上的茅屋和窗里的妻子，她魂不守舍地朝他张望，浑圆的乳房在胸前晃动，令他心醉神迷。

但这种初婚的温存时刻并未持续多久。在阎摩的灵魂深处，某种残剩的冥神意志仍然在顽强抗争。死亡、暴力和疼痛的碎片，时常会浮现在心智表层，阻止他向句芒投降。

在那些夜深人静的时刻，他开始厌烦自己对女人的迷恋。怜爱、顾惜、思念，所有这些属于句芒体系的情感，完全违背了他的内在法则。他被这种潜在的憎恨所操纵。他殴打这个他深爱的女人，并在打完之后痛悔不已，抱着遍体鳞伤的风娥失声恸哭，然后疯狂地跟她做爱，把阳具插进她的身体深处，就像插入一把尖刀。两人在席子上滚作一团，在惊天动地的大叫中，一起升上极乐的天堂。

这样的情形已经反复了几十次。风娥似乎也已经习惯。她认为暴力是性爱激情的开端，就像餐前的甜点那样。她起初还被这种性虐恋所震惊，但随后就坦然受之，以为那就是夫妻之间的基本法则。在她的茅屋世界里，暴力就是情爱的唯一表征。

刺瞎

生不如死的翟幽，在洛邑躺了整整一年。那些曾经承诺支持他的贵族们，一见他病入膏肓，立即翻脸不认人，将他派去求助的武士拒之门外。他只好三次派出信使向晋文公求救，文公碍于亲戚的情面，终于派出首席医官前往京城，用一种含水银的药剂给翟幽灌肠和洗浴，每日一次，长达半年之久，终于让他解脱了毒药的煎熬。翟幽颤抖着从肮脏的席子上爬起，缓步走到阳光下面，恍如隔世。

他面对铜镜打开遮面的绢纱，看见自己整个容貌已被毒药所毁，五官挪位，齿龈溃烂，皮肤上爬满紫红色脓包，犹如一只身躯庞大的蟾蜍。原先幽蓝色的魔法手掌，颜色已经褪尽，而且干瘦枯焦起来，犹如来自一个行将就木的老叟。

他将镜子摔在地上，发出悲愤的吼叫，继而高声狂笑道："哈哈哈哈，我翟幽终于复活了！"

召虎在他身后捡起镜子，小心地藏进自己的袖口。

冬天时节，翟幽扮成一个游历江湖的卦师，带着召虎回到彭城。他身穿斗篷，用围巾遮住自己的颜面，从马车轿厢的布帘后，窥视这座繁华的小城。一阵风吹来，掀起他脸上的蒙布，一个路边的孩子无意中看到他的真容，恐惧得大叫起来，而翟幽却阴郁地笑了。是的，他来彭城收尸了。在阎摩死后，他将成为伟大的冥神本人。

伯夏在医馆里巡查，突然感到身体不适，他拈叶而看，树叶变得枯黑，他情知不妙，吩咐云佼要格外小心。云佼不解地问道："既然阎摩和翟幽都已死掉，这个威胁究竟来自何方？"伯夏猛然想到，由于阎摩的死去，翟幽可能没有被毒死。那药虽然猛烈，但若未能将其立即药死，他就可能利用冥神的缺位得到复生。想到这里，伯夏顿时脸色大变。

他在医馆里反复巡查，看看有没有值得警觉的征兆。但一切似乎都在正常范围之内。有人在议论门外算命先生的能耐，据说他能算出每个人的死期。伯夏让云佼到门外探看，却没有找到他的踪影。

他自己继续在医馆里行走，逐一询问病人的状况。在服用安眠药之后，病患的状况已经有所改善，他们昏然沉入睡眠，仿佛从痛苦的现实底部飘浮起来，云游到梦境的深处，被各种愉悦或不快的场景所包围。但无论如何，病魔带来的痛苦得到了缓解，这使他多少有了一点儿安慰。

一名医童走来向伯夏报告说，有位昨天收治的病人，病情十分诡异，几名医士都看过了，却束手无措，他于是在医童陪伴下，走进那间重症病室，掀起蒙在莞草席上的被单，猛然看见一个鬼魅般的丑脸，正冲着他得

献丹

意地微笑。

他刚想叫喊，却感到身不由己，瞬间失去了动弹的能力。丑脸狞厉地叫道："伯夏先生久违，你一定是认不出我了。拜你的毒药所赐，我变成现在这个模样。"

伯夏勉强挤出一丝微笑："原来是翟幽公子。"

翟幽从草席上坐起身来，眼里的瞳仁迅速变大，占满整个眼球，射出无限深邃的幽光："伯夏先生居然还能认出本人，眼力真是不同寻常。我被你弄得人不如鬼，生死两难，今天特来回访，虽不能取走你的性命，却也要从你身上取走一点儿小礼物。等你成仙之后，我还要来娶走云佼姑娘。"

伯夏奋力挣扎着，想喊出父神句芒的名字，但他的嘴被翟幽控制，根本无法翕动。随后，翟幽的法术变得惊心动魄起来：伯夏身不由己地抓住锥子，狠狠插入自己的两只耳朵，伯夏感到一阵尖锐的疼痛，血从耳孔里流淌出来。他发现自己除了嗡嗡的噪音，已经完全失去了听力。而后，翟幽又逼迫伯夏举起锥子，用力刺瞎自己的左眼和右眼。鲜血喷溅在卧席和墙壁上。伯夏呻吟着跌坐在地上，脸色苍白，浑身颤抖，锥子滚落到地上。这时，医童从洗魂术中解脱出来，发出了恐惧的尖叫。

翟幽哈哈一笑："伯夏大夫有点儿难受了？刚才这锥，名叫云佼锥，是我用精铜亲自打造的，现在这刀，叫翟幽刀，也是我用同一块精铜炼成的。不要害怕，手术很快就会结束，我的最后一刀，是取你的舌头，让你从此在云佼姑娘面前无言以对。"他把刀递到伯夏手里，逼他以手握刀，颤抖着送到口边，伸出舌头。

就在此时，云佼猛然推开屋门，看见这幕紧张的场景，怒不可遏，飞刀射向翟幽。翟幽尚未来得及向她行使洗魂术，刀已经逼到跟前，只得侧身躲开，一个翻滚跃出窗外，逃得无影无踪。云佼抱着伯夏失声痛哭："对不起，我来晚了……"

伯夏倒在她的怀里，满脸是血，已经失去了知觉。

云佼陪在伯夏身边，看着医士们为他救治，直到他三天后缓缓醒来。

伯夏脸色苍白，气息微弱地说："我有一些话，想对云佼姑娘说，希望你能听我的话。"

云佼哭着点了点头。

"这是我杀死阎摩大神的报应。我应该领受这份责罚。"

云佼无言以对。

"我的五官丢了眼耳两官，已是一个没剩多少异能的废人。云佼姑娘前程远大，千万不要因我牺牲自己的未来。我让你无端卷进这场没有止境的灾祸，又让你失去弟弟，我心中有愧。此生无以为报，唯有请你走开，才是我最好的选择。"

"不，不，云佼永远不会离开大夫。云佼要陪伴大夫到老。蓬玉小姐曾经对我说过，万一她有什么三长两短，希望我能替她照料大夫。"

伯夏没有听见。他的手在迟疑了一会儿之后，紧紧抓住云佼的手臂，仿佛抓住一件稀世珍宝。

云佼心中压抑已久的爱意，此刻突然迸发出来。她原先只能仰视伯夏，心中充满自卑，而现在终于可以成为照料伯夏的"母亲"，内心充满解放的喜悦。

她在伯夏的脑袋边轻声耳语说："大夫有所不知，云佼从第一天起，就喜欢上了大夫。只是大夫的心思都在蓬玉身上。云佼一介草民，无法跟她竞争，况且，蓬玉姑娘视我为知己，我又怎敢动这样的妄念。所以，只能把一腔情爱，都埋进心里……"

伯夏依然听不见云佼的独白。他只能感受到她在耳旁絮语，吹气犹如兰香，鬓发轻拂他的脸颊，仿佛春风掠过小草，他微微一笑说："痒……"

云佼轻吻着他的脸，进而轻吻他的嘴唇，最后，抱起他的头颅，热烈地吻起来。"从今天起，我要天天陪着大夫，一分钟都不离开。我要挠你的痒痒，让你笑个不停。"

伯夏摊开云佼的小手，在她的掌心里写了个字。云佼说："知道，那是爱字。"

献
丹

她把手握成了拳头："大夫爱云佼，云佼更爱大夫。"她于是在他的掌心，连着写下了三个"情"字。伯夏于是忘却了苦痛，喜悦地笑了，他把云佼的手放到唇边，吻了很久，好像要把它深深吸入，跟自己的心肝融为一体。

　　在伯夏的创伤痊愈之后，云佼把他从医馆带回到大童山的营地，住进了一个带着三间木屋的小院，由两名仆人照料他俩的生活。"狗子"在枝头上无声地栖息着，犹如一个心有灵犀的哨兵。日子过得安谧而宁馨。

　　每天他们都很少言语，只是坐在高大的银杏树下，倾听树语、花语、鸟语和鹿鸣，闻着山野的气息，彼此为受冻的手呵气，看对方的掌纹，用手指在掌心写字。有时，伯夏还把树叶和小草放在她的掌心，教她感知万物生命的绽放。伯夏有时也操琴数曲，而云佼则坐在一边安静地观看，从她清亮的瞳孔里，流过了白云、飞花和泉水，还有都市里车水马龙的幻象。他们知道，这是时间之神的游戏。他们已经站到了岁月的高处。

第十二章 阖归

亥

周朝首都洛邑—宋国彭城
周襄王二十六年（公元前 626 年）至
二十八年（公元前 624 年）

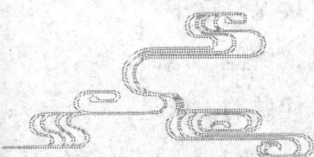

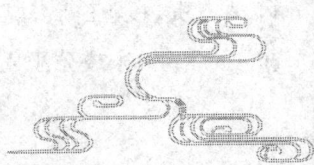

练兵

翟幽从伯夏医馆逃回自己的府邸。他出现在院子里时，所有人都大吃一惊，以为看见了妖怪。戊隗也吓得哭了起来，她先缝了一个白绫面罩为他戴上，又替他缝制了一件狐皮披肩，继而在箱子里翻出一块昆仑璞玉，去附近的碾玉铺，让当地手艺最好的师傅，做成一只玉面具，供他出门时戴着。翟幽在院子里四处走动，犹如笼子里的困兽。他唯一能做的，就是派召虎去接管盐业，整顿盐枭们的江湖，重掌正在失控的经济命脉。

十五天后，面具终于完工了，它是一个略带弧形的白色脸罩，在眼部和口部开了小孔，上面除了水样的隐纹，还流畅地镌刻着饕餮细纹，散发出诡异而狞厉的气息。召虎在一旁赞不绝口，说它是件雕工精美的杰作。

翟幽也颇为满意，他决定戴着它前往宋国都城襄邑，向宋成公谢罪，并请求给他第二次机会来消灭彭人，因为彭人已经从吴国返回彭城，在那里招兵买马，试图谋反，只是首领伯夏已经耳目失聪，难以履行领导职责，现在前去剿灭，正是最好的时机。

宋成公王臣被他的摄魂法所惑，竟罔顾翟幽杀了他妹妹蓬玉的事实，再次相信了他的蛊惑，委任他为裨将军，负责统帅驻守东部的两千名士兵。翟幽吸取上次的教训，开始精心训练他的队伍，要把他们变成新一代幽者，并学会用长矛和强弩来对付空中飞行的敌人。

翟幽亲自坐镇广场，身披狐皮斗篷，头戴玉面具，通过召虎的传令，指挥士兵的操演。经过这些年的研究，他的洗魂术突飞猛进，能够利用与光源和扇形面具作为发射器，将法术均匀地施加到所有人身上，而且无人觉察。这种技术让他能够更轻松地打造升级版的幽者军团。在明亮的阳光下，他的面具反射出炫目的魔法光泽，令年轻的幽者们感到杀戮的激情。他坐在指挥台上，听着那些杀人工具的狂热呐喊，从面具后发出满意的笑声。

戊隗也在指挥台上。她远望热火朝天的演兵场，仿佛云门就站在自己身边，对她悄声说出令人醉心的情语，想到他已无可挽回地死去，顿时热泪盈眶。召虎在远处觊觎着她的美貌，在云门死后，他很想填补这个空白。

冬季来临的时候，秦国大将孟明视为报当年的崤山之仇，组织四百辆战车，向晋国发动攻击，晋文公之子姬骧，与宋国、陈国和郑国结盟，组成联军迎击秦军，在彭衙这个地方，将其打得落花流水。翟幽派出的一个八百人分队，在这场战役中冲锋陷阵，表现十分出色，成为名噪一时的铁军。

晋襄公姬骧十分欢喜，犒赏他五十名美女，却被他婉言谢绝，姬骧又把犒赏换成一百张黑弓和一百个铜钺首，翟幽这才收受。姬骧笑道："你的爱好，跟你妹丈姬带大不相同啊。"

翟幽行礼道："君有所不知，我身负重伤，面容尽毁，对情色之事已经毫无兴趣，况且心中早有所恋，所以宁要弓矢，不要美女。"

"不知公子相中了哪国的小姐呀？"姬骧有些好奇。

翟幽说："哪有什么小姐，民女而已。他日若是迎娶到家，还请大君再赏一张楚席。"

姬骧听罢，环顾四周群臣，不禁哈哈大笑起来。

神意

第二年早春的庚申日，云佼像往常一样，侍候伯夏起床，洗漱，还没有来得及用餐，就听见屋外喜鹊在梅枝上叽叽喳喳地叫唤。伯夏笑道："等下会有一位贵宾来访，你先收拾一下屋子，烧水备茶吧。"

果然，不出半个时辰，有位不速之客在鼓须陪同下，敲开伯夏院落的大门。来人身材矮小，犹如孩童，器宇却不同凡响，头戴宽檐大帽，身穿素色麻衣，腰间扎着一条汉白玉带钩的绣金绫带，自称是来自天界的信使。云佼将信将疑。

信使看见伯夏，拱手作礼，称他为"上师"。云佼扶着伯夏，见他的双掌紧紧握住伯夏的双手，仿佛在说一个秘密的口令。伯夏戴着眼罩的脸上，随即露出信任的笑容，他点头说："你终于来了。"

信使说："是的，我从洛邑而来，我就是颜路。现在，一切劫难都该结束了。"

伯夏说："是的，我知道你要来。结束的日子到了。由我而起的，应当由我来终结。"

信使颜路请云佼和鼓须退到室外。云佼不肯，伯夏说："没关系，这是天界的使者，他要向我转达重要信息。你先回避一下吧。"云佼紧张地退到室外，贴着门缝偷听，随时准备冲进房里，但她什么都没能听到。数分钟后，信使携着伯夏一起走出屋子。

信使对云佼说："他的病已经完全好了。"

云佼望着伯夏，见他并未摘下眼罩，还是满心狐疑。信使微微一笑，大步走出屋子，一阵香风吹过，院里树木剧烈摇晃起来，信使突然间失去了踪影。

伯夏对云佼和鼓须解释道："阎摩之死，引发人间生死秩序大乱，天界诸神无法容忍。阎摩虽然纵容翟幽杀戮，触犯天律，但他在尘世务农耕作，已经是一种最严厉的刑罚。我耳目俱毁，也算是受到了来自天界的重罚。诸神决定立即改变现状，重修人间秩序，所以我必须再次杀死阎摩，并让他在神的级位上复活。"

鼓须有些焦虑起来，扯着自己的胡子叫道："阎摩复活自然合情合理，但我怕翟幽这厮会再次祸害人世，我们付出的全部代价，岂不都扔进水里。"

云佼说："我不想大夫再卷入这场神界的纠纷。"

"我是整个事变的始作俑者，"伯夏说，"我不出头解决，再也无人能够解决。"

云佼说："你五官失了两官，日常生活都难，如何能重出江湖？"

伯夏笑道："刚才你们不在的时候，信使传了一些东西给我。现在我不但能见我所见，闻我所闻，而且还能见他人所不能见，闻他人所不能闻。"

鼓须见劝说无用，知趣地走出屋子，对徐子服快快地说："他们还在热恋之中，我们就先撤了，免得当人家的蜡烛。"

这时，一位身背长剑的彭人匆匆走来，对鼓须耳语几句。鼓须听罢，突然脸色大变。徐子服不安地追问道："出什么事了？"鼓须回头看了一眼伯夏的屋子，欲言又止。

在屋里，伯夏再次握住云佼的手，云佼突然感到眩晕，看见房间里到处都是伯夏的眼睛，它们悬浮和飘飞在空中，深情地望着她，其中一些眼睛甚至从她的脸颊旁掠过，停栖在桌上的杯盏上，仿佛是纷飞的蝴蝶。

在眼睛消失了之后，房间里又涌出大量伯夏的耳朵，它们代替眼睛，在半空中悬浮和飘飞，似乎在倾听每一件物体的哑语。

而后，耳朵消失了，出现了大量伯夏的嘴唇，它们漫天飞舞，亲吻树叶、花朵和陶罐，轻触她的脸颊，云佼突然听见伯夏的心语，犹如细小而悠长的回声："你看，我在你的里面，你也在我的里面。我们已经融为一体。"

云佼捧起伯夏戴着眼罩的脸，满含柔情地望着他，想要再次穿透他的面颊和颅骨，看见并握住他的存在。她觉得自己的灵魂，追不上这个伟大的男人，但她还在奋力追赶。现在，她突然看见了一种五彩的光线，从他

阖归

215

的方向照射过来，一直照进她的肌肤、骨骼和脏腑，把她的灵魂变成了水晶。她无限喜悦地接受了这场圣洁的交媾。

谈判

伯夏光临阎摩的农舍，是在一个早春的黄昏。暮霭在村舍间缭绕，炊烟正在袅袅升起，猪羊和鸡鸭已经返回圈舍，夕阳残照的石板路上，到处是农夫和村姑走动的影子。阎摩正在门前劈柴，看见一位拄杖而行的白袍秀士，独自含笑向他走来。阎摩问："你找谁？"

伯夏说："找你。"

阎摩擦了擦汗，问："为什么找我？"

伯夏答道："我奉旨而来，要你死去活来。"

阎摩再问："你是谁？"

伯夏说："我是天界的使者。"

阎摩还问："那么我是谁？"

"你以前是冥神，却死在了人间，现在天界要你复活和归位。"

阎摩："我为什么要复活？难道我已经死掉？"

"是的，作为神，你已经死去，你现在只是一个常人。"

阎摩："常人很好，我喜欢做常人。"

伯夏："对你固然很好，但对世界十分不好。你死了之后，濒死者无人引领，冥界也失去控制，天下已经大乱。你必须重新执掌冥界，修复生与死的秩序。"

阎摩："我为什么信你？"

伯夏微微一笑，伸出一个食指，轻轻点了一下阎摩手里的斧子，阎摩忽然浑身一震，前世的记忆，像埋进泥土的种子，突然间苏醒过来，向着尘世尽情地舒放。他怔怔地站着，恍然懂得了自己的一切。

"现在我该做什么？"阎摩问道。

伯夏说："你必须死去，然后在天界复活。"

"我的女人，你怎么处置？"

伯夏说："这个要由你自己决定。"

阎摩说："我死之后，要是你愿娶她，我便无所牵挂了。"

伯夏吃了一惊，面露难色，沉吟良久，迟疑地说："我可以负责照料她，但我已经有了所爱之人，不便另行娶妻。"

阎摩说："那这事就免谈了。不是你的妻子，你又如何能善待她终生？"

风娥这时嗑着瓜子走出屋子，笑吟吟地向伯夏说："这位先生，请进屋说话吧。"她转而对阎摩大声呵斥说："你这死东西，还不赶紧生火做饭。天都快黑了。"

阎摩憨厚地呵呵一笑，抱着柴火进屋去了。

风娥把瓜子壳吐到地下，眼含秋波地说："这位先生打哪儿来呀，长得这么英俊，像是天上掉下来的神仙。我家那傻瓜蛋，也不知打哪儿来的福气，交上先生这样的贵人。"

伯夏深吸了一口气说："请转告你的丈夫，我答应他的要求。三日后，我会再来拜访。"

风娥说："哎哟，什么要求呀，他这号傻瓜，还给先生提要求，真是笑掉大牙了。先生千万不要见怪，都怪风娥没有管教好。"

决战

伯夏啼笑皆非，逃也似的离开阎摩家的前院。云佼在村口焦急地等候，看见伯夏安然归来，脸上露出失而复得的欢喜。而伯夏则紧皱眉头，心事重重的样子。

返回大童山营地时，鼓须对他说出一个坏消息：翟幽率领一支两千人的宋兵向东行进，已经逼近彭城的西郊。伯夏隐居的这段时间，鼓须一直向他封锁关于翟幽的消息，唯恐引起他的烦恼，但在此刻，危机已经迫在眉睫。鼓须估计，翟幽的队伍最迟明后天就会到达大童山。

翟幽还在各地张挂公告，宣布此战的目标，并非针对原彭国居民，而是针对藏匿于大童山的羽人。他希望民众能出面检举他们，揭发他们的行藏。凡是被抓住的羽人，将一律车裂，让他们死得不如猪狗。羽人即将面临灭顶之灾。鼓须劝说云佼带伯夏立刻撤离，以免跟彭人一起蒙难。

伯夏语调坚定地说："我是彭人的朋友，这么多年来，我们一直患难与共，今日大难临头，我当然要跟彭人同进退，不可独善其身。更重要的是，这次我有对付翟幽军队的良策。你对此完全不用担心。彭人遭难的历史，绝对不会重演。"

徐子服满腹狐疑："这次宋军多达两千，兵力雄厚，不知大夫会以什么方式退兵？"

伯夏说："句芒之术，虽然不能杀人，但吓退敌人，则绰绰有余。先生不必过虑。但我需要你的密探及时报告宋军的动向，当他们距大童山十里之遥时，就应发出警报，以便我有足够时间登山作法。"

鼓须脸上露出戏谑的表情："我们再赌一把。这回我赌伯夏先生赢。"徐子服看了一眼云佼，想从她那里得到佐证，看见云佼没有理他，只好摇着头，一脸愁苦地走了出去。

翟幽率领的大军已经逼近大童山。翟幽全身披挂白银打造的甲胄，骑着战马，诡异的白玉面具在阳光下灼灼闪亮。走在他身后的，是背着宝剑、全身裹着麻甲的戊隗。这次她要亲自奔赴大童山战场，去手刃那个杀死云门的女人。召虎在一旁偷窥她的英姿，心里燃起了隐秘的欲火。

宋军逼近大童山的时候，彭人的哨兵放出了"狗子"。它急速地飞向高空，然后伸展着长长的羽翼，在山谷的上升气流中，姿态优雅地向下滑行，发出示警的唳叫。云佼望见"狗子"在天边的身影后，就在山顶铺好一张厚实的草垫，伯夏身穿白袍，佩戴白玉挂饰，把鼓须送他的邛竹杖放在一边，席地而坐，纹丝不动地面向宋军，身子缓慢悬浮起来。"狗子"在他上方盘旋飞翔，仿佛为他护驾。

宋军包围了整座山丘，戟戈、刀剑和盔甲在阳光下灼灼闪亮。他们用刀背用力敲击盔甲和盾牌，发出清脆的金属声。那是用来涣散彭人军心的魔法。翟幽知道，这里是他通往大彭国梦想的最后关隘。他乘在两匹白马拉的主战车上，威风凛凛，高高举起青铜宝剑，大声喊出进攻的号令。

云朵在天上行走，彭人们手持刀棍在山顶静候，风吹拂着他们单薄的衣衫。徐子服脸色苍白，露出惧怕的眼神。他用力抓住鼓须苍劲的手掌，仿佛要从他那里获得安慰，而鼓须在目不转睛地望着伯夏。他知道，彭人的最后希望，就在这位春神儿子的身上。他背负着关乎彭人生死的沉重命运。

伯夏左手托彩绘的陶器，那是十年前在句芒神庙里祭司交与他的神瓶。他打开盖子，把里面的种子倒在掌上，向山下奋力撒去。风忽然变得强劲起来，把种子吹送到很远的山下。彭人们惊异地看到，稻子、麦子、高粱和葛麻大面积生长起来，根茎粗壮，高达六尺，密集分布在通往营地的山坡上，令宋军寸步难行。他们试图砍断植物的根茎，却犹如碰到了神器，刀刃纷纷卷起，或者变成锯齿，而庄稼却毫发无损。

伯夏的身子凌空升到更高的高处，玉树临风，周身放射出神圣的光辉。他挥动手杖，嘴开始发生幻化，变成无数个被复制的嘴唇，在天上四处飘浮，唱出一种勾魂的大音。翟幽的战马听见这乐音，纷纷掉转身躯，拖着战车向后方疾驰而去。整个队伍大乱起来。翟幽的洗魂术已经完全失效，只能眼看战车全线逃亡，而步兵被庄稼阵所阻，继续在粗壮坚韧的纤维丛里挣扎，寸步难行，逐渐陷入绝望。溃散的格局已经无可挽回。

翟幽自己的马匹也脱缰逃走，战车又被植物的藤蔓缠住，根本动弹不得。云佼从高坡上看见他车上的旗幡，便手搭利箭，连发三弓，分别击中翟幽的脖颈、胸口和肚子，翟幽大叫一声，从战车上跌落下来，面具撞在地上，起了几道深深的裂纹。

伯夏收回句芒术，令植物逐渐缩小倒伏，故意放宋军一条生路。戊隗指挥召虎等人抬起身负重伤的翟幽，狼狈地向山下撤退，犹如退潮的大水，转眼间便消失得无影无踪。云佼还要骑马追去，被伯夏止住。"不用追了，他已经身负重伤，十日内，阎摩一定会来带走他的魂魄。"伯夏笑道，身子轻盈地落回到草垫上。

云佼说："大夫累了，"伸手替他拂去身上的草茎，"翟幽这回应该够喝一壶的，他终于领到我的三件厚礼。"

徐子服对鼓须说："这是我平生见过的最壮丽的战争。"

鼓须说："小崽子你服不服，我又赌赢了。"

伯夏没有响应这些话题。他知道这是父神句芒的杰作。人类战争的最高形态，就在于它不再跟死亡相关，而是逐渐转向仁爱的一面。战争从反面唤醒了尘世，最终演化为对生命的赞美。从现在起，战争已经结束，而他要回到自己所饰的那个角色。

阎归

次日上午，伯夏再度挂杖来到阎摩的村庄。他站在屋外静候阎摩。阎摩在屋里对风娥说："他来了。我的时间到了。"

风娥失声啜泣起来。阎摩走出屋子，向伯夏点点头："我准备好了。你会履行承诺的，对吗？"

伯夏点头说："你放心走吧。"

阎摩对风娥说："我打了你无数回，从折磨你的过程里悟到情爱的意义。我要走了，我想请你宽恕我的暴行。假如我还是人类，我一定会更好地待你。"

风娥跪在他面前，泣不成声。

阎摩接过伯夏递过来的丸药，一口吞服下去，然后坐在树桩上，静静等候死亡的到来。伯夏隐约看到，父神句芒拍打洁白的巨翅，从云端上徐徐降下，抱走了阎摩的灵魂。阎摩安静地坐着，面含微笑，纹丝不动。风娥上前试了一下鼻息，又听了一下心音，情知他已经死去，不由得拍腿大恸起来。她的哭声在旋律线上流畅地跳动，犹如一场即兴的歌唱。

伯夏在屋后挖开一个小坑，埋葬了阎摩的肉身，又搬来一块大石，用青苔写下一个寻常而暧昧的人名："风氏之夫。"伯夏告诉风娥，这不是寻常的青苔，它将跟石头一样长生，记录一位转世大神的不朽名字。

伯夏还对风娥说，天神刚才已经带走阎摩的灵魂，他们要在天界合诸神之力，将其复活为冥神。在所有事情了结之后，他会履行他的承诺，娶她为妻，照料她的生活。

伯夏离去的时候，风娥第一次仔细端详他的背影，脸上突然冒出红晕，呼吸变得急促起来。

三日之后，水神、地神和日神联手，运用水、土、阳光三种宇宙元素，让阎摩从天界复活，句芒则重新赋予他人身鸟足的形象，并承诺不再通过他的人间儿女，干预尘世事务。在寒冷的北冥极地，有人见到了那场长达七天的极光幻变，仿佛天琴被人拨动了巨大的丝弦。那是众神施行手术的时刻。他们为阎摩制造了一个新的躯壳，然后重新填入他的灵魂。整个宇宙都在唱出天籁，赞美人间生死秩序的修复。

伟大的阎摩在第八天的午夜时分复活，迈着两只沉重的鹰爪，步履蹒跚地重返中原大地，其吼声惊天动地。这时天上突然下起粟米雨来，人与鬼都在嘤嘤哭泣。彭人们听到了这个庄严的信号。

徐子服面有喜色地说："我们的浩劫结束了。我们将成为这世上唯一不死的族群。"但彭人们并没有露出笑容。

鼓须摸着胡须，四瞳闪亮："经过这些浩劫和磨难，你们一定会对生死有新的见解。要是没有爱、和平与幸福，长生便是生命中最大的灾难。"

"有个问题我隐忍了很久，今天似乎非问不可了。"伯夏说，"彭人的养生和修炼，难道只是为了自己这个小小的群体？纵观天下苍生，皆为病痛和生死所困，辗转人生的沟壑，看不到任何希望。彭人若有大济苍生之志，何不将这'不死药'布施天下，造福于人间呢？先生若有此意，我可以再起丹炉，以句芒之术，制成万千金丹，解除天下人的苦痛。如此行善，岂不美哉？"

鼓须微笑的脸上，掠过一丝沮丧："是啊，彭人寻求永生，此前是

阎归

221

一种狂热的信念，现在看来，却是一种可疑的行为。但既然已经走上这条不归之路，便只能顺势而为，一条道走到黑了。彭人的作为，但求自保而已，又岂能大济苍生？"

伯夏望着这个活了八百多年的老怪物，想起当年宋襄公的教诲，突然感到一种前所未有的空虚。他陷入胜利者的节后忧郁状态。支撑他行动的信念，此刻已经瓦解，犹如一座被抽空柱子的楼房，坍塌在完工典礼的现场。

他独自站在山上，望着暮色苍茫的大地，以及那些小如蝼蚁的农夫，惘然想道，父神句芒从不设计和制造永恒的生物，他只推动岁月循环，让短暂的生命在彼此接替中轮转，由此构成宇宙生命永恒之环。伯夏终于懂得，生与死都是每个小生命的责任，而这就是句芒要告知他的法则。这是生命之神的最高真理。

幽薨

主管亡灵的巨人在大地上行走，他的脚步声再次回荡于茫茫黑夜。他复活后的第一个造访对象，便是他从前的追随者翟幽。阎摩闻到他身上散发出的死亡气味，听到他在伤痛中的呻吟，看见他的随从召虎在翻箱倒柜，肆意偷盗他的财物，还看见他妹妹戊隗因风寒高烧，陷入了半昏迷状态。

他穿过墙垣走进他的屋子。翟幽蜷缩在屋角的榻席上，浑身上下都散发出肌肉溃烂的臭气。胸前的朱雀刺青，因这溃烂而变得模糊不清。一盏闪烁不定的羊油灯，照亮了他的玉质面具，那是他抵抗这世界的最后一块盾牌。

阎摩对翟幽说："你杀人太多，破坏了冥界的秩序，现在到了你用死来结束一切的时刻。"说罢，在翟幽无力的抗议和叫骂声中，将他的灵魂带走，送往幽暗可怖的冥府。翟幽枯槁的双手，一手握着玄铁印信，一手紧攥着黄绢的一角，那是云佼的画像。在油枯灯灭的瞬间，玉面具突然破碎和塌陷，露出背后那张可怖的丑脸。

就在灵魂即将离弃肉身的时刻，翟幽看见自己站在童年的门槛上，因杀死自己哥哥而被父亲用棍棒毒打，发出腿骨折断的清脆响声。他拔刀刺向父亲，却不慎刺死了用身子挡住刀尖的母亲。他徒劳地想用手掌堵住汩汩涌出的鲜血，但母亲阻止了他。

母亲声音虚弱地说："儿啊，你注定是一个杀人如麻的人。你会杀很多人，最后也会被人所杀。你真是一颗了不起的天杀星……"母亲脸上露出了最后的哂笑。翟幽刚想起身为自己分辩，却感到剧烈的疼痛，它们来自那三处箭伤，由他最心爱的女人所赐。在那次家庭事变之后，他被愤怒的父亲放逐，成为无家可归的野狼，在杀戮的道路上一路狂奔。现在，他终于弄明白一个古怪的事实——母亲是最伟大的预言家。他痛不欲生地大叫一声，坠入到永久的黑暗之中。

召虎听见动静，赶紧进屋来看，端详了半天，确认主子已经咽气，便扯下那个价值昂贵的面具，又掰开他的手掌，取出玄铁印符，拿着它们跨过尸体，走出了那间令人作呕的屋子。

召虎搬出那坛人头酒，倒出三碗来，猛喝几口，停一下，又补喝了几口，像是在给自己壮胆，然后一把推开通往侧院的小门，走进戊隗小姐的房间。她正在大声咳嗽，被高烧折磨得死去活来，她读着云门死前送给她的帛书，惘然回忆起他的音容笑貌，听见他在远处呼叫她的名字，头脑里被各种幻象所占据。

召虎看四下无人，仗着酒胆，撕开她的衣服，乘她神志恍惚，实施了强奸，然后用云门留下的那块帛布，匆匆擦干自己的胯下，系上裤带，摘下她脖子上的黑珍珠项链，头也不回地溜走了。戊隗还没来得及喊出一声救命，就昏死了过去。

在那个不同寻常的黑夜，冥神阎摩回来了，变得异常忙碌。他要收拾那个被遗弃多年的世界，修复生与死的人间乱局。一夜之间，所有衰老

阎
归

和病痛无望的灵魂都相继死去，解脱了生命的苦痛。巨人从大童山的黑暗洞穴里，带走了云门沉睡的灵魂；他还牵着小姑娘飞蓬的小手把她领走，顺便也牵走那只无比衰老的病猫。第二天早晨，医士们进房查看，发现她的身躯已经冰冷，脸上带着灿烂的笑容。云佼也在睡梦中看见猫灵来向她道别，它像一条柔软的围脖，绕着她的脖子转了几圈，然后轻盈地飘上了天空。

太阳升到天顶的时分，大地上到处都是灵车、葬礼和致哀的队伍，白色的招魂幡在城里飞扬，载着钟磬和皮鼓的牛车，尾随送葬的人群，发出悦耳动人的乐音。那是黄帝乐官伶伦谱写的《咸池》，它在描述天空降下盐雨的场景。据说盐是人类用来向阎摩行贿的礼物，因为冥府就是用盐粒塑造的，它是世界巫术体系的一部分。

黄帝时代的古雅音乐，安慰了活着的人们，也为成群结队的死者送行。在伯夏的医馆，还有许多尸体排列成整齐的方阵，等候下葬的时刻。死亡重新发生了，世界古怪地返回到它的秩序本位。

伯夏望着这场剧变，突然意识到，世间的一切都只是一个圆而已。在算计、苦斗和创造的道路上狂奔许久，生命似乎又回到自己的起点。一切都在变易，但什么都未曾改变。他无限感伤地发现，变化是蛊惑人心的幻象，不变才是世界的本性。

隗逝

戊隗第二天清晨醒来，扶着墙，艰难地走去看望自己的哥哥，发现他已经死去，手里还紧攥一只黑色的小石龟，她不知道这是阎摩留下的最后信息。她只是弄清了召虎胆敢强奸她的原因。身边的亲人都已弃世而去，就连侍卫和仆人们都弃主而去，只剩下她独存于这个毫无生趣的世间。她知道，自己的生命已经走到尽头。

喝下召虎剩下的那点儿人头酒后，戊隗脸上起了一点儿红晕。她回房坐在铜镜前仔细地梳妆，整理每一根发丝，用青黛勾了眉毛，在两腮轻抹一点儿胭脂，又往身上扑过茉莉香粉，然后缓步走到院外，叫上一辆过路的马车，要去大童山脚下找传言中的云门之墓。

为了等候或绕开那些送葬的队伍，她的车在路上走了很久，到达大童山脚已是黄昏时分，她把身上带的所有铜贝都交给车夫。她寻了很久，却始终找不到云门的墓碑，精疲力竭之际，她大哭了一场，然后逐渐安静下来，跟他的亡灵低语，一同回忆那些令人缅怀的往事。她说："你辜负了我的等待。你一次都没有回来看我。现在，只好我去冥府看你了……"

她从怀里掏出一个精致的薄胎黑陶小瓶，喝干了盛在里面的毒酒，一言不发地躺下，两眼望着正在黯淡下去的天空，不停地咳嗽，鼻孔、耳朵和嘴里，都流出了发黑的鲜血。她形销骨立，嘴角露出凄凉的微笑。她要向这世界做最后的道别。

情殇

就在戊隗走向长眠的时刻，伯夏跟云佼坐在他们常去的银杏树下，静静聆听着山溪的水声。星光闪烁，月华在他们身上爬行，勾勒出一个朦胧的轮廓。伯夏对云佼说："我答应了阎摩，要娶他的妻子为妻。但我又只爱你一个。我不知道该如何是好。"

云佼望着伯夏："大夫为什么这样对我？你知道，蓬玉走了以后，我就是你的人，我们都无法改变这个事实。"

伯夏说："娶阎摩之妻，只是为了履行一个承诺。如果没有这个承诺，世界就会继续混乱下去。为了恢复生与死的秩序，我只能做出这样的选择，希望你能谅解我。我知道我欠你一笔巨债。我此生都难以偿还了。"

云佼流着泪说："人生有各种承诺，你对我的承诺，难道就不是承诺？你的父神句芒就是爱神，他教会你去爱别人。你在我的手上写下的那些爱字，每个字里都有一颗心，这心难道就不属于大夫了？"

伯夏轻抚云佼的头发，眼里充满无奈和哀伤。夜晚的东南信风，吹过这张百孔千疮的情网，令他们感到无以复加的疼痛。

云佼记起了昨晚上演的那场噩梦。一只燃烧着翅膀的大蝴蝶，从窗外径直飞入她的衣箱，她打开衣箱寻找，里面却空空荡荡，只有一只腹部开裂、内脏凌乱的乌鸦，旁边放着一把生锈的小刀。她拿起小刀，却割伤了自己的手指，血像喷泉一样从指间涌出。她全身赤裸地站在自己的血泊里，面如土色……

难道这就是我的命运？云佼万念俱灰地想到，被巨大的幻灭感所击倒。她在心里敲响了自己的丧钟。在那些注定要被遗忘的时光里，她将心如枯槁，慢慢地死去，然后像那些跌落在泥地里的银杏果一样，被碌碌有为的蚁群吃掉。这才是人世间最彻底的诀别。她仰起脸，眼神凄然地望着伯夏："我要死了。是的，我的全身都在慢慢地死掉……"

伯夏无言以对，紧抱着她的身躯。他恍然看见自己坐在童年的摇椅里，放声大哭。

王怒

就在天下恢复生死秩序的时刻，姬郑却开始憎恨春神，因为他未能战胜阎魔。更重要的是，他的爱姬在病中缠绵多日，此刻竟被复活的阎摩带走了魂魄。而句芒对此束手无措，彭祖进贡的仙丹也没有奏效。

姬郑亲手主持了爱姬的大殓仪式，数千名官员和士兵，组成旌旗浩荡的队伍，把安放尸体的棺椁，送到郊外的王室墓地。他亲眼看着棺木被注入水银，送进很深的墓坑，然后撒上丹砂，盖上石板，填上泥土。他知道，他本人很快就会成为下一口棺椁的主人。

他的怒气变得不可阻挡。他罔顾百官的劝谏，率领士兵冲入附近的神庙，摧毁了句芒大神的塑像，还要动手拆毁神庙建筑。

这时，大祭司颜路出现在他面前，苦口婆心地阻止他的暴行："圣

长生弈

上若是拆庙，不仅会触犯天条，而且也会违背天下苍生的心愿，请三思而行。"

姬郑将自己对句芒的不满，尽悉发泄在颜路身上，他从一名侍卫手里夺过利剑，刺进颜路的胸膛，然后又连砍数剑，切下了他的头颅。颜路的鲜血溅满了他的王袍，而脑袋则滚过他的脚下，一直滚到破碎的句芒塑像边上，脸上犹自带着无比惊愕的表情。

满腔仇恨的国王，亲自监督士兵和民夫拆除神庙。神庙轰然坍塌的时刻，尘土飞扬，遮天蔽日，大地都为之震动，晴天里响起了令人胆寒的霹雳。

姬郑这时才开始感到害怕，但在众目睽睽之下，他还是强作镇定，跪在地上，向冥神阎摩发出祈祷，发誓要成为阎摩的信徒，只要冥神能不再追索他的性命，而且从宫里带走叔隗的鬼魂，他就兴建世上最大的阎摩神庙，把冥神当作国家主祭的唯一天神。

姬郑回宫之后，感觉身体无限虚弱。就在当天夜晚，他突发心悸和胸口绞痛，然后倒地不起，眼看就要断气，好在太医紧急施救，用人参汤强行灌入，终于转过魂来。为了续命，从此他便将人参汤当水喝。一个月后才基本痊愈。他重新开始跟众妃调情，轮番临幸她们，但越来越力不从心，只能靠来自身毒的性药壮阳。他做爱的时候，叔隗的亡灵就在一旁默然伫立，仿佛在静观和等待他的衰竭。宫内的知情人都觉得，国王在垂死挣扎。他的在世之日已经屈指可数。

阎归

尾声

告别

宋国彭城
周襄王二十八年（公元前624年）至
周顷王二年（公元前617年）

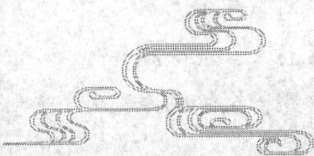

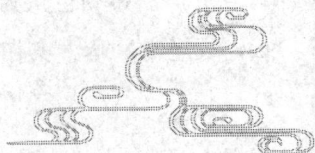

济方

伯夏经历过这一切，已经参透生与死的奥秘。他的使命是维系句芒和阎摩的权力平衡，也就是维系生命和死亡的平衡，而不是以人类的小伎俩去击破这种自然秩序。他学会了赞美这个四处残缺的世界、赞美短暂有限的岁月，以及赞美包含死亡种子的有限生命，而这才是存在的真正意义。他决定彻底放弃国王的使命，也放弃服用金丹、修习长生术的打算，跟曾经的阎摩一样，在当地留下来，娶阎摩的女人风娥，经历寻常百姓的岁月。

在那阳光灿烂的日子，大童山的彭营里到处铺着席子，那是彭人们在晾晒炼丹剩下的药材。空气里弥漫着浓烈的药味。

伯夏在云佼的搀扶下在住所四周散步，遇见正在张罗晾晒事务的鼓须，便笑着对他说："我看这些玩意儿对你已经无用，还不如送给百姓，让他们有机会调养自己的身子。父神句芒跟阎摩打的第三个赌，事关众生的寿限，也许我们能够就此改变他们的短命。"

鼓须也认为这是个绝妙的主意。这些药材留着无用，弃之可惜，必须经常翻晒，实在麻烦得很，只是单靠眼前这点儿人手，恐怕很难完成繁重

长生弈

的派发任务。

伯夏微微一笑，没有加以解释。他运用句芒术，从药材切片里抽出极细的植物丝线，进而牵出一些零星的汉字，而且越牵越多，又轻轻拨动丝线，将它们组成药名、编成字句和片段，再用丝线把它们逐一送入手中的空白简册。大约过了半个时辰，一部医案已经悄然完成。云佼走去接过医案，把它转交到鼓须手里。

伯夏说："这是用药材精华编成的药典，它能告诉民众如何使用这些药物。"

鼓须打开简册仔细读了几段，脸上露出了愧色："我活了八百年，竟然没有想到这样的济世方式，惭愧，惭愧。"

"鼓须先生曾是周室图书馆长，还要请先生为这卷药典起个好听的名字。"

鼓须想了想说："不妨就叫《伯夏本草》吧。"

伯夏听罢哈哈一笑，再次举起双手，掌心朝向天空，云佼惊奇地看见，席子上的植物碎片开始飞起在空中，缓慢盘旋起来，然后变成了苍蝇、蝴蝶、蝗虫和甲虫。成千上万只不同种类的昆虫，在天上形成巨大的黑团，朝着彭城飞去，散入那些寻常百姓的家里，还原为药材切片，仿佛是一些示范性样本。但人民在田间、街巷和陋室里静观，不知那是何方神圣。他们也许需要很多年才能理解这个异象的真正含义。

伯夏说："赈济药典和药材，是我们能为天下人做的唯一善举，但愿他们从此学会养生。"他牵起云佼的手，放在鼻子上细细嗅着："带我走吧，我想跟你去散最后一次步，吃最后一顿饭，滚最后一次席子……"

云佼含着眼泪点点头。她要带着这个眼耳俱失的男人，走过情爱的最后一段旅程。

娶娥

在那个风和日丽的日子里，风娥正在门前的果蔬架下扫地。她身穿细麻布小袄，丰乳肥臀，脸腮被阳光晒得绯红，忽然抬头见到伯夏拄杖而来，身后还跟着村吏，不觉心里一喜，眼圈跟着便红了。她手持扫帚，似笑非笑地看着伯夏。伯夏说："我来履行跟阎摩先生的约定。我要娶你为妻，照料你的生活。"

风娥的胸脯剧烈起伏着，憋了一会儿，便把扫帚扔在井台上，扑到伯夏的怀里，失声恸哭起来："我的人儿呀，你终于来了。我等你等得好苦啊！"

伯夏轻轻拍着她的后背，直到她平静下来。

村吏说："风娥呀，伯夏大夫愿意娶你为妻，那是你的造化，因你是改嫁，仪式和牒信就都免了。你没有爹妈，我就算是你的家长，今天把你交给伯夏大夫，从今往后，你就是他的人了。"

风娥说："谢大叔了，大叔真好。大叔慢走。大叔常来玩哈。"

村吏离去之后，风娥走过去，牵起伯夏的手，把他拉进屋子。屋门在他们身后被重重地关上，门上的草环晃了几下，便静止不动了。片刻之后，木门被重新打开，伯夏倒退着出了门，站在院子里不知所措。风娥在屋里恨恨地叫道："我要的是一个能造爱的男人，不是一个只会摸我脑袋的爸爸。"

伯夏无奈而尴尬地一笑，扛着锄头下地去了。

就像阎摩曾经做过的那样，伯夏开始认真学习种植庄稼。他的坐骑成了耕地的工具。他戴着草笠在田里耕作，肤色变得黝黑；他还上山打猪草，用铡刀切碎了喂猪，又用剩饭去喂成群的鸡鸭。他还下水采摘水萍和水藻，在野地里寻找蕨菜和野葛。有时，他用马驮着风娥织出的土布，拿去城里售卖，换回一些铜钱，又用铜钱替风娥买回胭脂、针线和灯油。夜晚，他独自歇息在墙角的草席上，避免跟风娥有所触碰。

风娥在油灯下独自哭泣，哭到伤心之处，她竟然举起锥子，猛然扎在自己的手背上，锥尖穿过掌心，径直刺入食案的面板，鲜血四溅。伯夏面朝墙壁装睡，看着墙上悬挂的弹弓，心中十分不忍，却只能继续装睡下去。

他在思念另一个更加孤寂的女人。

鸿书

云佼独自住在大童山营地的旧屋里，有所不甘地等待伯夏回心转意。在那些不眠的夜晚，她被鼓须制造的漏壶所骚扰，它犹如被放大音量的雨水，一滴接着一滴，缓慢渗入她的灵魂，让她感到尖锐而漫长的痛楚。伯夏就住在山下，相距只有三四里地，但她却无法跟他相见。这是一种咫尺天涯的苦待。有时实在打熬不住，她会走到屋外，摘下一片树叶，让雕鹗"狗子"去衔给伯夏。

伯夏在晚间散步时，"狗子"便会飞来落在他的肩上。他取下云佼寄来的树叶，再换上自己事先准备好的叶子，"狗子"便衔着它无声地飞走了。云佼不会写字，她的叶片上没有任何信息，只是用来寄托一种单纯的思念而已，而伯夏的树叶完全相反，它会逐字显出类似这样的字句：

青青子衿，悠悠我心。纵我不往，子宁不嗣音？青青子佩，悠悠我思。纵我不往，子宁不来？挑兮达兮，在城阙兮。一日不见，如三月兮。

云佼并不识字，无法看懂这些文字，但她视若珍宝。透过模糊不清的字迹，她的手指触摸到了绵长的爱意。这样的秘密通信一直持续了很久。伯夏曾经想将云佼娶为二房，云佼也已经答应，但他跟风娥的商议，却变得异常困难。伯夏对风娥说："你知道我已经有人，我既然以你为正妻，是否可以将她娶为小妾，你也多一个姐妹，这样的三口之家，是一种难得的福分。"

风娥本来就怨气冲天，听到这样的言语，更是怒火中烧："原来你娶我这件事，只是一场骗局，就为了骗我家男人自愿去死，你却跟那个狐狸精鬼混。在外面私通也就罢了，还要娶进家门，让我蒙羞。"风娥边骂边走进厨房，把绳索拴在梁上，打个圈套，拖过一只倒扣的水缸，站了上去，把绳圈套在脖子上，一脚蹬碎了缸底。

伯夏闻声跑过来，赶紧把风娥放下，捶打她的胸口，让她苏醒过来。

告别

风娥喘上一口气之后，便放肆地号啕起来，一直哭了整整一夜，声音惊天动地，弄得四邻们都来围观，好像受了传染，都跟着一起大哭，痛责伯夏的不仁。伯夏顾不上解释，赶紧安慰风娥和她的邻人，为他们不停地递上擦泪的布巾，后来布巾用完了，就用床单来擦，床单用完了之后，便只好随手采一些柔软的树叶。这样又折腾了整整一个白昼。纳云佼为妾的计划，只好暂且放下。

感生

一年之后，也即周襄王二十九年夏日，风娥夜里做梦，看见屋里盘绕着一条白色的巨蟒，两眼炯炯发光，向她凝视良久，而后掉头离去，却留下一枚金蛋。她捡起蛇蛋细看，不料那蛋竟自动滚进嘴里，被她一口咽下肚子。

早晨醒来，她把这个怪梦告诉伯夏，伯夏听罢，露出了欢喜的表情，说是他也做了一个奇梦，看见诸神降临他家，说是为嘉奖伯夏的功绩，要送风娥一个儿子。这两个梦互相对照，可以确认是神尊托梦，以告知风娥感生而孕之事。

风娥对此死活不肯相信，说伯夏在编故事蒙他。"你这大骗子，没事就这样来哄我。"她嗔怪道。

但到第二个月，风娥便开始有了妊娠反应，吐得天昏地暗。第五个月时，肚子已明显隆起。到了周襄王三十年深秋，也就是怀孕的第十五个月，她生下一个重达十五斤的壮硕儿子，因生下时像个粉色肉球，伯夏替他起名叫"子纥"，又因为时辰跟第三颗大梁星有关，所以字就用了"叔梁"，四邻多习惯称他为叔梁纥，小名"咯咯"。那天，全村人都来送礼，祝贺伯夏喜得贵子。

伯夏努力在尽一个父亲的责任。每天黄昏结束农活之后，他就仔细洗过沾满泥土的身子，然后把儿子放在肚皮上玩耍。他让自己的肚脐长出一根豌豆苗，掐断之后，又长出一根新的，就这样不停地掐断，又不停地生长。这个小小的魔法，逗得咯咯不住地大笑，差一点儿背过气去。然后他们就一起安静地吃饭。风娥把菜夹到伯夏碗里，看着他大口扒饭，傻傻地笑着，露出心满意足的表情。

只是这和谐的景象很快就要破裂了。云佼在山上营地住了两年，耐心等待伯夏的召唤，这天从鼓须那里听闻，伯夏跟风娥生了一个儿子，尽管坊间传言是"梦吞金卵，感生而孕"，她心中仍然感到悲伤。她让"狗子"衔着几张枯叶送给伯夏，以传递难以言喻的苦痛。

伯夏在林间散步时，取到这些枯叶，知道云佼寄书的寓意，正在神伤，却被跟踪而来的风娥看见。她用弹弓把"狗子"打伤，然后夺过枯叶，翻来覆去地看了半天，什么也没有发现。"你们在搞什么鬼？"她愤愤地骂道。

伯夏说："你不该伤那只鸟，它是我们大家的好友。"说罢，愤然拂袖而去。

风娥手里拿着枯叶，不知如何是好，看见伯夏走远，气得碾碎手里的枯叶，把它们抛向泥地，然后去追赶伯夏。在她身后，那些枯叶的碎片在空中飘飞，重新化成一些细小的绿叶。

送完最后的"情书"，"狗子"勉力飞回营地，落在云佼的窗台前，发出咕咕的叫声，扑棱了几下翅膀后死去。云佼见状，哭得死去活来。在门前挖了一个小坑，将它的尸体装在木盒里后埋了。她留下三根比较粗大的尾翎，就放在枕头下边，算是一个不会凋谢的纪念物。

云佼躺在冰冷的草席上，翻来覆去，根本无法入眠。"狗子"是她尘世里的最后一位亲属。在失去父母、弟弟和爱鸟之后，她已经孑然一身。到了半夜时分，她忽然听见屋外有雕鸮的咕咕叫声，以为"狗子"回来了，起身开门去看，山野寂然无声，就跟死了一般，就连虫子都在蓄意沉默。云佼忽然感到天旋地转，昏倒在地上，沉入深不可测的黑暗。

太阳升起来的时刻，鼓须带着齐羌前来探视云佼，发现她昏迷在自家门口，已经气息奄奄。两人大惊失色，赶紧抱她回屋施救，弄了半天，总

告别

235

算让她苏醒过来。云佼一见到齐羌，犹如见到失散多年的亲人，不由得泪如雨下。"你还记得我……"云佼语带哽咽地说。

齐羌满脸歉疚："都是我不好，走了这么久，一直没有来看云佼妹妹。这几年齐国没有什么战事，我好容易辞去军务，希望加入你们的大业，不料发生了这么多变故。"

云佼神色黯然："唉，一言难尽。"

齐羌说："云佼姑娘不必再说，鼓须先生都告诉我了。你身子严重亏损，需要补养。要是姑娘不见外的话，我正好无事，就来专门照料你的生活，好吗？"

云佼含泪点点头，声音微弱地说："你来了，真好……"她紧紧抓住齐羌的手，像是抓住一根救命的枯草。

鼓须笑说："姑娘不必担心，我去抓一些药来。麻烦齐将军煎煮后喂她服下。七日之后可以基本无恙，一个月后，就能跑得比兔子还快啦。"

齐羌从此在营地住下，一晃就是三年，跟云佼以兄妹相称，朝夕相处。云佼喜欢头戴插着三根鹆翎的麻冠，身穿绿色镶红的葛袍，胸前佩戴齐羌当年留下的玉璜，跟齐羌一起在山上到处乱跑，学着神农氏的样子，手持红色的皮鞭，在林子里找寻《伯夏本草》中的仙药，诸如灵芝、菌蕈、独摇芝、牛角芝、蟾蜍、灵龟、蝙蝠、树脂、茯苓、地黄、石韦、枸杞、黄精、五味子、桃胶、胡麻、槐子、远志之类，学会辨认它们的外观和功用。齐羌除了教云佼认字，还是彭人的军事教头，时而为他们讲授一些布阵用兵的战术。

志同

鼓须和徐子服住在同一间屋里。由于终止了炼丹事务，他们的日常功课，只能转向原本属于服气派的打坐。他们必须严格禁绝任何性事，让精气保持最饱满的状态。他们盘坐在李树下，观想自己内心的宇宙，灵魂上天入地，看见世界的一些奇幻碎片。这种入定有时会长达几十个时辰。偶尔他们也会在那个多元时空的宇宙里邂逅，于是从灵魂的最深处涌出了大欢喜，就像看见离别一千年的亲人。

他们学会了穿越墙垣，隔空传物和瞬时跨越空间的法术。他们有时会突然双双出现在洛邑的宫殿里，把恐慌的士兵戏耍一番之后，又在刀戈丛中突然消失，再出现在临淄的大街上，向各种繁乱的市井事物致敬。

有一次他们甚至出现在楚国都城丹阳的御用妓院里，撰写各种情诗淫词，教她们演唱，又跟她们商讨男女之事的本质，而后遽然离去，只留下一片不着一字的黄绢，仿佛是一个意义暧昧的密符。民间到处是关于他们的传说。他们已经成为天下术士的最高榜样。

在李园旁的茅舍里，他们有时也按《灵枢》《素问》的原理，向云佼和齐羌传授一些岐黄之术；徐子服身子欠安的时候，鼓须会给他用竹筒拔罐，或用黑曜石磨制成的砭石，逐一点刺他身上的经脉，徐子服痛得高声大叫，而鼓须则开心得像一个幸灾乐祸的小孩。最后，这些外在的器物都变得毫无意义，因为他们获取了自我疗愈的内在法力。

但更多的时间，他们都在彼此探讨长生时代的情爱哲学。徐子服坦言，当初他曾被李夫人的姿色和气质所打动，以为那就是幸福的源头，后来才有所觉悟，发现世人热衷的男女之爱，只能是幸福的最低层级。

鼓须讪笑道，我早就看出你跟她的暧昧，我只是没有揭穿你而已。徐子服脸色一红，反唇相讥说，鼓须先生的虚伪，比狐狸更甚。鼓须则一头雾水，不知关于狐狸的虚伪，到底出自什么典故。

案头的茶盏里，几朵晒干的菊花，像细小的睡莲那样，在水面上打旋和盛开，散发出秋天的澄明气息。他们的争论永无止境，有时吵得不可开交，有时又亲如夫妻。整个营地都笼罩在他们的戏谑气息之中。对于他们而言，喝茶只是一种传统的象征仪式。他们起初还像古人那样以花朵或松子为食，而后便彻底脱离饮食的羁绊，学会从阳光和空气里获取生命能量。他们进化成了传说中的"服气者"。

鼓须痛斥大小肠，说它是败类，是孵化堕落的帝国，是完全多余的脏器，人类只有除掉它才能长生。而在暂时还无法将其割除的情况下，必须学会绕过这个脏器，那就是终止使用嘴巴，转而通过鼻子、耳朵、眼睛、毛孔和头发进食。鼓须把这五种器官称为"新五官"，它是得道之士的标志。

这天，鼓须在为自己操办一场隆重的寿宴。他的四十九个妻子从世界各地前来，云集于堂前，花枝招展地列队向他走来，跪拜在他面前，称呼他为老爷。他无限幸福地望着她们，感觉这就是他的全部财产。他是世上最富有的男人。

一阵狂风吹来，她们忽然不见了踪影，就像海市蜃楼一样，留下满地的绣衣和钏钗。他蹲下身去，捡起一串眼熟的海贝项链，认出它属于他最爱的妻子、那个在鼠疫中不辞而别的女人。他紧握着项链泣不成声，却被徐子服推醒，原来是南柯一梦。他不敢对徐子服说出梦的真相，只是有些失落地笑着。

"我梦见了一只麒麟……"他故作深奥地说道。

标归

周顷王元年，也就是句芒与阎摩对弈后的第十一个年头，姬郑没能等到鼓须的金丹，就溘然驾崩了，据说他死于一次过于激烈的性爱。他突然中断了自己的狂欢，脖子使劲向后仰去，两眼上翻，露出可怕的眼白，口里不断吐出一连串粉色泡沫。他断气的时候，看起来就像一只巨大的软壳螃蟹。

年轻的后妃从卧房里逃出，奔过长长的走廊，惊慌失措地高喊"国王驾崩了"。她的尖叫声在深宫的院落里回荡，令人胆战心惊。

钟楼上那只世界最大的铜钟，敲响了长达一个时辰的报丧之音，绵恒不绝，整座京城很快就知道了这个死讯。三天之后，那些驿传吏也在驰道上策马飞奔，传递国王驾崩的噩耗，不出半月光景，帝国的所有居民都知

长生弈

道了这条头号消息。

阎摩跟句芒的那场赌局，终于有了合乎逻辑的结果。阎摩的爪子伸进国王的卧房，从被褥中抓住姬郑的灵魂，在他声嘶力竭的叫喊中，把他扔进自己宽大的袖筒。

他还顺手抓走了叔隗的鬼魂。当年他故意留她在国王身边，以期制造一些恶作剧的效果。此刻，她的使命已经完成。她被扔进另一只袖子，那是专门用来贮存旧鬼的容器。

姬郑掉在一大堆陌生的亡灵之间。他们是一些贫民的灵魂，衣衫褴褛，臭气熏天，表情惊讶地看着他，然后发出了恶毒的嘲笑。

他仰脸向大神高声叫道："我拆了句芒的庙，又建了你的庙，为何还要夺走我的灵魂，还要让我接受草民的嘲弄？"

阎摩没有回答。他忙于捕捉那些刚死的亡灵，无暇顾及死去的国王的抱怨。

在群氓的亡灵拉扯下，姬郑失声痛哭。他感觉上了伯夏和彭祖的当。"这些可恶的骗子，他们才是朕的敌人！"他刚刚恍然大悟，就被巨袖抛入黑暗阴沉、火焰冲天的地狱……

诸侯在自己的宫殿前高悬白色的招魂幡，以此表达沉痛的哀悼，但他们心里却充满喜悦，因为这是最后一个略有作为的国王，帝国的进一步衰微，将为诸侯的野心，提供更大的扩张空间。

身为人质的常仲标，在监狱里待了数年，因国王下诏优待，倒也没有吃什么苦头。姬郑的死讯，他在第一时间已经获知。几天以后，大司空亲自下令，将他放出了监狱。

走出皇家大牢时，秋日的阳光温软地照在他身上，令他有一种劫后重生的喜悦。行人的表情一如往昔，好像什么都没有发生。唯一的变化来自他的听觉。宫里已经没有人继续喊"万岁"了，仿佛这个该死的词语遭到了遗忘。大街变得沉默而宁静起来，只有风声和马蹄踏过石板的声音。

他没有服从大司空的返宫命令，而是搭乘商队的马车，走走停停，一

告
别

路来到彭城，登上了鼓山的营地，见到鼓须、徐子服、云佼和齐羌这些故人。除了伯夏，当年的朋友们都已齐集。

鼓须叫徐子服摆下一桌午宴，请客人在阳光和树影下喝私酿的杜仲酒，品尝彭湖里的鱼鲜，一起回忆当年跟翟幽作战的往事，不觉恍如隔世。

他被告知，幽盟在翟幽死后便土崩瓦解，只剩下一个规模庞大的盐帮组织。翟幽旧部召虎凭着"彭国公"玄铁令，夺取了统领的权柄，主宰地下贸易的通道，其网络渗透到整个大周，但它已丧失政治色彩，而沦为一种江湖流氓的低级营生。

跟彭城一样，整个世界都在剧烈地变动，各种新事物不断诞生，彭国没有复兴，许多人已经死去，只有少数彭人获得了长生；周帝国非常衰老，没有任何"不死药"能够挽留它的生命。

常仲标惆怅地看见，树叶在秋风里纷纷飘落，或落入灌木丛中，或飘零在水塘表面，每一片都有自己的结局，而他也应该选择走向结局的道路。

徐子服说："你走之后，那位女酋长阿布，曾经到大童山来找你，打听你的下落，还留下一个罐子，里面满满的都是黑豆，不知何意。问她有什么用途，她说你见了此物，便会懂的。因为后来长出许多虫子，我看着害怕，就全给倒掉了。"常仲标接过那只空无一物的灰陶罐子，脸上露出尴尬的笑容。

鼓须也举着空杯，露出一脸歉意："伯夏大夫当年已经准备好最后几粒金丹，想派徐子服再去京城，把你从监狱里交换出来，不料发生翟幽的偷袭事件，他弄瞎大夫的眼睛，刺聋他的耳朵，把他变成一个废人。仅剩的几粒金丹，后来也下落不明。这件事就被一直搁置起来。常仲标先生大德大量，想必不会有所怪罪吧？"

常仲标有些激动起来，站起身说："我不知伯夏大夫竟然遭此厄运，我想即刻就去看他，不知他现在何处？"

鼓须说："他就住在附近庄子里，从这里前去，大约四五里地。我腿脚还算利索，这就带你去吧。"徐子服起身说："何须大人亲自前去，还是我来给常侍卫引路吧。"

常仲标一路小跑地奔向山下的村庄。见到伯夏时，他正戴着眼罩，在屋前逗叔梁纥玩耍，充满父亲般的慈爱，他温存的声音，跟孩子的笑声交织起来，萦绕在山野之间，仿佛是一种尘世里的天籁。

常仲标的眼睛湿润了。他大步走到伯夏跟前，端详着他昔日的偶像，心潮澎湃，竟一时说不出话来。

伯夏转过头来问："谁在那里？是徐子服吗？"他用鼻子闻了一下，又说，"这个气味有些生疏了，嗯，好像是仲标先生。真是仲标先生回来了吗？"

常仲标说："是我，我回来了。"

伯夏喜出望外："你回来了，真好。听说齐羌将军也回来了。大童山这地方真的有灵了。"

"我这次来，再也不走了。不知大夫是否欢迎？"

伯夏说："好，从今往后，你就是我的兄弟。"他转脸对屋里叫道："风娥，出来见见你的小叔吧。"

风娥笑吟吟地走来，上下打量了一番常仲标："哟，又来了一位帅哥，这回是来打尖的呢，还是来帮着干活的？"

常仲标说："就算是来帮着干活儿的吧。打今天起，我就在你家住下了。请嫂子给我安排下榻的地方。"

风娥欢天喜地地说："总算来了一个真男人。这些年可把我给憋坏了。"

伯夏笑道："他是道德君子，你可不要乱打他的主意哦。"

风娥白了他一眼："去去去，瞧你这德行，你当我是谁呀？我只是觉得，他这一身肌肉，干咱家的这点儿农活儿，也太过委屈点儿了。"

地震

常仲标果然从此在伯夏家住下，跟他们一起生活，帮助他打理日常家务，俨然是他的忠实仆人。他在地里用石镰收割穄米，上身赤裸，露出浓黑的腋毛。挂满汗水的肌肉，在阳光下灼灼闪光。风娥时常撩拨他，他却像个不解风情的傻瓜。在阿布之后，他拒绝跟任何女性亲热。他的温热目光，只在伯夏一人身上。时间久了，风娥意兴索然，只能放弃勾搭他的打算。

常仲标这天突然对伯夏说："有一件事不知是否当讲。云门的尸体还在山上的洞里，一直没有入土。在监狱里的时候，我把这事反复想了几遍，确信当时他并没有死去，因为阎摩前一日刚死，云门的灵魂只能在自己的身躯里沉睡。"

伯夏的心头仿佛被重击了一下："对呀，我怎么把这件大事给忘了。"他们赶紧爬上山去，费了很大工夫，找出那个山洞和已经腐烂的尸身，把它就地掩埋在洞穴深处，还立了一个小小的无字石碑。伯夏说："是我们杀死了云门。这件事，我不知道该如何向云佼解释。"他长叹一声，脸上露出了无限尴尬的表情。

常仲标安慰说："我想这是天意。天要人死，我们又如何救得。"他挽起伯夏的手臂向山下走去，仿佛挽着一个亲密无间的兄弟。

周顷王二年的仲秋之夜，伯夏一家在屋里吃晚饭，叔梁纥打碎碗盏，风娥拍了几下他的小屁股，叔梁纥哇哇大哭。常仲标抱过小孩哄着，替他擦拭脸上涌出的各种液体。伯夏的右侧头颅，忽然感到一阵剧痛。他用力把手杖插入砖地，黑蚂蚁的洪流从地缝里涌出，沿着手杖向上流动，很快爬上他的手掌和胳臂。他能够听见它们惊慌失措的叫声。

伯夏说："不好，要发生大地震了。风娥带孩子到屋外去避一下，顺便向村民发出警告，仲标，你赶紧上山去通知鼓须他们吧。"

风娥抱着叔梁纥跑出屋去，到对面去喊邻居，常仲标撒腿就往山上跑去。四邻们开始骚动起来，他们走出屋子，将信将疑，想要问个究竟。天上不停地亮着幽蓝色的闪电，群鸦惊飞起来，发出凄厉的叫声。老鼠成群结队地从门前匆匆跑过，仿佛在提前逃难。

风娥见大地还没有动静，竟放下叔梁纥，返回屋里去收拾财物。伯夏预感不妙，拄着拐杖大喊一声，但已经太迟。地震突然爆发了，大地剧烈地摇晃起来，房屋开始大面积崩塌，伯夏的房子，顷刻间化成一堆废墟。

一根沉重的房梁倒下来，砸在风娥的头上，她甚至还来不及发出叫喊，就已经香消玉殒。她的魂从肉身里飞出来，落在大树顶上，向下看着那片震碎倒塌的废墟，已经没有任何痛苦，仿佛是个超然的旁观者，静观自己血肉模糊的身躯。

巨人阎摩再度现身，迈着沉重的步伐，走过地震后的废墟，踏入他的故地和旧居，把风娥的灵魂放进袖里温存地带走。他的手爪轻轻掠过她的肉身，像风声那样发出低低的哀鸣。

伯夏情知风娥已死，拄着拐杖，泪流满面。他听见阎摩在他耳际用沙哑的声音说："谢谢你履行承诺。现在，你可以解脱了。"

这是巨人最后一次亲自带走他的死者。众神对冥府的变革如火如荼，一个更加复杂的体系已经被营造出来。接引死者的使命，此后改由一对名叫"无常"的黑白死神担任。作为阴间的主宰，阎摩将永远留在他的最高席位上，留在火焰腾飞、鬼哭狼嚎的审判现场。

许多年以后，叔梁纥还记得那个光线昏暗的场面。伯夏抱着风娥柔软的尸体，痛苦地摇头说："我不要这样的解脱……"他的眼里闪出了泪光。而五岁的叔梁纥在撕心裂肺地大哭，浑浊的鼻涕全都蹭在伯夏腿上。

云佼那时正在屋里跟齐羌练字。云佼在灯下用鸦翎一笔一画地写着，笑靥如花，齐羌看得痴了，说："姑娘写字跟习武一样好看。"

云佼还没来得及说什么，房屋便剧烈地抖动起来，齐羌见多识广，情知这是地震，猛然扑到云佼身上，被坍塌的山墙砸断了脊梁，他只来得及对云佼说一声："我……想跟你……"话未说完，便咽下了最后一口气。

从山下赶来的常仲标，在山墙下扒出齐羌的尸体，听见他身下还有人在呻吟，抱出来一看，竟是云佼。她虽然浑身是血，却都是皮外之伤，没有什么大碍。云佼缓过神来，抱着齐羌的尸体，哭得死去活来。

告
别

羽化

大地震把整座大童山的高度削去了三分之一，营地的房屋全部倒塌，羽人虽然受伤严重，但因能自我修复，很快就恢复了常态，但那些新进的彭人学徒，没有这样的神通，结果死伤过半。经历两度摧毁，大童山已经沦为一座亡灵集中营。

阎摩再次出现，喜悦地收取那些意外身亡的灵魂，把他们装入宽大的袖筒，带往他自己的地下城市。他们将在那里等待重生，以另一种方式走入永恒。

一名来自身毒的托钵僧，在大童山上寄宿了三个月，没有被地震所伤，他帮助彭人清理现场和掩埋尸体，始终保持缄默。在休息时分，他突然开腔，用笨拙的洛邑官话说，如果长生是一个事实，那么他们可以尝试去获得一些新的神通。除了飞翔，长生者体内还有巨大的潜力，只要正确运用意念，就能拥有改变世界的异能。

衣衫褴褛的托钵僧，自称已经活了两千岁，此前一直居住在南身毒的森林里，是十八个不朽的"悉达"中的一个。他们既能将身体缩微成一个原子，也可以变形为一座大山；既能让身体化成空气与风，也可以变成一块沉重的黄金；既可以驾驭世间万物，也能操纵每个人的灵魂；既可以在不同时间节点中自由穿行和逗留，也能超越转世的轮回，自由地选择不同的世代。总而言之，他们可以实现自己的每一个愿望，并从中获得巨大的欢乐。

他用手指凭空画出一道圆形的光门，带他们走进去，悬空站在一个美丽的蓝色球体上方，告诉他们这就是他们此前一直站立的大地，而它其实只是一个普通的星体而已。托钵僧说，这不是幻术。你们的世界，就像大千世界里的一粒芥子。你们的长生和法术，犹如一粒芥子，它没有改变存在的本性。世界很大，而你们对它仍然一无所知。

鼓须和徐子服仿佛遭到了雷击，他们的世界观轰然崩塌，就像这座巨大的大童山那样。他们决定彻底放弃这个伤心之地。修炼的道路还非常漫长，长生和法术并没有带来经久不息的快乐，相反，他们还要学会承受接踵而至的苦痛，学会从这种苦痛中发现希望。

他们一起去跟云佼道别，又到山下向伯夏和常仲标辞行，然后手牵手地腾起在黄昏的天空，跟众多羽人一起，向西北方向飞走，消失在殷红的云层后面。

彭城的居民传言说，他们最终选择了遥远的太乙山一带，在那里隐居、修炼，学会像蛇一样冬眠和蜕皮，逐渐成为一段佚亡的历史。唐宋两朝时，有人偶尔在笔记里提及他们的名字，就像提到几块遗落的古玉，而他们的事迹，早已变得不可追忆。

聚居在彭城郊外的服气派，同样没有逃脱大地震的灾难，其成员死伤惨重，剩余的苦修者也被迫动身离去，金丹派女彭人也死伤过半。李夫人失望之下，带着残余的十几名弟子，依照李耳提供的海图，乘船渡洋，寻找蓬莱仙山去了。

数百年以后，有人在东瀛见到她们留下的遗物，那是一根用陨铁制成的圆杵，径粗一寸半，长达一尺，用途不明，其上刻有"李氏专用"的篆字，此外还有细密的水波纹样。它被长期供奉在神庙里，俨然是来自天界的神器。

李耳领着几名贴身弟子返回洛邑，在邙山翠云峰上营造官室，设立服气场所，同时担任帝国图书馆的馆长，以便从中获取更多的服气秘诀。但在读完那些典籍之后，他大感失望，决定重返身毒，从那里找寻永生的真理。他留下《道德经》一卷，委托守关的军官转交给国王，便坐着牛车向西边进发，经函谷关与河西走廊，进入广袤无边的荒漠。

结局

伯夏掩埋好凤娥的尸体，为她起了一个小小的坟包，又用青绿色的苔藓题写好碑文，然后把五岁的儿子叔梁纥交给常仲标。他语重心长地说："我离开的时刻到了。这孩子要拜托给你，请你无论如何把他抚养成人。"他从怀里取出一个锦囊说："这失踪的六粒金丹，是在风娥的衣箱里找到的，你把它带走吧。你可以自己服用，也可以用它来换取财物。"常仲标感到无限惊讶，痴痴地看着他，眼睛噙着泪水，竟说不出一句话来。

伯夏手挂拐杖，在电闪雷鸣的黑夜，摸索着走上山去，找到在墓前搭棚为齐羌守丧的云佼。他说："谢谢你等我这么久。从现在起，我只属于你一个。"

冻结的时空终于被解放了，彼此的孤独都到了尽头。云佼枯萎的心变得湿润起来。她表情平静地站起身，牵起伯夏的手，轻轻抚弄着说："你受累了，看这满手的茧子。"

伯夏说："茧子无法改变命运的手纹，就像金丹和长生不能消除痛苦一样。"

云佼说："我们就走平常人的路好了，只要没有那么多痛苦。"

伯夏笑了："嗯，实存比长生更加重要。我们走吧，去我们自己的世界。"他抬起头来，看见大神句芒身穿白衣，拍打着翅膀，伫留在近处的树梢上，向他发出意味深长的微笑。

他于是紧握她冰冷的小手，一起向山下走去，双双消失在无边的暗夜里。

后记

　　叔梁纥被常仲标带到鲁国，悉心抚养成人，学得一身精良武艺，成为一名杰出的武士。六十九岁时，他跟一个低阶层女子颜征在相好，在尼丘山上向神祈祷，又跟她在野地里做爱。十个月后，也即周灵王二十一年，女人生下一名相貌奇特的男婴。叔梁纥为他起了一个名字，就叫孔丘。两千多年以后，还有人见过常仲标，他容颜未改，手牵一名青年男子，穿过洛阳最繁华的大街。

二〇一七年八月完稿于上海彭浦镇

自跋

　　每天晚上，我都要环绕住所附近的无名小湖散步。那里有一块空地，被众多老年舞者所占领。他们身穿白色制服，紧跟流行音乐的节奏，动作规整地舞动每个肢端，就像一些白色的幽灵，飘浮在灯影、建筑物、水汽、雾霾和树丛之间，赋予这世界以古怪的魔幻调性。

　　这种"广场舞"场景，遍及中国的每个城市，甚至渗透到所有的公共空地。它叠加了"忠字舞""气功""广播体操"和"健身操"的所有特征，是健身、养生和长生欲望的坚硬表达。没有任何力量能够消解这种强悍的欲望。

　　大约是由于道家和道教的缘故，长生是中国人所有愿望中排列靠前的一种。在中国，长生是一种用来梦想的事物。它覆盖了从草民到皇帝的所有人群。对于我本人而言，小说写作就是我的"长生术"，是一个人的广场舞。我将在这个状态下寻找生存的意义。

　　我的写作面临着一个自我分裂的格局：小说必须既包含古典的英雄主

长生弈

义，也拥有微弱的戏仿、反讽和解构元素；既表达大济苍生的儒家精神，也传递致力于弃世和长生的道家精神；既尊重历史书写，又竭力要突破史官叙事的框架，向神话和魔幻主义致敬。所有这些诉求都导致了书写的内在精神分裂。当然，我并不为此感到担忧，相反，在我们所置身的时代，分裂是其最显著的精神特征。

历史和神话始终是我最关注的两个领域。在我看来，历史就是神话，而神话就是历史，在它们貌似对立的状态背后，屹立着一个共同的本性，那就是人寻找自我镜像的永恒激情。灵魂的欲望被投射在文本里，形成叙事的古老原型。从那些虚构的魔幻人物中，我们窥见了自己的真实影像。

神明的逻辑，就是时间的逻辑。时间神在主宰本次写作，他引领我观看句芒和阎摩的战争，记录他们的神迹。为此，书中采用周朝纪元和十二干支分章法，旨在表达线性时间的主导意义。时间线索里绝大多数历史事件的发生时间，契合原貌，只有极少数因故事情节需要，做了适度调整。但时间不仅是神的逻辑，而且还是一种叙述的魔法，它把自己的光辉投射在字词上，试图点亮它们的灵魂。

《搜神记》《东周列国志》和《聊斋志异》是我的写作范本。这些古卷在我的书案上像花朵一样开放，散发出经久不息的香气。我在努力为这种东方欲望找到一个适合的容器。这容器本身就应该是长生的，以便跟长生的欲望匹配。无论如何，那些古小说都是现代写作的优秀样本。它们不仅提供素材，而且提供最蛊惑人心的梦想。它们是时间神馈赠给我们的宝藏。

感谢花城出版社，为本书提供了一个面对读者的契机。在官方价值观和互联网价值观双重世界里，平面出版在艰难地沉浮，危机四伏。每一次出版都是一次文化博弈。但这丝毫没有减弱作家的书写激情。甚至还有更多的批评家，参与这场写作运动，为出版业注入新的生机。这是因为，小说正在成为20世纪50年代生人的记忆容器，一种类似于"回忆录"（无论是民族史还是个人史）的另类体裁。小说让书写者在时间中诞生或重生。在语词家园中，作者寄放了对流逝岁月的乡愁。

自跋

这当然不是文学繁荣的标记，而是裂变和自我拯救的标记：一方面是互联网青春写作的勃兴，另一方面是纸媒中老年写作的卷土重来。但我已经清晰地看到，无论是记忆写作还是青春写作，时间法则都是文学的主宰。

写历史/魔幻长篇小说，是一种烦琐的事务，它不仅需要自由的想象力，还需要缜密的历史考据，而更加困难的是，平衡魔幻和历史这两种彼此对立的元素。此外还有一个重要变量，就是纯小说和类型小说的杂交。我的工作室在2016年曾经推出几部类型小说，积聚了一些有益的写作经验。《长生弈》可算是一种妥协的产物，它具备类型小说（如武侠小说）的躯壳，但又试图植入个人的叛逆性风格。

这种走钢丝式的书写无疑是危险的，它有双重冒犯的危险——既冒犯文学，又冒犯市场。它断断续续地耗费了我两年时间，依然在技法上捉襟见肘，难以达成目标。书中若有什么错讹，应该都是本人能力有限的缘故。正如书名"长生弈"所暗示的那样，写作就是一场漫长而危险的博弈，而我不过是个笨拙的赌徒而已。我要在此感谢诗人、书法家武六奇先生，本书的封面，源自他精妙的书画作品；我也要感谢藏族青年插画师华迪米和她的设计师导师Arson，为本书创作了六幅精美的藏风插画；我还要感谢中科院地理科学与资源研究所齐德利博士，为本书绘制《春秋时期略图》，所有这些美图，都为本书添加了迷人的彩妆；我更要感谢花城出版社编辑林宋瑜和刘玮婷，正是因为她们的慧眼识珠和悉心栽培，令本书拥有一个令人愉悦的生命。

二〇一七年九月八日

长生弈